楚风丹韵

吴元成 著

楚风舟韵

中州古籍出版社
·郑州·

图书在版编目（CIP）数据

楚风丹韵 / 吴元成著 . —郑州：中州古籍出版社，2023.7
ISBN 978-7-5738-0918-6

Ⅰ.①楚… Ⅱ.①吴… Ⅲ.①散文集－中国－当代 Ⅳ.① I267

中国国家版本馆 CIP 数据核字（2023）第 161198 号

CHUFENG DANYUN
楚风丹韵

出 版 人	许绍山
责任编辑	闵世勇
责任校对	陈莹莹
装帧设计	曾晶晶

出 版 社	中州古籍出版社（地址：郑州市郑东新区祥盛街 27 号 6 层 邮编：450016　电话：0371-65788693）
发行单位	河南省新华书店发行集团有限公司
承印单位	郑州印之星印务有限公司
开　　本	710 mm×1000 mm　1/16
印　　张	20.5
字　　数	260 千字
版　　次	2023 年 7 月第 1 版
印　　次	2023 年 7 月第 1 次印刷
定　　价	60.00 元

本书如有印装质量问题，请联系出版社调换。

序一

高金光

吴元成真是一个才子，干着记者，忙着编辑，没耽误写诗、写散文、写小说、写报告文学，甚至考古、考据、考证，发掘地域文化和传统文化，每一样都摘得硕果盈筐，每一样都弄得有声有响。这不，他刚刚完成的一本书《楚风丹韵》又要出版了，60余篇总数十几万字的分量，让我读后不由钦佩赞赏、感慨万端。

这本书全是写淅川的。淅川是我的家乡，也是元成的家乡，可惜我对淅川的了解远远不如他。俺淅川者，如元成所言，"亦即六百里商於之地也，《史记》《水经注》皆有载。其历史悠久，肇自尧舜，自秦汉设县，赓续至今。其境也，北依伏牛，西接川陕，东望宛邓，南控荆襄，人文鼎盛，诚钟灵毓秀也。怀其古，亿万年沧海桑田，象牙成化石；下王岗稻菽飘香，农耕植文明；丹阳城披荆斩棘，楚都三百岁，奠淅川根基也"。特别是"楚都三百岁"，更是淅川历史上的辉煌时期，文明灿烂，光彩耀目。淅川人至今自封为楚地、自诩为楚人，大概就与内心里那份隐隐的情结分不开。

作为淅川人，元成写淅川，之所以命名书中的四辑分别为楚风楚居、楚器楚语、楚人楚事、楚记楚言，暗含的道理就在这里。他上下求索、引经据典、深挖细刨，纵贯淅川数千年，集此大成，堪称地域的词典、文史的宝典。他的很多发现和探究，很多见解和体悟，带给我的是耳目一新之感，甚至有一种收获的愉悦。

我有限的认知，在元成的梳理和叙说中，渐次获得了三个方面的确信：

首先，淅川有资格谈文化。淅川文化历史悠久，光辉灿烂。仰韶文化、屈家岭文化、龙山文化、二里头文化等，在淅川下王岗遗址、黄楝树遗址中都能找到踪迹，石斧、陶器等新石器时代文物的大量出土，证明早在7000年前，我们的先民就在淅川这片土地上生存繁衍。淅川文化南北交融，风格独特。淅川居于南方文化和北方文化的交会地带，自然打上了不同文化地域的烙印：既有北方的庄严粗犷，又有南方的细腻华丽，呈现着别具特色的风貌。淅川文化有形有色，保存完好。除了淹没于丹江水库的楚国都城丹阳，仅现存的香岩寺、荆紫关古镇等名胜，都很具有传奇性、艺术性、观赏性，每年吸引省内外大批游人到此游览。

其次，淅川有资源谈文化。淅川文化遗迹众多，遍布全县。特别是春秋时期楚国遗存更是闪耀丹江沿岸，其出土的许多文物具有极高的历史价值，像铜禁、编钟等典型器物，均被珍藏于河南博物院，该院三大专题陈列中就包含中原楚国青铜艺术陈列。淅川文化名人辈出，绵延不绝。历史上，生于淅川，或在淅川短暂驻留、游历、写作的作家、诗人甚多，譬如古代的范蠡、屈原、欧阳修、元好问、徐霞客，现当代的周梦蝶、刘先琴、吴元成等。淅川文化形态多样，表现丰富。如前所述的仰韶文化、楚文化，还有明清文化、红色文化以及近年因南水北调而形成的渠首文化、移民文化等，其表现的形式涉及建筑、铸造、饮食、文学、戏曲等领域。

最后，淅川有资本谈文化。淅川文化，政府重视，社会关注。近年来，淅川县委、县政府注意加强库区文物的发掘、保护和整理工作，取得了一批重要成果。新博物馆投入使用，各种研讨会连年举办，重要古迹场所焕发生机，以乡村振兴为契机，文化振兴展露出蓬勃的势头，吸引了不少社会有识之士的参与。而且淅川文化基础良好，资金充裕。以香岩寺、荆紫关古镇为代表的诸多文化名胜，一直保存完好，加上国家为南水北调工程补偿的文化抢救资金比较充裕，使全县文化建设提档升级有了更有利的条件。淅川文化雅士云集，众智荟萃。淅川在外有一批政界人士，有一个校长群体；在内有一批文艺新星，有一群热心朋友。他们热爱家乡，能够提供许多智力支持。

显然，淅川文化大有可为、大有作为，应该继续增强这份自信。要珍惜文化遗产，包括一切物质的和非物质的文化遗产，都要当成宝贝，不可轻易丢弃；要涵养文化生态，营造全民重视文化的氛围，让文化进农村、进社区、进企业、进机关、进校园、进课堂；要爱护文化能人，给善文化、懂文化的人以地位和席位，使其更好地发挥引领作用；要开展文化活动，为文艺家和文艺工作者提供舞台和平台，让他们展露更多的才艺；要发挥文化功能，让各种文化资源充分涌流，让各种文化潜力充分释放；要创新文化业态，在继承传统的基础上，努力实现文化的创造性转化、创新性发展。

如今的淅川，作为南水北调中线渠首所在地，更添新时代壮丽文化胜景，《楚风丹韵》也必将在元成的笔下再展新的风采。

一点读后感，致敬吴元成！

（作者系中国作协会员、河南开封科技传媒学院
党委书记、河南省诗歌学会名誉会长）

序二

冯杰

一

往事如烟，短暂且缥缈。若捻细可扯远可扯近，或蟹索或蚕丝。

早在 35 年前的 1986 年某月某日，冯杰从北中原乡下出发，吴元成从开封河大出发，他城市我乡下，一河南一河北。俩人分别在不同时间到达兰考县，并非专程学习焦裕禄，是到印刷厂贩运诗歌。棉衣袋里都装着带体温的现金，属性为省吃俭用攒下的真金白银。来兰考的目的是要出版自己第一本诗集，叫处女集，但按官方标准归类，属"非法出版物"。诗集是非法的，但诗歌不非法，《金刚经》云"法尚应舍，何况非法"，何况，再何况，诗歌就应该是艺术的一种非法。

这些诗歌是用心在白纸上从上到下写就的。

他的处女集是《嚎叫与谈说》，我的处女集是《中原抒情诗》，可见那时在中原诗坛上我们都还是"处女"。处女集高 19 厘米，宽 11 厘米，手工铅字排列，20页码，定价三毛二。

诗集销路好不到哪里，多年过后，才闻他私自把定价抬高到五毛，在花园路农大门口最繁华处卖出十本。我则经营不善，35年里滞销，诗集没卖出一本。有一年我母亲嫌碍事，和我商议要作废品清理，我说这些都是文物。看看定价，我诗集上印的依然是三毛二。

这是我从大河之北莅临大河之南做的第一笔生意。赔了本，但我赚了梦想。

想想，竟然在35年前，时间长了不止一双翅膀。转眼间我们年过半百，也成为时代见证者，确切说是"诗代见证者"。那一个诗情勃发的年代啊，连北中原一个清收贷款的信贷员都在乡下做百里开外的诗人之梦，所谓有理想抱负的年轻人若不读诗不写诗不订《诗刊》不做诗人梦就是非时代者，就是时代非法者。我和吴元成都在做诗人梦，我在乡下他在城里。我俩都有理想和抱负。许多年后，我一位诗兄的女儿对他爹义正词严地说：你们那年代写两句诗就能骗骗小姑娘，放在今天，你们根本娶不上媳妇！

实践证明，孩子说的果然是实话。好在那个年代很现实，一半机会主义诗人趁诗潮娶上媳妇，吴元成夫妇俩竟都成著名诗人，成为中原诗坛让人羡慕的神仙伴侣。再后来，趁时代大潮，吴元成加入诗坛上那次由《诗歌报》和《深圳青年报》联合举办的诗歌大展"崛起的诗群"，他是"三脚猫"品牌，出场无宣言但有力作，我参加的是《中原抒情诗》，满身土气，远没他出场时"三脚猫"雄赳赳的气象。

虎乃猫科。诗坛上至今诗魂不散，还传颂着北方有一只吊诡的"三脚猫"，行走在中原大地。

二

中原诗坛上,吴元成作为一位多产诗人,有着诗艺上的自觉和追求,无论文字或行动都充满诗歌的饱和度,面对社会上的庞杂题材,可谓无不可入诗。常见他酒桌上吞云吐雾,吟诵上妙手偶得,近似历史上王勃、骆宾王之类的捷才,同时专注诗歌探索,自觉扎根中原故土,潜身于丰厚的文化,从多方面吸取艺术营养。

诗坛上流传的许多吴元成的故事,都和诗酒有关。他能宽宏并容忍我的随意调侃和信口开河。衣锦还乡属于仕途展示,而"长发归乡"则属于一种诗境。诗人的使命就是返乡,返语言之乡,返灵魂之乡。吴元成故园乡愁情结浓厚,但能做到虚实结合,前年他和兄弟姊妹翻修淅川老宅"至德堂",蒙爱让我题匾。我和主人心思一样,深知这里是一位诗人储备艺术食粮之地,是自己咏诗写意对故乡诉说心事的平台,也是中原广大诗人论诗谈艺栖息之处。他终归要从嚎叫回归于谈说,栖息于耳语。

三

认识他30多年来,吴元成一直是中原诗坛的行动者和建设者,许多诗歌活动都有他奔波闪现的背影,都有他频繁举杯的身影,都有他吸烟不断的风姿……

我觉得诗人不可太专,除了坚守本职,还要有其他的"旁门左道"丰富充实,叫诗外功夫微量元素滋补,草垛需要四面八方呼风唤雨。一位作家单纯写诗或小说会让人轻视,国学大师刘文典在80多年前的西南联大曾经棒喝，他诤言沈从文:"陈寅恪为国学跑警报，我刘文典为庄子跑警报，你一个小说家为谁跑警报?"沈先生是我敬佩的大师，竟有人敢如此语气，让我作为一个诗人深感汗颜。可见诗人更不配跑警报。若某天警报响起，诗人当会有自知之明，不跑而等死。

那一只奔波中原诗坛的"三脚猫"没有等死，近年来他在不断行走，深入实地作田野考察，对中原文化进行深度发掘。我就目睹过一次他的执着，前年，吴元成带领张鲜明会长和我到灵宝西坡文化遗址实地朝拜，各自捧回一抔五千年前的尘土。他俩很浪漫地说，要在上面写诗或种花，我则是很现实，在种白菜时把它作了底肥。

《楚风丹韵》结集的文章不是手写出来的，是双脚走出来的。诗人有多程寻找历史文化的苦旅，几年前他和评论家何弘先生写长篇报告文学《命脉》时，就触动了他的历史感文化感交叉的触角，如今开他仍在行走。

多年来，我和南阳文朋诗友关系密切，盆地上有我敬佩的诗人周梦蝶、痖弦、马新朝，小说家乔典运，散文家周同宾，有当代文坛活跃的文朋诗友，吴元就是其中之一。他宛军亦豫军，中原诗坛宿将，执笔上阵，刀法多样，愈战愈勇。且麻将打得好，香烟抽得紧，书法写得勤，诗外功夫了得。我们当年在兰考县贩运诗集时绝对没想过，如今我们竟然也会花甲。

诗人的使命是要么归乡，要么在归乡途中。对诗人而言，不了解故乡之事，就不能了解中国之事、天下大事。于是，一位诗人从丹江水畔的楚居堂出发，从屈原吟诵《国殇》之处出发，文游故乡，魂游故乡，开始啼血为字，歌咏桑梓。

四

  这是诗人吴元成的第一部散文集，和35年前那一册薄薄的处女诗集一样，是掺和泥水和旧梦垒就的献给故乡的一座"文学瓦屋"。这部散文集是一位文学赤子在故乡游走的屐痕装订簿，是一颗收集故乡风声雨声的青葫芦，是内心发愿为故乡立的文化之传，是用行动编就的乡土志史。

  35年之后，我又读到诗人新的诗句："青瓦啊，青瓦，好像自己从窑口里鱼贯而出，缓慢走到房坡上。安稳地躺在椽子上、箔子上，好像它们千百年来，就这样一仰一卧，次第排开。"而自己未尝不是故乡的一片文字青瓦，一根词语的柳椽榆檩，一抹石灰和泥水，用于搭建楚风丹韵里的一座文学瓦屋。

  有了这一座砖缝沟列明晰、脊兽站立分明的故乡青屋，此刻，诗人足可"玉壶买春，赏雨茅屋"，可以坐在屋檐下谈论故乡了。理由是：它是一位丹江诗人的文化地理志，是一位淅川游子的乡恋内心史。

  2021—2022年客郑，从谷雨到立冬到立春，断断续续两年。

（作者系河南省作家协会副主席、河南省
文学院副院长、河南省诗歌学会副会长）

目 录 contents

第一辑 楚风楚居

3　　从析，到淅，请大声读淅（xī）川

7　　坑南的深度：最早的淅川人在这里

11　　风雨沟湾一片陶

16　　烟波浩渺下王岗

19　　淅川人的形象

22　　龙山：滔河涌清泉

27　　淅川也很"中"

31　　丹淅地之"丹"与"析"，兼及"均"

35　　淅川盛湾有舜帝庙，一江之隔还有丹朱墓

38　　从淅川山水人文试读清华简《楚居》

56　　京宗地望当在嵩山地区，或与"京襄城"有关

59　敖之辨

64　试解淅川商密之"密"

67　商於之地今何在

70　愿做岵山一株草

74　岵山或即先楚时荆山

第二辑　楚器楚语

81　维女荆楚，居国南乡：楚族徙居丹淅流域与武丁伐楚

87　先楚子民迁徙融合轨迹初探

92　河南淅川：丹淅文明中的楚文化重要遗存

117　带回淅川一粒沙

121　楚国令尹王子午如是说

126　楚叔之孙薳子佣受教记

129　薳子佣封地当在淅川之薳

132　音韵铿锵的王孙诰甬钟

135　奔跑吧，神兽：薳子受的猜想

139　当云纹铜禁复活的时候：古老禁酒令的实证

142　楚王驳楚蛮论

145　楚始都地方言（一）：不美了

148　楚始都地方言（二）：白（别）乱了

153　楚始都地方言（三）："外甥随舅"兼及西申与少鄂等

157　楚始都地方言（四）：大，大大，达达，或源自楚武王酓达（熊通）

160　楚始都地方言（五）：从"送甗"，到"锅罴了"

第三辑 楚人楚事

165　滚滚丹江碧水　悠悠历史长河

171　陶岔：如此江山如此人

175　淅川范蠡考

189　陟岵先生与《诗经·魏风·陟岵》

193　楚三大姓：屈、景、昭，人才辈出

197　屈原北放记

209　仰望岵山的屈原

213　屈原是否见过三户城

217　屈原首放汉北时或于淅川写下《抽思》《思美人》

222　屈原《离骚》中的赤水即丹江，昆仑即秦岭中某山，
　　　旧乡或即丹阳（夷屯）

230　读《山海经》知屈原流放汉北丹淅流域不是偶然的

233　曲解屈原《湘君》之"夷犹"

237　《重修宣宗皇帝殿碑记》出处考

240　《佛祖统纪》：唐宣宗李忱剃发潜隐香严寺

243　唐宣宗李忱与淅川香严寺考

248　唐宣宗：了却七年隐　联句闲禅师

251　从唐宣宗潜隐香严寺看释道之变

254　僧一行竟结缘香严寺

258　司空图隐居淅川考

262　欧阳修淅川龙巢寺读书考

265　梦公故里行

第四辑　楚记楚言

275　淅川记

278　寺湾记

282　土地岭"石"话

291　淅川英雄渠碑记

293　九重堰小议

296　重修九重阁记

298　淅川一高记

300　金菊岭记

302　横山的高度

305　**参考文献**

307　后　记

第一辑

楚风楚居

从析,到淅,请大声读淅(xī)川

2011年7月20日,河南省作协副主席、淅川籍著名作家,时为光明日报社驻河南记者站站长、高级记者的刘先琴,在《光明日报》上发表了报告文学《淅川大声》,满含真情地描绘了南水北调中线工程淅川移民的迁安壮举。文中写道:"我沉默了半个世纪的故乡,你就大声喊吧,我叫淅(xī)——川!"

为什么?因为,她在北京街头听到一个孩子在问:"妈妈,淅(zhé)川在什么地方啊?"

不仅是孩童,有些大人也读错。有一年,淅川县在推介"淅有山川"区域公用品牌时,刘先琴再次提到了"淅"字被错读的问题,建议对外展示时,不妨在"淅"字后加上正确的拼音,引起了与会者的重视。很快,淅川就在推介这条宣传语时,特意加上了汉语拼音:

欢迎你进入淅（xī）川！楚国始都，南水之源。淅有山川，知味人间！

析，拼音 xī。会意字。从木，从斤。斤者，斧也，用斧子劈开木头。本义：劈，劈木头。古籍多取劈木之义。如：

析薪如之何？匪斧不克。(《诗经·齐风·南山》)

析，破木也。(汉许慎《说文解字》)

析，劈也。(三国魏李登《声类》)

扶桑可薪，析木可焚，是桂永存。(明方孝孺《双桂轩铭》)

引申义：分开，分散，分析，辨认。如：

厥民析。(《书·尧典》)

逮归，季孟已有析烟之议。(宋张今《范子严墓志》)

判天地之美，析万物之理。(庄周《庄子·天下》)

奇文共欣赏，疑义相与析。(晋陶潜《移居》)

但析作为水名，析水一般指发源于河南卢氏县南，流经西峡县，至淅川县马蹬镇入丹江的鹳河（亦名老鹳河）。

淅，拼音 xī。形声字，从水，析声。本义：淘，以水洗。常用义有：1.淅，淘米。如"百姓开门而待之淅，淅米而储之，唯恐其不来也。"也指淘过的米，洗后控去水的米。2.淅箕，竹过滤器。3.淅淅，象声词，形容轻微的风雨声，如"秋风淅淅吹我衣"。4.淅沥，象声词，形容雨雪声、落叶声、风声，如"霰淅沥而先集，雪纷糅而遂多"。叠用作"淅淅沥沥"。古籍多取淘米之义，如：

孔子之去齐，接淅而行。(《孟子·万章下》)

淅，汰米也。(汉许慎《说文解字》)

淅，汰也。(三国魏张揖《广雅》)

淅米而储之。(《淮南子·兵略》)

祝淅米于堂。(《仪礼·士丧礼》)

矛头淅米剑头炊。(唐房玄龄《晋书》)

但淅作为水名，同析水，淅水一般指老鹳河。《隋书·地理志》载，析阳郡有淅水。

楚字，拼音 chǔ，形声字，从林，疋声。本义：灌木，又名荆、黄荆、牡荆。古籍有载：

言刈其楚。(《诗经·周南·汉广》)

不流束楚。(《诗经·王风·扬之水》)

楚，丛木也。一名荆。(汉许慎《说文解字》)

楚国始都丹阳周围，有岵山、雷山、太白山、王子山、四峰山等大山和丘陵，至今遍布黄荆，楚国得名有因也。

析、淅、楚三字说明淅川自古山水秀美，林木茂密，生态宜居。

要想伐木，得有山林，故有挥斧析木之析；丹江纵贯淅川全境，丹阳川、顺阳川土地肥沃，适宜耕作。考古人员在位于盛湾镇河扒村的下王岗遗址中，发现了5000年前的稻谷遗存；淅川第二大河老鹳河（析水、淅水），古时定是鹳鸟翔集，不然何来其名？位于其东岸的沟湾遗址，也发现了粮食的痕迹。故有以水淅米之淅。

正是有了这些优良的生存环境和农耕文化传统，楚国才得以在淅川披荆斩棘，开疆拓土，立国300余年后方南迁江汉。有析、有淅，故有楚。

析、淅作为地名和水名，淅川独有。先为析，后为淅。

据《淅川县志》等载，春秋时，今淅川境内有楚国丹析地、析邑；秦设丹水、中乡县；西汉时境内有析县；南北朝时为析州析阳郡，辖东、西析阳县，西魏时首次改称淅川县，北周时属析阳郡、南乡郡、顺阳郡；隋时为析阳郡；唐时为淅州，辖淅川、丹水、顺阳县；五代属邓州淅川县；宋为淅川、顺阳县；金初，废淅川县，并入内乡县，正大年间复设，属邓州；元，淅川、顺阳县再次并入内乡，属南阳府邓州；明成化六年（公元1470年），淅川自内乡分出置县；清初，淅川县属南阳府，道光十二年（公元1832年）改为淅川厅，光绪三十一年（公元1905年）升为淅川直隶厅，省直属；民国二年（公元1913年）撤厅为淅川县，今仍沿袭之。

（2020年6月21日，记于郑东楚居堂）

坑南的深度：最早的淅川人在这里

如果有一个坑，你敢不敢跳进去？

从盛湾镇分水岭，经泰山庙、瓦房村，到丹江小三峡大桥，约4公里。

过桥沿着环库公路前行五六公里，经青龙泉、黑龙泉翻山，山下就是马蹬镇。

它原来叫黄庄，"文革"时曾经是黄庄公社所在地。八九岁那年腹疼，父亲背我从分水岭到香花镇、厚坡镇，皆不得治。最后背到黄庄，公社卫生院大夫亦束手无策。出了卫生院大门，是一道石板小街。倒是路边诊所里的一位老中医救了我一命：以半瓶醋为引，服下几粒免费的宝塔糖，豁然而愈，平复如故。

转眼半个世纪过去，物是人非，楼宇林立，小街还是窄窄的，只是石板路变成了水泥路，那家弥漫着中草药香的卫生所早已消失在喧嚷的街市里。

南水北调中线工程启动后，马蹬镇政府迁建到黄庄。

今天是 2021 年 5 月 2 日,农历辛丑年三月廿一。逢五一小长假,又赶上集市,车辆塞满了小街。街边卖衣服的,卖农具的,卖青菜的,卖竹篓、藤篮的,吆喝着,与逛街的人言笑谈价。

好不容易出了小街,车停淅邓公路旁的镇财政所院外。一支烟的工夫,二弟、四弟,镇人大主席梁峰、吴营村支书吴遂华到了。

车西行,至寇楼村附近的三岔路口。往右经杨营村五六公里,可达诗人周梦蝶故里陈店村。去年今日,我和爱人曾专门前去瞻仰,村前的响水河还涌动着诗人少年时的梦境。

往左,青山之下麦田碧绿,沟谷之间可见渑淅高速施工工地。蜿蜒西南行,十余公里后,方抵吴营村。

而我此行的目的是坑南。

沿着一道土坡向下数百米,到了。山峦起伏,丹江、鹳河交汇处,春风扬波,汪洋如碧。

坑南未见坑,只有浩渺的丹江湖。

吴遂华说,有哩,这里过去有个村子叫王坑,因王氏所居之地有大水坑而得名,坑南者,王坑之南也。又说,对岸岜山下曾有双河镇,这一带还曾叫三河乡,三河者,丹江、鹳河、响水河也。

坑南近水,坑南人亦屡迁徙。20 世纪 60 年代南迁出省,到湖北钟祥大柴湖安家。未迁后靠者,10 年前赶上南水北调中线工程再迁南阳以东社旗县,留下滨水的残垣断壁和不远处的一座高台。

高台三面环水,台下是一圈庄稼地,新种的玉米才发芽。台上杂木葳蕤,蔚然成林。

江湾处,停了两辆越野车,两三个人临水垂钓。半入水中的网兜里,鱼儿在吐泡。

如果有一个深坑，你愿不愿意跳进去？

我不垂钓，只为坑南遗址而来。四处搜寻，很快在草莽间看到了五六处探方。前些日子下过大雨，探方内积水欲溢，布满青苔。梁峰、吴遂华带头寻找，不停地打电话。

吴遂华指着水库西岸的茅坪岛说，他们也去那里挖过。"他们"是来自北京的考古工作者。他指着东北的滨水土坡说，那里也挖过，不过，都回填了。"他们"在整理文物，在写报告，过一段儿还会来，还会住到废弃的小学里，到时候，你再来看。

看不到真正的探方，我脸上失落的表情让吴遂华比我还着急。

他接着打电话，问跟着考古队开挖探方的村民，张三李四，你还记得吗？

我俯身在裸露着红土的玉米地里，手扒脚踢，还真的扒拉出两件"宝贝"：陶祖似的手镐，上半截被人为敲断，呈T形，下半截近乎圆锥形，明显使用过的痕迹。最早打制这手镐的人是谁？又是谁握着它刨开50万年前的曙光？陶鼎足已十分残破，搓掉泥土，还能看出它原本的褐红色和夹砂陶质地。它是否支撑过数万年前坑南人的美味，是否品尝过坑南人祭祀之牺牲？我不知道，只知道紧紧地握在手心，体味它恒久的滚烫和冰凉。

如果有一个火坑，你会不会跳进去？

吴遂华的脸上终于露出了笑容，有了，在上面，在高台之上的密林里。

上行穿过密林，方圆10余亩的平台中心，赫然现出两个大探方！

探方长宽都在五米左右，深度有六七米。坑沿附近还有零星的探洞。一小堆碎石叶散落在两坑之间的草地上，乳白色，闪着石英的光。也许不太规整，也许不太锋利，也可能是被打包装运的人遗忘了，留在这里，等着我们来，告诉我们，它们都是从这探方里重见天日的。

我迫不及待地跳进去，沿着预留的土台阶往下走，先捡到了洛阳铲的一节铝合金接杆。杆内塞满了泥土，二弟接了，如获至宝。

坑内壁大多很齐整，还被小铲子画出了几道环线，应是专家们对地层年代的划分。从上到下，依次是熟土，1万年前，10万年前，20万年前，50万年前……

第二个探方因为下雨，西北角塌方，一大堆黄土、红土、黑土倾覆在探方底部。那红土会不会是红烧土？那黑土会不会是灰坑的遗迹？我不懂考古，只能往下跳。

跳下去就有收获，散落的泥土里，一块青灰色的石头十分完整，好像是石斧。一块被黄泥包裹的黑色楔形砾石会不会是砍砸器，或许就是带刃的石斧？拂去万年前的泥土，依然很锋利。

再寻，唯有深坑。下台往回走，一人手提活鱼从江边悠然走来，询之，一鲤鱼，一丹江红尾鱼。恍惚间，他就是从探方里走出来的坑南人，采集、耕作、狩猎、捕鱼的坑南人。我手里的石叶，一定能刮去鳞甲，剖开鱼腹，献祭给50万年间都在这里生息的坑南人、淅川人。

（2021年5月2日访坑南，5月8日补记于郑东楚居堂）

风雨沟湾一片陶

河南淅川县地处豫鄂陕三省交界，境内丹江、鹳河（古淅水）交汇，源远流长，人文荟萃，先后发现了坑南、沟湾、下王岗、龙山岗等新旧石器文化遗址。

其中的沟湾遗址最早发现于1958年。1959年，长江水利委员会考古队河南分队对其进行了小规模发掘。为配合南水北调中线工程丹江口库区建设，2007年7月至2008年8月，郑州大学历史学院考古系再次对其勘探、发掘，发掘面积5000平方米。从器物组合及特征来看，沟湾遗址出土遗物丰富，典型器物演变序列清晰，基本囊括了仰韶文化早期晚段到晚期早段的整个时期。

沟湾遗址原名下集遗址，位于淅川县上集镇张营村沟湾组东，老鹳河东岸二级台地上。它周围群山环绕，东为小山，南为走马岭，西邻峰子山，北望小北山。

2020年，我在连绵秋雨中，来到张营村沟湾，寻访这片新石器遗址。沟湾是张营村的一个村民小组，黄土下叠加着仰韶文化层、屈家岭文化层、石家河文化层、王湾文化层，夏商周以前的淅川人，在此繁衍生息了两三千年。

我从淅川县城出发，穿过鹳河大桥，向东南行3公里，见一座大理石路标竖在路旁：张营移民村。村支书周金说，2010年8月，张营村505户、2012名群众怀揣老娘土，到许昌长葛市和尚桥镇安家落户，村名还叫张营。172米高程以上的113户、550名张营人后靠集中安置，都住上了二层小楼房，日常侍弄蔬菜、茶叶、林木，呵护着水源地。

周金请来了退休教师王西谦给我做向导，去寻找遗址。我们沿着移民新村旁小路往西南走，来到一条泥泞沙土路上，再往前走，左边是大片苗圃，林木葱茏，右边是河滩地，种着果树，搭着蔬菜大棚。

我心急地问："哪里是遗址？"王老师指着苗圃说："这就是，这都是。"

原来考古工作者发掘完毕后，遗址又回填了，并被人种上了苗木。

"2007年7月，郑大考古系第二次来发掘时，发掘面积5000平方米，发现了好多宝贝，石斧啊，陶鼎啊，盆盆罐罐，都有。据说还有汉代、宋代、清代的玩意儿。"王老师说。

进入苗圃中心，找寻多时，我找到当年所立一个水泥标志桩。再往苗圃深处走，看到了一个新挖大坑，这是村民为起雪松苗木所挖。村民刘国选说："前些天有人来起雪松，在这个坑里挖碎了一只老陶罐。"

大家在坑边弯腰翻捡，捡到不少陶器碎片，不免一阵惋叹。我跳进坑中，捡到一节残破的夹砂陶鼎足，还有一件小而圆的陶纺轮。

走出苗圃向西不足百米，有一所废弃的小学，院子内躺着两节石牌坊廊柱，一俯一仰。仰者有文字，是清咸丰年间所立。校园后有彭堂庙遗址，仅存残垣断壁。

废弃小学东边不远处有条小河叫"大沟",从小学往西800余米,是老鹳河。人类古文明往往诞生于两河交汇处,如中东的两河文明、中国的河洛文明等。昔日老鹳河两岸土地肥美,系淅川三大川之一的板桥川,适宜古人类生存。沟湾遗址,正处在大沟和老鹳河交汇处。

信步来到老鹳河边,平坦低洼的河滩,蒿草丛生,步入其中,不时惊起灰色雉鸡。因丹江口水库大坝加高,丹、鹳合流,老鹳河水位上升至160余米,碧波荡漾,烟雨迷蒙。

我端详着手中糊满泥巴的碎陶片,想起诗人单占生曾言,陶碎为瓦。是的,有瓦乃居,有根乃生。

古淅川人的陶片在这儿,古沟湾人的根、楚人的根都扎在这里。

2020年11月29日,由中国社会科学院考古研究所、河南省文物局主办,淅川县委、淅川县人民政府承办的"丹淅流域早期文明学术高峰论坛"在河南省淅川县召开。在论坛上,笔者见到了沟湾遗址的主要发掘者之一、郑大历史学院考古系教授靳松安先生。

在论坛上,靳松安介绍了沟湾遗址二次发掘的经过。2007年7月至2009年8月,为配合南水北调中线工程丹江口库区建设,他和郑州大学历史学院考古系的师生们一起对淅川县沟湾遗址进行了考古勘探与发掘。在为期14个月的发掘中,依据层位关系,结合出土器物的组合、特征及其演变规律,他们将沟湾遗址史前文化分为14小段。其中仰韶文化分为四期七段、屈家岭文化分为早中晚三期、石家河文化分为早晚两期、王湾三期文化分为早晚两段。依据沟湾遗址22个测年数据,结合周边其他遗址的测年结果可知,该遗址仰韶文化遗存的绝对年代为距今7000—5000年,屈家岭文化遗存的绝对年代为距今5000—4500年,石家河文化遗存的绝对年代为距今

4500—4200年，王湾三期文化遗存的绝对年代在距今4200—3800年。

此次发掘曾入选"2008年度河南省五大考古新发现"，发掘成果十分丰硕。靳松安说："该遗址发现了史前时期各类遗迹830余处，其中仰韶文化遗迹416处，别的遗迹分属屈家岭文化遗迹、石家河文化遗迹和王湾三期文化遗迹。种类主要有村落外围的防御设施壕沟、供人居住的房基、祭祀坑等。出土的文化遗物有陶器、石制品、玉器等几类。完整或可复原陶器900余件，包括炊器罐、鼎、斝、釜等；石制品6000余件，包括生产工具斧、铲，渔猎工具网坠等。"

他看着我在遗址区捡到的陶纺轮，说："这种陶纺轮在沟湾遗址随处可见。"

沟湾遗址文化堆积以新石器时代晚期为主，尤以仰韶文化遗存最丰富，其学术价值体现在多个方面。

汉水中游是连接江汉平原与中原腹地、关中地区的重要文化通道。自旧石器时代起，此地文化面貌就兼具南北文化特征，至新石器时代晚期，它作为文化交流通道的地位更加凸显。而在沟湾遗址中属于中原系统的仰韶和王湾三期文化与源自长江中游的屈家岭和石家河文化交替出现，不同时期文化面貌的南北交融特征，鲜明地反映了这一交流通道的区域特性。这些发现为细致深入理解所谓"华夏集团"与"苗蛮集团"的南北折冲、多元一体的文明化进程等课题提供了重要资料。

沟湾遗址的发掘中，多学科合作研究的开展，为全面分析汉水中游地区史前环境、生计、技术、人类体质及文化习俗等提供了系统资料。

靳松安说："该遗址首次发现了汉水中游地区具有环壕设施的史前聚落，环壕包括上下叠压的两道壕沟，总体近圆角长方形。仰韶时期遗存皆位于环壕内侧，聚落总体呈现出较强稳定性。为进一步探讨南北方考古学文化交流与互动提供了典型资料，为深入研究汉水中游地区史前文化序列及年代提供了新的标尺。"

据系列碳-14测定，沟湾遗址史前文化遗存的绝对年代为公元前4600—前2000年左右。与区域内其他遗址相比，沟湾遗址丰富且持久的文化遗存，为探讨该地区史前文化序列和绝对年代提供了新的重要资料，为学界展示了一幅丰富、清晰且具体而微的单体聚落变迁图景，这对该地区单体聚落形态研究具有重要的参考和示范作用。

靳松安及其团队与多部门合作，综合运用考古学、古植物学等多学科的理论与方法，在考古学、年代学、古植物学等方面都取得了重要进展。他说，沟湾遗址很重要，是淅川史前文明和夏商周文化的结合点，可以考虑建设考古遗址公园。

（2020年11月，记于郑东楚居堂）

烟波浩渺下王岗

和沟湾人一样，淅川下王岗人也在丹淅流域生活了几千年。不同的是，下王岗遗址位于丹江与淅川盛湾镇境内的樵峪河交汇处。

在丹江北岸岵山下的岵山铺码头和南岸的河扒码头之间，笔者曾多次乘船往返，也曾经站在河扒码头的水泥路上眺望岵山和汪洋的水库，环视岸边起伏的山丘。

2020年11月28日，利用"丹淅流域早期文明学术高峰论坛"在淅川召开的契机，我随同来自全国各地的考古专家和文化学者得以再次近距离亲近下王岗遗址。

作为南水北调中线工程核心水源地，丹江近期的库面高程维持在164米左右，小三峡上下的丹江皆烟波浩渺。这次回乡，我和与会代表一起乘"丹江大观苑"号汽轮从丹江北岸来到南岸的河扒码头附近。

作为下王岗遗址第二次发掘的主要参与者，中国社科院考古研究所的高江涛博士也站在船头。面对已经淹没在水下的遗址，他手持话筒，回忆起发掘下王岗的故事和心得。他说，下王岗人，前前后后在这里耕作渔猎了3000年，从仰韶文化时期到西周，不曾间断过。

笔者查阅清康熙二十九年（公元1690年）和咸丰十年（公元1860年）的《淅川县志》所附县域地图，二图都在老县城东南的丹江南岸标注有"三户城"。经过比对，发现于盛湾镇河扒村的下王岗遗址与地图上的"三户城"几乎重叠，不知是不是商圣范蠡的出生地"楚三户城"。

下王岗遗址第一次发掘是在1971年至1974年，由河南省博物馆（河南博物院前身）承担发掘任务，历时3年，发掘面积2309平方米。主要发掘的是墓葬和房屋，出土了鼎、罐、瓮、豆、鬻、盉等大量新石器时代的文物。特别是下王岗遗址中的长屋，坐北朝南，全长85米，进深6.3米至8米，面阔29间，东头向南伸出3间，共有32间居室，加上门厅，共有房屋49间。下王岗长屋是我国史前房屋遗迹中最长、分间最多的一座，成排的双间式房屋地基说明当时人们已经以家庭为单位生活。

"丹江大观苑"号汽轮离开下王岗遗址往下游行驶时，高江涛博士让我们向一叶扁舟挥手致意。来自盛湾镇政府的工作人员，划着扁舟在水面上给我们标记已经淹没在水下的下王岗。岸边的土丘上还挂着"下王岗遗址所在地"横幅。

汽轮没有靠岸，我们没法沾染下王岗的泥沙，只有无边无际的风浪亲切地抚摸自远方归来的游子。

同样因为实施南水北调中线工程，下王岗遗址得以第二次进入考古界的视野。

下王岗遗址的第二次发掘始于2008年，到2010年结束。发掘工作由中国社会科学院考古研究所承担，发掘面积3002平方米，出土了动物、植物、人骨遗存以及大量珍贵文物。文物修复和编写考古报告历时10年。2020年

11月，中国社会科学院考古研究所编著的《淅川下王岗：2008—2010年考古发掘报告》由科学出版社出版，并在淅川"丹淅流域早期文明学术高峰论坛"上举行了首发式。

在首发式上，中国社科院考古研究所高江涛博士发表了主旨演讲。他说，下王岗遗址现存面积6000平方米，经过两次大规模发掘，发现了丰富的仰韶文化、屈家岭文化、龙山文化、二里头文化、西周等不同时期的考古学文化遗存。他进一步分析说："其中，二里头遗存可以分为两期，分别相当于典型二里头文化的三四期，文化内涵既有属于典型二里头文化的常见陶器，也有属于本地二里头文化的独有特色器物，可称为二里头文化'下王岗类型'，主要分布于丹淅流域、鄂西北、荆襄地区等鄂豫陕交界地区。"

这里也正是中原文化和南方文化的交汇地和中转站。高江涛博士认为，以淅川下王岗为交通枢纽，向东经方城隘口，可进入中原腹地；向西北经丹江通道，可达关中，经洛河上游而下洛阳盆地；向南经南襄通道，或进而经随枣走廊，或直下荆襄，以至江汉平原。

论坛上，与高江涛博士相呼应，湖北省社科院楚文化研究所的易德生研究员则以绿松石资源和下王岗等地发现的倒钩铜矛为例，分析了丹淅流域早期文化通道的重要性。他说："包括淅川在内的南阳出土的塞伊玛-图尔宾诺倒钩铜矛，也显示出丹淅流域在夏商周时期有较为活跃的文化交流现象，显示出丹淅流域文化通道的畅通。"他结合早期考古文化遗存及文献认为，在此主要有三条文化通道：关中平原至商洛及丹淅流域，汉水上中游地区至丹淅流域，中原至南阳盆地至丹淅流域。

可见，探源中华文明，沟湾、下王岗遗址所在的丹淅流域早期文化遗存是一个无法绕开的课题。

（2020年12月，记于郑东楚居堂）

淅川人的形象

今天清明,祭祖日。作为文字,早期的"祖"字为象形的"且"字。"且"本形为男根,本义为生育,引申义为增人添力。甲骨文、金文的"祖"字即以陶祖为形。

作为实物,古时即有陶祖。《淅川下王岗:2008—2010年考古发掘报告》记载:"本次发掘出土1件属于龙山时期晚期偏早阶段的陶祖。"

这件陶祖距今大约4000年。《淅川下王岗:2008—2010年考古发掘报告》推测,淅川盛湾镇"下王岗龙山文化遗存的绝对年代大概在公元前2200—前1880年"。

4000年前,烧造陶祖的那个淅川下王岗人可能是有意的。他带着对子孙繁衍的期盼,在抟土为鼎、为罐、为甗、为鬲、为盆、为壶、为尊、为杯、为陶纺轮之后,依样画葫芦,做了这件陶祖。也可能是无意的,他不经意间创造了这件"艺术品"。他有的是艺术细胞和熟练的技艺,他毕竟已经会在彩陶折沿盆上描画出生动的鱼形纹饰。

在淅川盛湾镇下王岗出土的仰韶文化时期的诸多陶器里，还有一件奇特的陶人头像：浑圆的脑袋，一双大大的眼睛，眼窝空洞却深邃；环绕嘴巴一圈点了10个小圆孔，也许代表牙齿；额头上有一排4个小圆孔，也许是代表装饰物；额头上还深刻着3条弯曲的线条，如眉又如皱纹。

这个头像整体看起来匪夷所思，尤其是他那双夸张到不合比例的眼睛，堪与四川三星堆青铜纵目人面像媲美，且比其年代要早2000年。还有一个值得注意的现象，淅川下王岗陶人头像没有耳朵。他有那么大而幽深的眼睛，已经足够看到丹淅流域的山川人物、稻粟麦豆，他似乎不用倾听，就能感知天地交泰、四季轮回、人心冷暖。

我想，这个大眼睛陶人不会是一般人，很可能是下王岗部落的首领，他完全可以代表5000年前淅川人的形象。

脚下的丹江滚滚奔流，对岸的岵山巍峨苍翠，下王岗人生生不息。转眼过去1000年，下王岗的那名工匠抟土烧造了陶祖。这个陶祖不仅属于他，也属于在他之前的那个大眼睛陶人，下王岗人的老祖先。

就在他把陶祖烧造之后不久，尧帝之子丹朱来到了淅川。丹朱带领淅川人、三苗人治理水患，发明围棋，造福百姓。人们记住了丹朱，把他安葬在丹江北岸的老城镇西，岁岁祭拜。丹朱也成了淅川人、南水北调人的形象。

丹朱当然也想回到山西襄汾县陶寺，想和舜帝一争高下。舜帝岂能不知，兵发淅川，征伐三苗，一场血战之后，身死苍梧（商於）。淅川人是博爱的，也在丹江南岸的盛湾镇姚营村为舜帝立庙祭祀。舜帝也成了淅川人的形象。

又过去了1000年，先楚人自中原来到淅川丹阳，居于夷屯，定都340余年，方沿丹江南下，拥有了江汉平原。《淅川下王岗：2008—2010年考古发掘报告》指出，"江汉平原基本不见西周早期楚文化的踪影，西周中期出现楚文化遗存，江汉平原楚文化应当来自丹淅一带"，"下王岗遗址虽非丹阳之夷屯所在，但却侧面反映了夷屯应在丹淅流域一带的事实"。(见高江涛《清华战国竹简〈楚居〉中的"夷屯"初探》)那么，楚人也是淅川人的形象。

后世薳子冯家族魂归淅川仓房镇下寺，王子午鼎、铜禁、编钟、神兽重器时现；范蠡走出淅川三户城，佐越伐吴、经商致富、散财为民；屈原首放汉北，于淅川作《抽思》《国殇》诸篇；淅川顺阳人范晔刚直不阿，著《后汉书》传世；光王李忱潜隐淅川香严寺，开晚唐中兴之治；少年欧阳修读书淅川龙巢寺，终成大宋文坛领袖；当代诗人周梦蝶走出淅川马蹬镇陈店村，风雅享誉海内外；等等。不胜枚举。这些先贤大德也都是淅川人的形象啊！

不了解淅川的，偶见淅川人，或曰肤色黝黑，或曰粗鄙无文，非也！概而言之，披荆斩棘，好学上进，无私奉献，为国为民，感恩戴德，才是淅川人的形象。

（2021年4月4日，记于郑东楚居堂）

龙山：滔河涌清泉

江山依然在，淅川为缩影。

江是丹江，是老鹳河，是淇河、滔河、闹峪河、黄水河、响水河、小金河、簧河、刁河……

山是岵山、龙山，是析隈山、丽金山、霄（宵）山、王子山、鳌子山、火焰山、象山、四峰山、横山、太白山、白崖山、禹山、汤山……

江山之间，是丹江口大坝建设以来外迁的近40万淅川移民和至今生活在这里的70万淅川人。

江山如龙。丹江是一条龙，老鹳河（析水、淅水）也是一条龙。

二龙翔舞，漫流冲积，滋润三川：板桥川、丹阳川、顺阳川。

三川之上的淅川人，逐水而居，因水而迁。

楚国人亦当如是，其都城（乃至范蠡故里三户城）在丹江两岸屡迁屡建、屡兴屡废是必然的。这也为《楚居》所记，先楚居淅之地有八九处之多提供了旁证。

丹、淅交汇处东南岸二级台地上，有马蹬镇坑南遗址。考古证明，50万年前到1万年前，淅川人在此聚居，繁衍生息。

1万年之后，淅川人薪火赓续。板桥川之内、霄（宵）山之下、老鹳河之滨的上集沟湾遗址，在顺阳川之内，与李官桥古镇和陶岔渠首毗邻，已淹没在丹江口水库之下的龙城遗址。丹阳川之内、丹江南岸的盛湾镇下王岗遗址和滔河乡龙山岗遗址、下寨遗址、申明铺遗址、水田营遗址，等等，星罗棋布，明珠成串。

自周成王封熊绎于淅川及其之后的340多年间，楚国世居丹淅流域。

与清华简《楚居》的记载相比，司马迁在《史记》中写楚"居丹阳"，显得过于宽泛，但亦不完全为错。如《楚居》记载"若敖酓义徙居鄀，至焚冒酓帅自鄀徙居焚"，这里的"鄀"当在大石桥乡柳家泉附近，确在丹水之阳。

但丹水之阴，在滔河、闹峪河、黄水河与丹江交汇处，下寨遗址、水田营遗址、申明铺遗址、龙山岗遗址、单岗遗址、下王岗遗址依次排列，上及仰韶文化，下至石家河文化、龙山文化和夏商周遗存，就不能不令人怀疑，未见过《楚居》的司马迁，也有疏漏之处。

清华简《楚居》还记载宵敖和称王之前的楚武王都曾居宵："至宵敖酓鹿自焚徙居宵。至武王酓达自宵徙居免（大），焉始称王。"

宵敖之宵与宵地之宵，我在去年"十一"探访沟湾遗址时曾推测，此"宵"或即位于其附近。

近日与三五文友在探访南水北调中线工程陶岔渠首大坝、汤山九重阁和九重镇邹庄村之后，转道滔河乡，对《楚居》记载的"宵"又有新的猜想。

汽车轮渡自老城镇穆家山码头驶向丹江南岸，丹江烟波浩渺，左岈山、右龙山苍茫迤逦。至张庄下船，一路在龙山下西北行，先后经东闹峪村、黄楝树村、杨伙村、刘伙村（龙山小学旧址）、水田营村（村民因南水北调中线工程10年前搬迁至唐河县城郊乡），至滔河老街和新迁之乡政府所在地二郎岗。所过处，冈峦起伏，河溪奔流，涌泉喷溅。

而龙山之下、闹峪河与丹江交汇处的龙山岗遗址，更让一行人流连忘返。

遗址坐落在闹峪河东岸的台地上，北约1公里为滔河乡水田营遗址，东约12公里为盛湾镇下王岗遗址。据发掘报告记载，早在20世纪60年代，河南省文物考古研究所曾对该遗址进行发掘，发现有仰韶时代晚期、屈家岭文化晚期、石家河文化遗存，其中以屈家岭文化晚期遗存为主，发现有呈庭院式布局的屈家岭文化遗址25座。2008年5月—2009年10月，因南水北调中线工程，河南省文物考古研究所对该遗址再次进行了考古勘探和发掘。勘探和发掘表明，遗址现存面积约20万平方米，文化堆积厚1.0—4.5米。目前揭露面积为5000平方米，遗址文化堆积较为丰富，发现有明清、宋元、汉代、西周、王湾三期文化、石家河文化、屈家岭文化和仰韶时代晚期遗存，其中以新石器时代遗存为主，尤以仰韶时代晚期遗存最为丰富。其中可与先楚对应的西周遗存主要有灰坑1个、墓葬10座。墓葬均为小型土坑竖穴墓，有随葬品的墓葬3座，随葬器物有陶鬲、石钺、石玦、骨簪等，其余墓葬未见随葬品。

遗址之上，麦海翻涌，一位农妇正挥镰收割，她曾参与探方泥土清理工作。麦田中间，竖立着"河南省文物保护单位龙山岗遗址"水泥牌子，标明公布时间为1963年6月。旁边的麦茬间还有两三处洛阳铲新打的探洞，很有可能是盗墓者新近所为，幸未打穿。

站在遗址上眺望，南为龙山，龙首探入金黄的麦田，龙脊迤逦起伏，直入天际。北为丹江、闹峪河交汇处，碧波荡漾。

闹峪河又称肖河，肖河是不是"宵河"之讹？如是，则与《楚居》之"宵"当互为关联。抑或《楚居》记载的宵敖和称王之前的楚武王曾居之"宵"，就在肖河与丹江交汇处的龙山岗遗址一带。

淅川不仅多江河，亦多涌泉，世称龙泉。清以来，淅川县志多载之，咸丰十年《淅川厅志》所记"淅川八景"中就有两景："泉窟鸡鸣""双泉互吸"。该志所记泉水有：城（即淅川老县城，下同）东五十里之孤堆泉、城东北五十里之神泉、城南七里之涌泉、城南二十五里之沱泉、城南一百里长寿寺（香严寺）前之珍珠泉、城东南一百里施台寺之瀑布泉、城西北荆紫关乍客山张三丰洞前之瀑布泉、白崖山西峰下之龙女泉、城西二十里之黄龙泉、城西南十五里之黄龙泉、城西二十里之黑马泉、城北十一里之黑龙泉、城北三十里之龙泉、城西南三十里之清泉、城西北十二里之五海泉、城北五十里之大泉、城西南三十五里之鸡鸣泉、白崖山崖前流泉之三潭。

迄今，淅川仍有黄龙泉四处，一在寺湾镇黄龙泉村，一在滔河乡杨伙村，一在盛湾镇黄龙泉村，一在盛湾镇袁坪村；有黑龙泉两处，一在仓房镇香严寺与坐禅谷之间（下行为莲花瀑布），一在滔河乡尚岗村。

除了黄龙泉、黑龙泉，仅滔河乡境内就有周营村的鸡鸣泉、白龙泉、筛子泉、鸭子泉、吃水泉，横岭河村的蛤蟆泉，清泉村的清泉，等等。笔者此行，多有所见。

以道里计，周营村的鸡鸣泉很可能就是《淅川厅志》所记的"泉窟鸡鸣"之鸡鸣泉。该志在"鸡鸣泉"条下还记载了它得名之因："旧有神鸡晨夕鸣于泉内。"清泉村的清泉很可能就是《淅川厅志》所记的清泉。该志在"清泉"条下还记载其泉："水色若靛。旧产绿毛龟，今无。上有龙神庙。天旱，祷雨，辄应。"

笔者一行观瞻时，皆为其泉眼众多，纷纷上涌，清澈见底所叹服。清泉边尚矗立一通高大古碑，额书"重修清泉庙记"，碑身虽已残破，文字漫漶，但仍可辨出，此地曾建清泉庙，距今670余年。清泉庙当系《淅川厅志》所记之"龙神庙"。

与清泉四五百米之遥，2019年新出一泉。主政滔河的本贵先生说，乡里为所建新村打井，钻头方下，泉涌如白龙，高两米余，粗大如碗。经检测，富含硒、锶等多种矿物质。见滔河正发展冷泉养鱼、稻虾共作，造福后移民时代，众建言可建矿泉水厂，或可命名此泉为新清泉、幸福泉。

在淅川，龙山、龙水、龙泉绝非虚无之物。20世纪70年代初，淅川滔河乡马家沟就出土了数枚恐龙蛋化石，近年又屡有发现。吾等自滔河至盛湾镇鱼关村（村民因南水北调中线工程10年前搬迁至唐河县东王集乡）参观南水北调移民民俗纪念馆和淅川第一党支部纪念馆，在鱼关东南山坡上就见到新出土的数窝恐龙蛋化石。

百姓即江山，百姓即龙。我们都是龙的传人。

（2021年5月30日，追记于郑东楚居堂）

补记：本文在公众号刊发后，南阳师院唐新先生转来滔河下寨遗址出土骨龙图。可惜，这次滔河行时间紧，只在滔河老街上远远望了一眼，未及实地探访，甚憾。

淅川也很"中"

"中"是天地之中、中国之中，亦是丹淅之中，更是中和、中庸之中。

河南宛西之地，向为先楚披荆斩棘处。自镇平县以西，今日之内乡、西峡、淅川三县本系一体，历史上多有交叉叠置。

内乡之名何来？今内乡县西南与淅川县东北有东西向一山脉，号称中条山（非山西省之中条山），犹如屏障式的分水岭，把湍河、刁河、丹江、老鹳河流域予以分割。故，与内乡相对，淅川历史上又曾设南乡郡、南乡县、中乡县。

关于南乡郡，康熙二十九年（公元1690年）纂修的《淅川县志》记载：

> 建安中，割南阳右壤，淅川为南乡郡。三国与魏因之。晋改南乡为顺阳县……后魏置丹川郡，又置淅川县，属南乡郡。

关于南乡县，也可能与《诗经·商颂·殷武》"维女荆楚，居国南乡"有关。康熙二十九年（公元1690年）纂修的《淅川县志》记载：

隋文帝开皇初，废南乡郡为南乡县。

北魏郦道元在《水经注·丹水》篇写道：

丹水又东，径南乡县北。兴宁末，太守王靡之改筑今城。城北半据在水中，左右夹涧深长。及春夏水涨，望若孤洲矣。城前有晋顺阳太守丁穆碑，郡民范宁（《后汉书》作者、南朝宋淅川人范晔的祖父，曾任临淮太守、豫章太守，为东晋经学大家，著有《春秋穀梁传集解》——作者注）立之。丹水径流两县之间，历於中之北，所谓商於者也。故张仪说楚绝齐，许以商於之地六百里，谓以此矣。《吕氏春秋》曰："尧有丹水之战，以服南蛮，即此水也。"又南合均水，谓之析口。

清咸丰七年（公元1857年）纂修的《淅川厅志》在转述了《水经注》关于"商於之地"的记载后，又注明：

明《一统志》，商於城在内乡县商於城保。秦张仪诈楚商於之地六百里，即此。按：明成化以前，在内乡为商於城保。成化六年分入淅川县（自金、元至1470年，淅川曾归内乡县管辖——作者注），即今城（淅川老县城——作者注）西南於村。

至于"商於之地"，"商"为都国故城商密、秦汉丹水县之故址，在今淅川县大石桥乡柳家泉村一带之商密遗址。"於"即秦楚之"商於邑",《水经注》之於中、商於,明代商於城堡,清代於村,在今淅川县盛湾镇马川村古城岗一带。康熙二十九年(公元1690年)纂修的《淅川县志》记载:"县西南古城岗有遗址,秦张仪诈许楚商於之地应即此。"

关于中乡县,清咸丰七年(公元1857年)纂修的《淅川厅志》记载:

秦二十六年,始分天下为三十六郡,于穰县(今属邓州——作者注)西置中乡县,属南阳郡,即故淅地……北周改内乡县为中乡县,复秦旧名……隋炀帝大业初,仍置淅阳郡,复改中乡为内乡……

此中乡县之"中",当指内乡、南乡之中。

但"中"于淅川还有一解。

商於之"於",文言叹词,如:於乎、於戏,同"呜呼"。

淅川之"於"应同于今文之"淤"。"淤"的本意有:淤积,淤积起来的,淤积的泥沙。淅川之"於中"可读为"淤中","於"当系丹江流经之地丹阳川上淤积的河滩地、沙洲之类。

历史上的丹江在其北岸岵山和南岸四峰山脉之间穿行,在南岸盛湾镇境内,与黄水河交汇,形成小型冲积扇(古城岗),才能有"於中"之谓。

1963年出土于陕西省宝鸡市宝鸡县(今宝鸡市陈仓区)贾村镇的何尊,内底铸有铭文122字,其中"余其宅兹中国,自兹乂民",为"中国"一词最早的文字记载。此处的"中国"指代成周(今河南洛阳)一带。

2008年收入清华大学的战国时期清华简,有《保训》篇,其中云:

昔微假中于河,以复有易,有易服厥罪,微无害,乃归中于河。

李学勤先生在其《初识清华简》（中西书局2013年版）中分析说，简文之"中"与《论语》"允执其中"和《中庸》"中也者，天下之大本也"一脉相承，属于哲学的范畴。

程涛平先生在其《先楚史》（武汉出版社2019年版）中推测，含仰韶文化、龙山文化、屈家岭文化、石家河文化遗存的河南荥阳市古荥镇孙庄村西山遗址，河南新密市曲梁乡大樊庄古城寨遗址与祝融部落关系密切。

楚自中原祝融之墟封于丹阳，必与中原道统文化有紧密联系。尤其是公元前516年，东周召伯盈逆敬王而逐王子朝，致王子朝奉周之典籍奔楚，给楚人带来了王室典籍。从另一种意义上说，楚人发愤图强，意欲问鼎中原，也是在向中原文化、"中"文化致敬。

楚人用"中"命名地名也有文献可考。楚国早在秦始皇二十六年（公元前221年）于淅川设置中乡县之前，就设置有龙城县和中阳县。据湖北出土的包山简文中记载（参见陈颖飞所著《楚官制与世族探研》，中西书局2016年版），楚国在中阳县设有司法长官"中阳司败"和下属官吏"中阳之儒门人"。此中阳之地，很可能就是上述的於中和中乡县之所在。因此可以说，淅川也很"中"！

（2020年9月22日，记于郑东楚居堂）

丹淅地之"丹"与"析",兼及"均"

今河南淅川所辖及其周边向称丹淅(丹析)地,亦可分解为丹、析地。《淅川县志》载,春秋时,今淅川境内有楚国丹析地、析邑。

丹,可理解为丹江(丹水)、尧帝子丹朱,更可能是指丹邑和楚始都丹阳。

丹水,《水经注》有条目详解。《水经注·卷二十·汉水、丹水》转引《吕氏春秋》的记载:"尧有丹水之战,以服南蛮。即此水也。"

如按此说,则尧帝子丹朱被舜帝放逐于淅川之前,尧帝曾发动丹水之战,征服了南蛮,丹江流域始归尧舜之版图。否则,舜帝也无法放逐丹朱于此。

至商亡,此地被周成王封予楚。关于丹阳,《史记·楚世家》记载:

> 熊绎当周成王之时,举文、武勤劳之后嗣,而封熊绎于楚蛮,封以

子男之田，姓芈氏，居丹阳。

析，即丹江最大支流鹳河（古名析水、淅水、均水），因多鹳鸟栖息，又名老鹳河。发源于河南栾川县小庙岭，向西南流至卢氏县五里川镇后转向东南，经朱阳关镇入西峡县境，至槐树洼入淅川县境，经上集镇至马蹬镇注入丹江。《水经注·卷二十·汉水、丹水》记载：

> 析水又历其县东，而南流入丹水县，注于丹水。故丹水会均，有析口之称。

丹水县亦即淅川县。咸丰十年（公元1860年）《淅川厅志》记载，汉初所置县。《括地志》云：故丹水城在内乡县（西峡口）西南一百三十里，去丹水二百步，以道里推之，当在上白亭保（今淅川大石桥和滔河乡一带）。"均"即析水、鹳河。"析口"即丹江、鹳河交汇处，丹江口水库20世纪70年代初蓄水前，此地有双河镇。

关于均，按尧帝子丹朱因丹水而名，则商均也当因均水而名。是否可推测，舜帝放逐尧帝子丹朱于丹江之滨后，舜帝之子商均也曾居于均水（鹳河）之滨，或为大禹行舜帝之故事放逐了商均。

而《史记·五帝本纪》记载的是"禅让"：

> 舜年二十以孝闻，年三十尧举之，年五十摄行天子事，年五十八尧崩，年六十一代尧践帝位。践帝位三十九年，南巡狩，崩于苍梧之野。葬于江南九疑，是为零陵。舜之践帝位，载天子旗，往朝父瞽叟，夔夔唯谨，如子道。封弟象为诸侯。舜子商均亦不肖，舜乃豫荐禹于天。

十七年而崩。三年丧毕，禹亦乃让舜子，如舜让尧子。诸侯归之，然后禹践天子位。尧子丹朱、舜子商均，皆有疆土，以奉先祀。

《史记·夏本纪》还记载，大禹居河南登封阳城后，"天下诸侯皆去商均而朝禹"，大禹即天子位，国号夏。《竹书纪年》记载："帝舜二十九年，帝命子义均封于商，是谓商均。"《史记正义》记载："以虞封舜子，今宋州虞城县。"今河南商丘市虞城县利民镇有商均墓村，村有其墓其祠。

笔者认为，商均或真的被封于虞城，但应在大禹统治稳定之后。商均应先被放逐于均水之滨。因此，淅川大石桥乡境内的商密城遗址亦可考也。

因析而有析邑。《左传》僖公二十五年（公元前635年）写到过析：

> 秋，秦、晋伐鄀。楚斗克、屈御寇以申、息之师戍商密。秦人过析、隈，入而系舆人，以围商密，昏而傅焉。宵，坎血加书，伪与子仪、子边盟者。商密人惧曰："秦取析矣！戍人反矣。"乃降秦师。（秦师）囚申公子仪、息公子边，以归。楚令尹子玉追秦师，弗及，遂围陈，纳顿子于顿。

有析邑就有析公。楚庄王时，有楚国大夫名为析公臣。《国语·楚语》之《蔡声子论楚材晋用》篇，写到析公臣因遭谗言而奔晋，为晋国所用：

> 昔庄王方弱，申公子仪父为师，王子燮为傅，使师崇、子孔帅师以伐舒。燮及仪父施二帅而分其室。师还至，则以王入庐，庐戢黎杀二子而复王。或谮析公臣于王，王弗是，析公奔晋，晋人用之。实谗败楚，使不规东夏，则析公之为也。

据《国语》此文下注解，析公臣因遭谗言而奔晋发生在公元前613年。到公元前585年，晋楚在绕角（今河南鲁山县东南）交战，析公出奇计夜袭楚军，致使楚军大败。

析邑曾长期为楚国所有，公元前298年还被秦取十五城，《史记·楚世家》记载：

> 顷襄王元年，秦要怀王不可得地，楚立王以应秦。秦昭王怒，发兵出武关攻楚，大败楚军，斩首五万，取析十五城而去。

析邑后为析县。清咸丰十年《淅川厅志·古迹》卷记载："析县在今白亭、张陂二保（今淅川县滔河乡），春秋楚迁许于析，即此，盖楚邑也，又名白羽。"

淅川盛湾有舜帝庙，一江之隔还有丹朱墓

2020年6月25日，时值庚子端午，一众文朋诗友于淅川盛湾镇鱼关移民民俗博物馆，颂《国殇》而怀屈子，登古寨而觅石板村。向晚自土地岭折返，途经姚营村，听闻盛滔道旁尚存舜帝庙一座，乃停车而拜。因南水北调中线工程，丹水上溢，姚营人已于10年前迁安舞钢市，并复建舜帝庙以为纪。

国内如湖南、山西、山东诸省皆有舜帝庙，以湖南宁远县九嶷山瑶族乡舜源峰北麓为最，可追溯到唐宋，有"帝舜有虞氏之陵"等碑。省内舜帝庙见诸报道的只有偃师市寇店镇舜帝庙村，淅川有舜帝庙，令人惊喜。

淅川姚营村的舜帝庙坐南朝北，只有瓦房三间，内塑舜帝及娥皇、女英二妃像。庙外有碑二幢，左右相邻，一为2018年所立的"豫鄂丹江湖流域盛湾镇姚营村姚姓家谱碑"，上记姚营姚氏于明洪武年间自山西洪洞县大槐树迁徙至此；一为光绪三十年（公元1904年）所立，可惜碑文漫漶不清，

仅能辨识"舜帝"等字。查阅康熙二十八年（公元1689年）《淅川县志·寺观》卷和咸丰十年（公元1860年）所刊《淅川厅志·寺观》卷，均未载舜帝庙，可见此庙或建于清末。

舜为中华五帝之一，世传舜为天下姚氏之祖，故多建祠以祀之。《史记·五帝本纪》记载："虞舜者，名曰重华。"舜帝为颛顼帝七世孙。

舜帝因尧帝禅让而登帝位。《史记·五帝本纪》记载："尧立七十年得舜，二十年而老，令舜摄行天子之政，荐之于天……尧知子丹朱之不肖，不足以授天下，于是乃权授舜……尧崩，三年之丧毕，舜让辟丹朱于南河之南……"尧都时在今河南濮阳一带，则"南河之南"极言其远也。

关于丹朱，《史记正义》载："郑玄云：帝尧胤嗣之子，名曰丹朱，开明也。"《帝王纪》载："尧娶散宜氏之女，曰女皇，生丹朱。"《汲冢纪年》载："后稷（舜帝之臣，周朝王族始祖）放帝子丹朱。"范汪《荆州记》载："丹水县在丹川（即今淅川县），尧子朱之所封也。""朱"亦即丹朱。

淅川是丹朱封地，他的墓地也在淅川，俗称丹朱坟。咸丰十年（公元1860年）刊《淅川厅志·陵墓》卷"丹朱墓"条下记载："（在）城（淅川老县城）西北七里。丹朱，帝尧子。"1990年版《淅川县志》记载，丹朱墓在淅川县老城镇石门村，与《淅川厅志》所记吻合。

原本"不肖"的丹朱变得"开明"，在淅川发愤图强，治理丹江，发明围棋，造福于民，故为后人追忆，历代淅川人都往祭其墓。

到底是舜帝本人，还是舜帝让后稷放逐了丹朱，都已过去了4000多年，无从考证。但丹朱和舜帝都不会想到，4000年后，他们会隔江而望，都受人尊崇。

至于在帝位之争中，丹朱如何败于舜，《史记·五帝本纪》只说是因为丹朱"不肖"，尧帝还说了一番大道理："授舜，则天下得其利而丹朱病；

授丹朱，则天下病而丹朱得其利。尧曰：'终不以天下之病而利一人。'而卒授舜以天下。"这是司马迁写的。事实果真如此吗？禅让之举真的发生了吗？

幸亏有《史记正义》和《竹书纪年》，让我们不禁可以猜想，自尧到舜，也一定经历过血雨腥风。《史记正义》转述："《竹书》云，昔尧德衰，为舜所囚也。"天哪！舜为上位，先囚禁了尧帝。"《竹书》云，舜囚尧，复偃塞丹朱，使不与父相见也。"舜不仅囚禁了尧帝，还"偃塞（禁闭）"了丹朱，使其父子不能沟通，然后放逐丹朱，然后得到天下。

相信丹朱和舜帝心里都明白，这是一场古老的"宫斗"戏。但好在，丹朱成就了丹江和淅川，从某种意义上说，也奠定了后来的楚国定都淅川丹阳300多年的基础；舜帝也最终选中了能治水的大禹，共同开启了华夏民族崭新的一页。他们都是值得后人追思的圣贤！

（2020年6月30日，记于郑东楚居堂）

从淅川山水人文试读清华简《楚居》

我是谁,我从哪里来,我到哪里去?这不仅是两千多年前楚人面对的问题,更是今人需要探求的课题。这个课题当列入先楚文化学之列。有先秦史,必当有先楚史。至少可以说,先楚史是先秦史乃至华夏文明史的重要组成部分。

《史记·楚世家》记载:

> 楚之先祖出自帝颛顼高阳。高阳者,黄帝之孙,昌意之子也。高阳生称,称生卷章,卷章生重黎。重黎为帝喾高辛居火正,甚有功,能光融天下,帝喾命曰祝融。共工氏作乱,帝喾使重黎诛之不尽。帝乃以庚寅日诛重黎,而以其弟吴回为重黎后,复居火正,为祝融。

两任火正(上观星象,下治民事),两个祝融(祝,大也;融,明也),一个是重黎,一个是重黎之弟吴回,都是帝喾重臣。

楚国贵族、大诗人屈原在《离骚》中写道："帝高阳之苗裔兮……"屈原与楚王同宗，故也以帝高阳颛顼为始生之祖。

《史记·楚世家》接着记载：

> 吴回生陆终。陆终生子六人，坼剖而产也。其长一曰昆吾；二曰参胡；三曰彭祖；四曰会人；五曰曹姓；六曰季连，芈姓，楚其后也……季连生附沮，附沮生穴熊。其后中微，或在中国，或在蛮夷，弗能纪其世。

司马迁明确指出，楚人是芈姓季连之后。

2008年7月，清华大学收藏了一批战国简书，并开始整理研究，这是中国文献史、文化史上划时代的大事件。2496枚战国中晚期简书价值非凡，可佐证、补充并完善先秦史、先楚史。

而已被专家释读的清华简《楚居》开头即写到了季连，写到了隈山，文中更详细记载了楚先祖徙居之地和各郢都的名称：

> 季连初降于隈山，抵于穴穷，前出于乔山。宅处爰波，逆上汌水，见盘庚之子，处于方山。女曰妣隹，秉兹率相，詈胄四方。季连闻其有聘，从，及之盘，爰生䋣伯、远仲。游徜徉，先处于京宗。
>
> 穴酓迟徙于京宗，爰得妣厉，逆流哉水，厥状聂耳，乃妻之，生侸叔、丽季。丽不从行，溃自胁出，妣厉宾于天，巫并赅其胁以楚，抵今曰楚人。至酓狂亦居京宗。
>
> 至酓绎与屈紃，使郚嗌卜，徙于夷屯，为梗室，室既成，无以内之，乃窃郚人之牂以祭。惧其主，夜而内尸，抵今曰夕，夕必夜。至酓只、酓𪠦、酓樊及酓赐、酓渠，尽居夷屯。酓渠徙居发渐。至酓艾、酓挚居

发渐。酓挚徙居旁屽。至酓延自旁屽徙居乔多。至酓勇及酓严、酓霜及酓雪及酓训、酓咢及若敖酓仪，皆居乔多。若敖酓义徙居郙。至焚冒酓帅自郙徙居焚。至宵敖酓鹿自焚徙居宵。

至武王酓彻自宵徙居免，焉始称王，祭祀致福。众不容于免，乃溃疆郢之陂而宇人焉，抵今日郢。

至文王自疆郢徙居湫郢，湫郢徙居樊郢，樊郢徙居为郢，为郢复徙居免郢，焉改名之曰福丘。至堵敖自福丘徙袭郙郢。至成王自郙郢徙袭湫郢，湫郢徙□□□，□居睽郢。至穆王自睽郢徙袭为郢。

至庄王徙袭樊郢，樊郢徙居同宫之北。若敖起祸，焉徙居烝之野，烝之野□□□，□袭为郢。至共王、康王、嗣子王皆居为郢。

至灵王自为郢徙居乾溪之上，以为处于章华之台。景平王即位，献居乾溪之上。至昭王自乾溪之上徙居嫩郢，嫩郢徙居鄂郢，鄂郢徙袭为郢。阖庐入郢，焉复徙居乾溪之上，乾溪之上复徙袭嫩郢。至献惠王自嫩郢徙袭为郢。白公起祸，焉徙袭湫郢，改为之，焉曰肥遗，以为处于酉满，酉满徙居鄢郢，鄢郢徙居鄀吁。王太子以邦复于湫郢，王自鄀吁徙蔡，王太子自湫郢徙居疆郢。王自蔡复鄢。

柬大王自疆郢徙居蓝郢，蓝郢徙居鄘郢，鄘郢复于鄘，王太子以邦居鄀郢，以为处于鄘郢。至悼哲王犹居鄘郢。中谢起祸，焉徙袭肥遗。邦大瘠，焉徙居郭郢。

对隈山地望需要再认识

隈者，山水弯曲之地。有学者认为，"隈"通"傀"，又通"騩"。
《山海经》写道，"騩山"是老童（卷章）所居地。老童的子孙一直居于隈山，直到"季连初降于隈山"。

隈山何山？有人说，隈山或在河南安阳，或为河南新郑市的陉山，大错特错。隈山（騩山）即大隗山，位于河南新密市，与禹州市、新郑市交界，属具茨山（始祖山）山系，因有熊氏轩辕黄帝曾在此得道于大隗而得名。今新密市东南洧水河畔有大隗镇，境内还有古密国遗址。《汉书·地理志》记载："密，故国，有大隗山。"

《左传·昭公十七年》记载："郑，祝融之墟也。"楚人是祝融之后，所以季连"初降于隈山"必在祝融之墟附近。黄帝故里在新郑，楚人先祖居于新郑附近的大隗山，必是有熊氏族成员，故累迁之后，仍为熊氏，芈姓，诸王多称"某熊"或"熊某"。

《楚居》中的隈山即大隗山。程涛平先生在其专著《先楚史》中确指隈山即大隗山。楚人不忘本，爱沿用老地名。从"季连初降于隈山"之隈山，到熊绎被封于河南淅川丹阳，迁居淅川丹阳的楚人为了追念先祖季连，亦名淅地之山为隈山，以示不忘本。《左传·僖公二十五年》就写到过析、隈，但传世本句读有误，句读为"秦人过析，隈入而系舆人……"，笔者觉得应读为：

秋，秦、晋伐鄀。楚斗克、屈御寇以申、息之师戍商密。秦人过析、隈，入而系舆人……

此时的鄀为秦楚边界小国，受楚国保护，都商密（今河南淅川大石桥乡境内柳家泉一带）。析即今淅川，时为楚邑，包括今淅川大部及其邻县西峡、内乡之部分。《方舆纪要·邓州》记载淅川境内有析隈山："今州有析隈山，俗讹为斯隈山。"邓州曾辖淅川，故有此说。

康熙二十八年（公元1689年）知县郭治原辑、咸丰八年（公元1858年）抚民同知王官亮重刊的《淅川县志》和咸丰九年《淅川厅志》均有"析隈山"

条:"析隈山,县东。《左传》:秦人过析隈,因记其地。而山名俗讹为斯隈山。见《一统志》。"

上述志书当受传世本《左传》影响,而称析隈山,其意实为析地之隈。但《淅川县志》《淅川厅志》只言隈山在"县东",卷首所附县域图也不曾标注具体位置。

细看《淅川县志》《淅川厅志》所附县域图,标注县东二十里有雷山,《淅川县志·山川》则记载:"雷山,县东南二十里,丹江过其下,上有回阳观。"雷、隈音近,不知是不是隈山之转读;老县城东还有位于老鹳河西的岵山、老鹳河东的丽金山。关于岵山,《淅川县志·山川》记载:"岵山,县东二十里。宋将孟珙大破金武仙驻于(此)。上有四王庙记。即周陟岵先生隐居处。岭有泉容升,恒取不竭,不取不溢。"笔者在2020年曾登顶岵山,其南坡半腰峭壁处尚见流水,未抵近,不知是否指此泉。

关于丽金山,《淅川县志·山川》记载:"丽金山,县东三十里。昔传有里人于此获金。"丽金是不是酓丽转读,不敢妄测。清华简《楚居》记载穴熊之子熊丽(丽季、酓丽)出生时难产:

> 穴酓迟徙于京宗,爰得妣厉,逆流哉水,厥状聂耳,乃妻之,生侸叔、丽季。丽不从行,溃自胁出,妣厉宾于天,巫并该其胁以楚,抵今日楚人。

季连的后人穴熊徙居京宗时,娶了天生丽质的妣厉,生了侸叔、丽季。生丽季时难产,只好剖腹取出婴儿。巫者用楚(荆条)缝合妣厉。后人就称楚族为"楚"。这是"楚"源一说。更为重要的是,远古淅川山环水绕,植被丰茂,荆花烂漫。楚国始都诸城周围及丹江、老鹳河两岸至今遍布黄荆,乡人常刈之编箩头、编粪筐。传统曲艺南阳坠子书中还有一个曲目叫《拉荆笘》。楚，形声字，从林，疋声。本义灌木，又名荆、黄荆、牡荆。《诗经·周南·汉广》曰："言刈其楚。""周南"之地包括河南淅川及鄂西北，则此诗当采于丹、汉流域。《诗经·王风·扬之水》曰："不流束楚。"汉许慎《说文解字》释义："楚，丛木也。一名荆。"荆、楚互义，连读就是指楚居之地。

参照《左传·僖公二十五年》所载："秋，秦、晋伐鄀。楚斗克、屈御寇以申、息之师戍商密。秦人过析隈，入而系舆人，以围商密，昏而傅焉……"鄀都商密在淅川老县城（今河南淅川老城镇）以西，秦自西北来"伐鄀"，先"过析隈"，后"围商密"，则隈山应在商密以西。可见，县东之雷山、岵山、丽金山均不吻合。

笔者认为，隈山不在淅川老县城东，应在淅川老县城西。参看清朝淅川县域地图，西部丹江两岸山岳众多，龙山位于丹江西南岸丹江、滔河交汇处一带，商密在其北，不大可能是隈山；丹江、淇河交汇处一带的丹崖山偏远于西北，距商密尚有数十里，最有可能的应为丹江北岸、位于今大石桥乡柳家泉村商密古城遗址背后的王子山。

《淅川县志·山川》记载："王子山，县西二十里，与鲶鱼崖对。世传羽王四子拥兵捕盗于此。又武仙九寨之一。"此处"羽王四子"或系文王四子周公所转讹。周初，武王病故后，年幼的周成王继位，文王四子、武王四弟姬旦周公摄政。管叔、蔡叔、霍叔不满，散布流言。《史记·鲁世家》记载："及成王用事，人或谮周公，周公奔楚。成王发府，见周公祷书，乃泣，反周公。"

关于周公奔楚，程涛平先生在其《先楚史》中结合山川地望、传世文献和遗址考古，认为周公实奔鬻熊别邑丹阳（今陕西省商洛市商州区丹阳上游附近）。但周公是否有可能在奔楚期间，也到过丹江中游的古鄀商密之地、楚国早期居住地丹阳一带呢？这种可能性不能完全排除。则王子山是否因周公而得名，至《左传·僖公二十五年》所载而名之曰"隈山"呢？

如果王子山即隈山，那么《左传·僖公二十五年》所载秦自西北来"伐鄀"，先"过析隈"，后"围商密"，就合乎情理了。

商密、鄀、鄀郢、为郢等都应在淅川

丹阳楚人本是黄帝、颛顼、祝融之后，源出中原，故历代楚王虽偏居"周南"丹淅之地，仍念念不忘根本。则楚人问鼎中原不仅是为成就霸业，亦有回归根本之意。

楚人被封于丹阳之后，没有忘记先祖季连所居的"隈山"，也没有忘记"密"。先楚丹阳一带不仅有"隈山"，还有"商密"。这也反过来证明，楚国始都在丹阳无疑。楚国人爱沿用老地名，正如清华简《楚居》所记载，楚中后期都城"郢"就有多个名称。

商密、鄀、鄀郢在淅川。李学勤先生在其专著《初识清华简》中《论清华简〈楚居〉中的古史传说》一文中写道：

> 从简文楚人之有祀典来看，楚与鄀只是近邻，不会有同源的关系。楚人芈姓，鄀据《世本》则为允姓，自然相远。郭沫若先生在《两周金文辞大系》曾详论西周晚期以下的青铜器铭文有上鄀与下鄀。按《左传》僖公二十五年杜注："鄀本在商密，秦晋界上小国，其后迁于南郡鄀县。"商密在今河南淅川西南，鄀县在今湖北宜城东南。

李学勤先生还写道，郭沫若根据出土文物判定，下鄀在商密，上鄀在南郡鄀县。那么，对照《左传》记载，上下鄀的分水岭是否以僖公二十五年（公元前635年）为界呢？

如前所引，《左传·僖公二十五年》就写到过析、隈、商密。

随着楚国并吞鄀国，先楚早期，鄀都商密更是两代楚王所居之地，清华简《楚居》记载：

若敖酓义徙居鄀。至焚冒酓帅自鄀徙居焚。至宵敖酓鹿自焚徙居宵。

后来，楚人干脆将都命名为鄀郢，《楚居》记载：

至堵敖自福丘徙袭鄀郢。至成王自鄀郢徙袭湫郢，湫郢徙□□□，□居睽郢。至穆王自睽郢徙袭为郢。

为郢在淅川。有学者认为，"蒍"通"蔿"，即"为"，蒍子冯即楚康王令尹蔿子冯。《左传》记载，楚康王九年（公元前551年），康王找借口杀掉过于张扬的令尹子南，车裂观起，第二次任用蒍子冯为令尹，曾经拒绝担任令尹的蒍子冯继任令尹三年。

1978年，河南淅川县下寺楚墓群中的M1、M2、M3墓出土了大量蒍子冯的青铜器，据不完全统计，有铭文为证的，1号墓2件，2号墓9件，3号墓3件。

1号墓的佣尊缶（M1∶51）铭文："佣之尊缶。"同时出土的另一件佣尊缶（M1∶54）铭文："佣之尊缶。"

2号墓的佣盨鼎铭文："楚叔之孙佣之盨鼎"；同时出土于该墓的佣猛鼎铭文："佣之饲鼎。"

2号墓的蒍子佣簠铭文："楚叔（此处佚一字，疑为"之"）孙蒍（此处佚一字，疑为"子"）佣之（此处佚一字，疑为"簠"）。"

2号墓的蒍子佣尊缶铭文："蒍子佣之尊缶。"

2号墓的蒍子佣浴缶铭文："楚叔之孙蒍子佣之浴缶。"

2号墓的倗盥盘铭文："倗之盥盘。"

2号墓的倗盥匜铭文："倗之盥匜。"

2号墓的倗戈铭文："新命楚王（此处佚一字，疑为"康"），雁受天命，倗用变不廷，阳利□□□唯□□。"

2号墓的透雕倗矛铭文："倗之用矛。"

3号墓的倗浴缶鼎铭文："楚叔之孙倗，择其吉金自作浴缶鼎，眉寿无諆，永保用之。"

3号墓的倗尊缶铭文："倗之尊缶。"

3号墓的倗盥缶铭文："倗之缶。"

1990年、2007年，文物工作者又先后在与下寺楚墓群临近的徐家岭、和尚岭两处大型楚墓群发掘出土了一批带铭文的为氏家族青铜器。这就说明，此地应系春秋中晚期楚国贵族为氏家族封地。封地在此，且名"为"，应与楚文王、堵敖、成王、穆王四王曾居的为郢有关联。

为郢当在淅川仓房镇的蓬子倗家族墓地附近。在20世纪丹江口水库蓄水之前，位于顺阳川之上的丹江基本呈北南流向，至李官桥古镇北变为东西流向，过李官桥折向西南，再南流至均口入汉江。当然，这是20世纪六七十年代的地形地貌，与楚国早期时的丹江河道可能有差异，但因为受丹江小三峡延伸下来的山脉的限制分割，差异应不会太大。

查《淅川和尚岭与徐家岭楚墓》（大象出版社2004年版）一书所附《古龙城及周边地区相关墓地位置示意图》可知，以李官桥为中心点，丹江西岸附近为下寺楚墓群，西北为和尚岭楚墓群，正北为徐家岭楚墓群；丹江东岸正北为淅川另一古镇、范晔故里埠口，东北为龙城遗址。龙城东为吉岗楚墓，龙城东南还有杨河楚墓。李官桥与埠口、龙城三地之间基本呈等边三角形，而李官桥位于丹江中游大拐弯处，且与下寺、和尚岭、徐家岭楚墓群相近，是为郢的可能性最大。

当代学者凌智民在其专著《探寻屈原的足迹》（未版）中指出："从武王后，楚国国王住过的地方有疆郢、湫郢、樊郢、为郢、郍郢、睽郢、同宫之北、承之野、鄢郢、秦溪之上、章华之台、美郢、鄂郢、西濔、司吁、蔡、蓝郢、朋郢、鄘郢、并郢、鄩郢。"书稿中，关于为郢，他写道：

> 研究学者认为：为郢，楚文王始居，此后成为楚之重要都邑，穆王、庄王、共王、康王、郏敖、灵王、昭王都曾居此郢，阖庐所破之郢即此。春秋楚邑有蔿，如《左传·僖公二十七年》："子玉复治兵于蔿。"蔿或与为郢有关。《通志·氏族略》："蔿氏食邑于蔿，故以命氏。""蔿氏"又作"蓮氏"。今淅川丹江口水库一带有蔿氏家族墓地。也有学者认为：《汉书·地理志》："江陵，故楚郢都，楚文王自丹阳徙此。后九世平王城之。后十世秦拔我郢，徙陈。"《水经注·沔水》："江陵西北有纪南城，楚文王自丹阳徙此，平王城之。班固言：楚之郢都也。"所说的楚文王徙江陵，当即是为郢（蔿郢），地在今湖北荆州市荆州区。赵平安先生认为为郢就是鄢郢。为郢在今湖北襄阳市宜城雷河镇官堰村郭家岗。本人赞成赵平安先生的为郢就是鄢郢观点。但认为为郢并不是湖北襄阳市宜城雷河镇官堰村郭家岗。

凌先生的观点笔者不敢苟同，特此商榷。

据《楚居》记载，为郢，文王、成王、穆王、庄王、共王、康王、嗣子王等先后迭次居之。笔者认为，为郢在河南淅川境内，其他"郢"多位于今湖北境内。

为郢当在河南淅川仓房镇与香花镇之间，濒临丹江的李官桥古镇一带。至于是否同样与已淹没在丹江口水库之中的龙城遗址有关联，还待考证。

以此看，为郢距熊绎最初所封"子男之田"——今河南淅川大石桥乡（有古都国遗址，属于楚之夷屯及其后的郡和都郧）一带有六七十公里左右，说明楚人通过"筚路蓝缕，以启山林"实现了初步的开疆拓土，不再是《左传·昭公二十三年》所记载的"土不过同"（西周井田制，九田为一井，十井为一成，百井为一同。一同方百里）。楚人自丹阳川沿丹江而下，穿过小三峡，来到了更为宽广、更为肥沃的顺阳川。所以，文王、成王、穆王、庄王、共王、康王、嗣子王等皆以为郢为都。

清华简《楚居》记载，"若敖酓义徙居郢。至焚冒酓帅自郢徙居焚""至堵敖自福丘徙袭郢郧。至成王自郢郧徙袭湫郧，湫郧徙□□□，□居睽郧。至穆王自睽郧徙袭为郧"，可见自熊绎至楚穆王时期的三百余年间，有多位楚王先后在淅川定都，司马迁只以"丹阳"概括之而已。

可以推定的是，郢、郢郧、为郧已能确定在淅川境内。也因此可以说，《史记·楚世家》记载的"熊绎当周成王之时，举文、武勤劳之后嗣，而封熊绎于楚蛮，封以子男之田，姓芈氏，居丹阳"绝不是空穴来风。

楚国早期都城夷屯、发渐、旁屽、乔多、焚、宵、福丘或在淅川境内

楚"居丹阳"。司马迁没有错，因为他没有看到清华简《楚居》，只能统而言之，不如《楚居》记载得详尽。

楚国都城郢、郢郧、为郧均在河南淅川丹江之滨。根据淅川山水地望、历史文化对其他都城略作讨论，以就教于方家。

据考古发掘证明和历史文献记载，在楚武王、楚文王时期，楚国自淅川丹阳南迁湖北江陵纪南城郢都。参照清华简《楚居》记载，定都具体位置反复，基本上都在丹、汉流域迁徙建置，到共王、康王、嗣子王时还皆居为郧。

清华简《楚居》中提到的其他多个都城或就在淅川境内的丹江、鹳河流域。楚人始封于此，逐水而居，沿江筑城。这些都城及其周边都可以叫"丹阳"。

夷屯，当在鄀附近。夷，会意字，从大从弓，平坦之义；屯，聚集、储存、驻扎之义。此地位于河南淅川三大川之一——丹阳川上游，必为河谷平坦之地，楚子熊绎受封之初当在此居住、生聚。夷屯者，平地之居也。清华简《楚居》记载："至酓绎与屈经纴，使鄀嗌卜，徙于夷屯，为楄室，室既成，无以内之，乃窃鄀人之犝以祭……至酓支、酓旦、酓樊及酓赐、酓渠，尽居夷屯。"意思是，在熊绎与屈纴（或是屈原的先祖之一）时期，他们请鄀国人都嗌占卜，根据占卜的结果，楚人迁徙到夷屯这个地方。在夷屯，他们建造了用于祭祀用的楄室，可是经济拮据、缺少祭品，于是就去偷鄀人的无角牛来当祭品。熊支、熊旦、熊樊及熊赐、熊渠时代，全都居住在夷屯。

鄀国都城商密遗址在今河南淅川县大石桥乡，夷屯也不会太远。如果夷屯距鄀国很远，楚子如何能让鄀国人都嗌占卜选址建都，又如何能就近去偷鄀国人的牛？

李学勤先生在对清华简《楚居》仔细分析之后，也认为夷屯即淅川的丹阳：

> 《楚居》载熊绎徙于夷屯，对照《楚世家》："熊绎当周成王之时，举文、武勤劳之后嗣，而封熊绎于楚蛮，封以子男之田，姓芈氏，居丹阳。"看来夷屯就是丹阳。简文明确说自熊绎一直到熊渠"尽居夷屯"，这对推断该地的地理方位非常重要。

李学勤先生还在援引《楚世家》和《左传》的其他记载之后说："不管怎样，其时楚都是在夷屯。"

发渐。发有产生、扩大、发展之义；渐有逐步、苗头之义。熊绎之后，经熊支、熊旦、熊樊、熊赐、熊渠诸子的治理，丹阳"子男之田"逐步得到了发展，渐有兴旺富足之势。熊渠自夷屯迁都重建，因以发渐名之，其地当在今河南淅川县大石桥乡与老城镇之间。

旁屰。旁有依傍之义；屰同岸。熊挚从发渐迁都于旁屰，其地应与发渐相近，当在今河南淅川县老城镇丹江北岸，或即已被淹没的淅川老县城附近。

乔多。乔，会意字，像人行走的样子。本义为高，高耸，形容树木。《说文解字》："乔，高而曲也。""多，重也。"丹江两岸山高林密，生存环境恶劣，《左传·宣公十二年》记载，"若敖、蚡冒筚路蓝缕，以启山林"，需要艰苦奋斗。故不忘初心，以乔多为都名。清华简《楚居》记载，自熊延从旁屰徙居乔多，八位楚子皆居此。此地当在今河南淅川县老城镇与马蹬镇之间的丹江北岸、岵山南麓，或即岵山铺、狮子岗一带。

焚，会意字。从火，从林。甲骨文字形，像火烧丛木。古人田猎，为了把野兽从树林里赶出来，就采用焚林的办法。《说文解字》："焚，烧田也。"《韩非子·难一》："焚林而田。"《史记·楚世家》记载，楚人自熊绎被周成王"封以子男之田""居丹阳"，则楚人世居淅川山水之间，尤其是早期，必然需要放火烧山、开荒屯田以发展农耕。与此相佐证的是，《左传·宣公十二年》记载，晋国栾武子转述楚王以楚国先君若敖、蚡冒为例，诫勉军民之语："楚自克庸以来，其君无日不讨国人而训之于民生之不易、祸至之无日、戒惧之不可以息。在军，无日不讨军实而申儆之于胜之不可保、纣之百克而卒无后，训之以若敖、蚡冒筚路蓝缕，以启山林。"说若敖、蚡冒乘着简朴的柴车，穿着破旧的衣服，开辟山林，垦拓荒野。"筚路蓝缕，以启山林"需要"焚"，则命国都、国君为焚，当在情理之中。更何况，《楚居》说蚡冒（楚武王之兄，焚冒）"至焚冒酓帅自都徙居焚"，都在今淅川县大石桥乡，焚因与郢相近，其地当在今淅川县老城镇与马蹬镇之间的丹江北岸、岵山南麓，亦即司马迁之"丹阳"之谓也。

宵，形声字，从"宀"表夜间昏暗。本义，夜晚。清华简《楚居》记载："至酓绎与屈紃，使郢嗌卜，徙于夷屯，为梗室，室既成，无以内之，乃窃郢人之犝以祭。惧其主，夜而内尸，抵今曰夕，夕必夜。"这段记载说明，楚人偷了郢人的无角小牛做祭品，又怕被牛主人发现，只好在夜里偷偷地将小牛运入梗室并供奉起来。所以后来祭祀活动就被称为夕，夕（祭祀活动）一定是在夜里进行。上述清华简《楚居》还记载："至宵敖酓鹿自焚徙居宵。"宵敖熊鹿把国都从焚迁到宵，当系以"偷牛"事警醒自己和国人，要想不再困顿，只有发愤图强。

则宵当在焚附近，也在丹江及其支流老鹳河（均水、淅水）流域。尤其值得注意的是，河南淅川县北部有霄山，又名宵山。宵山海拔1000余米，因其高峻，直入云霄而得名。山之东北临西峡屈原岗，山之南为今淅川县城。鹳河自宵山下由西北向东南奔流，至淅川马蹬原双河镇的岵山下汇入丹江。老鹳河两岸土地肥美，系淅川三大川之一的板桥川，濒河台地上的上集镇张营村沟湾仰韶文化遗址于2007年发掘出一批彩陶器物。笔者曾到遗址所在地探访。中国社科院文物考古所和郑州大学的学者根据人骨考证，这里的先民以耕作、食用稻谷为主，以粟子为辅。这样的生存环境，必然适合楚人于此建宵。

免、免郢、福丘当在岵山下丹江鹳河交汇处、岵山东北麓。免，会意字。金文字形，下面是"人"，上面像人头上戴帽形，是冠冕的"冕"本字。假借义，免除，避免；脱掉，脱落。清华简《楚居》中的免是指岵山雨雾缭绕如帽，还是指楚王开始冠戴冕旒？参看上述清华简《楚居》的记载"至武王酓彻自宵徙居免，焉始称王，祭祀致福。众不容于免……"，可推定，楚武王熊彻时放弃楚子身份，"始称王"，则免为冕，可通也。因为武王在此加冒称王,"祭祀致福",其子文王在几度迁都之后,从为郢沿丹江而上,回到他父辈的地盘免郢,并更名为福丘,以纪念之。

清华简《楚居》记载:"至文王自疆郢徙居湫郢,湫郢徙居樊郢,樊郢徙居为郢,为郢复徙居免郢,焉改名之曰福丘。"丘者,小山也。峾山东北麓至今还有官福山村,或为福丘之遗存。

汌水或即河南淅川县境内的丹江

《楚居》中的汌水究竟是哪一条江河?再来看看清华简《楚居》的第一段:

季连初降于騩山,抵于穴穷,前出于乔山。宅处爰波,逆上汌水,见盘庚之子,处于方山。女曰妣佳,秉兹率相,詈胄四方。季连闻其有聘,从,及之盘,爰生伯挺、远仲。游倘佯,先处于京宗。

李学勤先生分析认为,汌水是河南淅川县境内的丹江(均水、顺水)。作为精研清华简的大家,李学勤先生在《论清华简〈楚居〉中的古史传说》中写道:

这条有关键意义的汌水,其实就是均水,见《水经注》。《汉书·地理志》作钧水,"上中游即今河南西南部淅川,下游汇合淅川以下的丹江,流入汉水"(《中国历史大辞典·历史地理卷》,第382页,上海辞书出版社,1996年——李学勤原注)。按《汉志》南阳郡博山旧名顺阳,应劭云:"在顺水之阳也。"《水经·均水注》:"均水南迳顺阳县西,汉哀帝更为博山县,明帝复曰顺阳。应劭曰县在顺水之阳,今于是县则无闻于顺水矣。"这个顺阳位在均水东北(《杨守敬集》第五册《水经注图》,南七西三,湖北人民出版社、湖北教育出版社，1988年——李学勤原注），顺水显即均水。"顺"与"洲"都是从"川"声的字（《说文》小徐本——李学勤原注），且与"均""钧"通假，古书曾见其例（高亨《古字通假会典》，第79页，齐鲁书社，1989年——李学勤原注）。

　　李学勤先生还在文中推论，季连的妻子妣佳即是河南新蔡葛陵楚墓之葛陵简中记载的"洲追"，与丹淅地区有着密切的关系。

　　的确，淅川历史上有博山、顺阳之名，有丹阳川、顺阳川、板桥川之地，丹江及其支流老鹳河古时的确曾名均水，丹江与汉水交汇处也曾名均口（湖北丹江口市在丹江口水库建设之初还叫均县）。但如按上述分析，洲水即丹江及其支流老鹳河，则季连此时已到过淅川境内，似乎说不通。此时的季连，应该还在中原腹地。因为到周成王时，熊绎才被封于丹阳。至于季连时期楚是否已居丹淅，这个问题值得继续探讨。

楚国早期都城在丹淅流域来回迁居原因初探

　　淅川所辖基本上由丹江小三峡之上的丹阳川、小三峡之下的顺阳川和老鹳河沿岸的板桥川构成，两河三川之间，群山连绵，奇峰耸峙，多有洞穴，土地肥沃，遗址遍布，自古人文繁盛。地理优势和人文环境吸引楚之先民在此繁衍发展。

　　但从清华简《楚居》的记载来看，楚国之都城多有迁徙和反复，但基本上都在丹、汉流域建置，到共王、康王、嗣子王时还皆居为郢。

　　楚国早期300多年间的都城为什么在淅川境内沿着丹江、老鹳河来回迁建？笔者认为，这既是不断征伐、开疆拓土之因，也是不断征伐、开疆拓土之果。更有不可忽视的外部原因，推测有二：

一是因为受丹江洪水和地震所侵扰。逐水而居，沿水而城，水有一利，必有一弊。作为汉江的最大支流，丹江及其最大支流老鹳河自古常常泛滥。上古之时，尧帝子丹朱被舜帝放逐于丹江之滨，丹朱坟今仍存淅川老城镇西南，常受百姓祭奠。为何？因为丹朱生前兴修水利，整治水害。

清康熙、咸丰、光绪年间纂修的《淅川县志》《淅川厅志》《淅川直隶厅乡土志》及1990年版《淅川县志》都有关于丹江泛滥成灾、毁田倒屋，以及地方治水之举的记载。如《淅川直隶厅乡土志·政绩录》记载，东汉桓帝时，任丹水县（今淅川县）丞的陈宣，"创兴水利，引注丹流以溉民田，遭永寿三年大水，前功尽毁。宣躬自营度，复修旧迹，百姓赖之"。

先楚时期的丹江、老鹳河亦必然危害甚深，其时之城邑多系夯土版筑，焉能抗洪？只能水来城淹，城破人走，迁而建之，再毁再建，反复循环。

为郢之后，淅川古镇李官桥曾为顺阳、博山县城。康熙二十九年《淅川县志·古迹》、清咸丰十年《淅川厅志·古迹》卷记载："顺阳城在顺阳保，汉为博山县，属南阳郡，明帝改曰顺阳。晋属顺阳郡。隋仍属南阳郡。"该卷还记载了博山城的地望：在"城（淅川老县城）东南百余里顺阳保，其城遗址久堕入淅江（丹江）"。

博山城何以"堕入淅江"？历史上，丹江流域洪灾、地震频发。康熙二十九年《淅川县志·灾祥》卷记载：宋"徽宗大观四年，大水漂没顺阳县"。明"正德十五年，大水，田禾淹没，民舍冲决"。"万历二十九年，大水，伤稼……三十一年，大水，冲决民室甚多。""崇祯三年，雨雹，大风拔起树木。"关于地震，康熙二十九年《淅川县志·灾祥》卷记载：明"正德十六年正月朔日，地震"。嘉靖"三十四年十二月十四日夜分，地震，有声从西北来，响如雷，及辰犹震，数日不止"。20世纪70年代中期迄今，顺阳川库区一带先后发生三次有感地震。

二是因为气候变化影响农耕和仓廪积蓄。《考古学报》1972年第1期刊发有竺可桢的《中国近五千年来气候变迁的初步研究》一文。该文指出，西周处于由暖入寒的气候环境之下。《竹书纪年》记载，周孝王时，长江支流汉水两次结冰，发生于公元前903年和公元前897年。《竹书纪年》又提到结冰之后，紧接着就是大旱。

可以想见，汉水结冰，位于汉水之北的丹江、鹳河肯定也结冰了。如此严寒的气候，必然影响位于丹、鹳流域的楚国农作物的生长，甚至可能造成绝收。更何况，紧接着发生了大旱灾。这对于楚国先民来说，都是极大的灾难。楚王们只能把都城一再向温暖潮湿的南方迁徙。

竺可桢说，好在周朝早期的寒冷情况没有延长多久，只一两个世纪，到了春秋时期（公元前770—公元前481年）又和暖了。气温回升，自然催发了农业丰收，国力、军力得到增强，这也与楚国在春秋时期开始问鼎中原时间相呼应。

需要说明的是，笔者对于先楚史缺乏深入研究，更是刚刚接触清华简，所论多系一孔之见，谬误必然不少，期待得到方家斧正。

（2020年4月—11月，记于郑东楚居堂）

本文系2020中国·淅川"丹淅流域早期文明学术高峰论坛"交流论文。

京宗地望当在嵩山地区，或与「京襄城」有关

自季连至穴酓、酓狂，至少三代楚先居于京宗。清华简《楚居》篇记载：

> 季连初降于騩山，抵于穴穷，前出于乔山。宅处爰波，逆上汌水，见盘庚之子，处于方山。女曰妣隹，秉兹率相，詈胄四方。季连闻其有聘，从，及之盘，爰生䋺伯、远仲。游徜徉，先处于京宗。
>
> 穴酓迟徙于京宗，爰得妣厉，逆流哉水，厥状聂耳，乃妻之，生侸叔、丽季。丽不从行，溃自胁出，妣厉宾于天，巫并该其胁以楚，抵今日楚人。至酓狂（熊狂）亦居京宗。
>
> 至酓绎与屈紃，使都嗌卜，徙于夷屯……

厘清京宗在何地，对于弄明白先楚史至为关键。湖北程涛平先生在其《先楚史》（武汉出版社 2019 年版）中推论，京宗位于河南淅川之丹阳，虽

然笔者是淅川人,但觉得还有商榷之处。因为,《史记·楚世家》记载:

> 熊绎当周成王之时,举文、武勤劳之后嗣,而封熊绎于楚蛮,封以子男之田,姓芈氏,居丹阳。

按《史记》的记载,先楚到熊绎时才被封于淅川丹阳。《楚居》也明确记载"至酓绎(熊绎)与屈䊸,使鄀嗌卜,徙于夷屯……",未说熊绎居过京宗。

故不能确定,京宗就一定位于淅川之丹阳。

笔者认为,京宗之地(城)应该在嵩山地区,与《楚居》中"季连初降于騩山,抵于穴穷,前出于乔山……处于方山"所提到的騩山、方山、乔山离得不会太远。

关于騩山,笔者此前《对淅川隗山(析隗)的再认识》等文已论及,与程涛平先生等大家的观点相同,騩山即位于河南郑州新密市,与新郑市、禹州市交界的大隗山,地处"祝融之墟"。大隗山亦即伏牛山—嵩山余脉。

关于乔山和方山,或即嵩山,或嵩山附近之高山。《楚居》中"季连初降于騩山,抵于穴穷,前出于乔山……"明确指出,自騩山、穴穷往前到乔山,则乔山也必在其附近。嵩山夏商时称"崇高"。乔(喬)者,高也。《楚居》中的乔山之乔字,即是"乔"上有"山"。嵩山古时还称"外方"。这不能不让人对这几个地名产生联想。

故熊绎之前的季连至穴酓、酓狂所居之京宗,与中岳嵩山关联甚密。也正因此,先楚子民是黄帝子孙无疑,故屈原在其《离骚》中首句即写道:"帝高阳(颛顼)之苗裔兮。"

京宗一词也是大有来历。"京"字始见于商代甲骨文,字形像高大的建筑物,本意为人工筑成的高丘。由于古人多在高地上建都居住,故"京"又指国都、首都。河南郑州荥阳市境内有古京水。据《荥阳志·舆地》记载，早在北魏之前，古京水河道被黄水（今贾鲁河上游）所侵夺。《水经注》中也提到"黄水……世谓之京水"。因京水流经而命名的村庄有两个，在郑州西三十里的叫西京水，也叫小京水；在郑州北三十里的叫北京水，也叫大京水。

古人逐水而居，因为京水，就有了京国、京城、京襄城。李民、岳红琴、张兴照合著的《郑州古代都城》（河南人民出版社 2008 年版）记载，古时荥阳境内有京城、京襄城和京国。京城即京襄城，位于河南郑州荥阳市东南 10 公里的京襄城村，笔者十余年前曾访之，夯筑之城尚存残垣断壁。

郑桓公在周平王东迁（公元前 770 年）之前，曾"寄孥"于京城。《左传》记载，公元前 743 年，郑庄公封大叔段于京城，后段叔作乱，始有"郑伯克段于鄢"故事。公元前 636 年，周襄王因乱出避郑国，曾居京城，因名襄城，后称"京襄城"。

宗者，祖宗、家族也。黄河为四渎之宗，《史记·赵世家》云："奄有河宗。"夏商时称嵩山"崇高"。崇者，山之宗也。

如此看来，京宗一词也可解读为"宗京"或"宗之京"。则其地望当在嵩山周边的新密、荥阳一带，或即京城（京襄城）。

如果季连至穴酓、酓狂都居过京水之滨的京城（京襄城），则战国时楚人写《楚居》称其先祖"处于""徙于""居于"京宗，就十分切合了。

湖北有京山市，发现于京山市屈家岭村的屈家岭文化遗址，是屈家岭文化的发现地和命名地，是长江中游地区发现最早最具代表性的新石器时代大型聚落遗址，距今 5300—4500 年。春秋至战国时期，京山属楚。隋大业三年设京山县，因城东有京源山，省"源"字而得名。

楚人历来是怀旧的。不知京源山之"京"与楚先所居之"京"可有关联。

（2020 年 9 月 28 日，记于郑东楚居堂）

敖之辨

楚先君有若敖、宵敖之名。清华简《楚居》记载：

"至酓绎与屈絀，使卲嗌卜，徙于夷屯，为楩室，室既成，无以内之，乃窃鄀人之犝以祭。惧其主，夜而内尸，抵今日夕，夕必夜。至酓䵒、酓旦、酓樊及酓赐、酓渠，尽居夷屯。酓渠徙居发渐。至酓艾、酓挚居发渐。酓挚徙居旁屽。至酓延自旁屽徙居乔多。至酓勇及酓严、酓霜及酓雪及酓训、酓咢及若敖酓仪皆居乔多。若敖酓仪徙居䣙。至焚冒酓帅自䣙徙居焚。至宵敖酓鹿自焚徙居宵。至武王酓彻自宵徙居免，焉始称王，祭祀致福。众不容于免，乃溃疆郢之陂而宇人焉，抵今日郢……"

若敖酓义徙居䣙，得名若敖。早期的䣙，都商密，在今河南淅川大石桥乡境内。楚占而居之。

宵敖酓鹿自焚徙居宵，得名宵敖。

宵在何地？笔者在探访位于淅川上集镇张庄村沟湾遗址之后，曾据位于老鹳河右岸的霄山、宵山推测，《楚居》所载宵敖酓鹿自焚徙居之宵、武王酓彻自宵徙居免称王之宵，当在其附近。

据《淅川蛮子营墓地》（科学出版社2016年版）记载，淅川蛮子营墓地是南水北调中线工程丹江口库区淹没区文物保护项目。受河南省文物局南水北调文物保护办公室委托，许昌市文物工作队于2008年6月至2010年10月对淅川上集镇蛮子营墓地进行了抢救性发掘。该遗址时代包括新石器时代、两周之际、汉晋及宋金时期，其中以汉晋时期遗存最为丰富，墓葬年代从西汉晚期延续至魏晋时期。该墓地发现的两周之际遗物虽然较少，但是同时期遗存在老鹳河流域少有发现。该墓地发现的各时期遗存为研究丹江口地区新石器时代文化、早期楚文化、汉晋文化及宋金文化面貌提供了较为丰富的考古学材料。

蛮子营遗址北邻沟湾遗址，则蛮子营遗址所在会不会是宵敖酓鹿、武王酓彻所居之宵？或许有可能。

由此，我想到《左传·僖公二十五年》记载："秋，秦、晋伐鄀。楚斗克、屈御寇以申、息之师戍商密。秦人过析、隈，入而系舆人，以围商密，昏而傅焉。宵，坎血加书，伪与子仪、子边盟者。商密人惧曰：'秦取析矣！戍人反矣。'乃降秦师。秦师囚申公子仪、息公子边以归。楚令尹子玉追秦师，弗及，遂围陈，纳顿子于顿。"

如果把这段话里的"焉"字与"傅"字断开，与"宵"字相连，则为：

    秦人过析、隈，入而系舆人，以围商密，昏而傅。焉宵，坎血加书，伪与子仪、子边盟者。

则此处的"宵"并非入夜之义,而是宵敖酓鹿、武王酓彻所居之宵。

则上述"焉宵,坎血加书,伪与子仪、子边盟者"之文意也将变为:秦人行至宵,伪与楚师结盟。

因为"焉"字不仅有"乃""则""于是就""什么""之""此""对此"之义,还有"在此""于"之义。

"敖"是有来历的。河南郑州有敖山、隞墟、敖仓。

《诗经·小雅·车攻》曰:"建旐设旄,搏兽于敖。"敖即敖山,后世叫广武山(与郑国的郑武王有关),今天叫邙山,在郑州西北的黄河南岸。有人说,敖山就在荥阳的桃花峪景区内,山顶建有黄河中下游分界碑。

许慎《说文》释义:"敖,出游也。""遨游"之"遨"即其本义。

3600年前,商王仲丁迁都于敖山之阳、河济之阴,建隞都。《水经注》等记载:"仲丁陟嚣,或曰敖,今河南之敖仓是也。"

隞都终被历史尘沙掩埋,成为隞墟。1949年,隞墟被考古发现。1959年,郭沫若考察后题诗:"郑州又是一殷墟,疑本仲丁之所都。"其诗碑至今还安放在郑州城东路商城遗址隞墟纪念馆院内,笔者曾往观瞻过。到20世纪90年代,文物考古部门确定商城遗址面积达25平方公里。遗址内先后发现了规模宏大的城墙、宫殿、墓葬、作坊遗址,出土了大量精美的青铜器,如杜岭方鼎等。

秦帝国统一六国后,在敖山上建仓储粮,以控天下。后世因此称粮仓为敖仓。

《楚居》记载,楚先出自中原,为黄帝有熊氏部落之后裔。《史记·楚世家》也记载:"楚之先祖出自帝颛顼高阳。"楚左徒、三闾大夫、诗人屈原也说自己是"帝高阳之苗裔兮"。

楚人有因袭老地名之传统，如郑州荥阳市之京襄城当与楚先祖所居之京宗有关联，淅川之隈山（厮隈山）本源于郑州新密市一带的大隗山。

楚人南下至丹淅流域后，就不能不追念他们的先祖曾经居住在敖山之阳、河济之阴。其"君王"（当然，到楚武王酓彻时才称王）曰若敖、宵敖：

若＋敖＝若敖；
宵＋敖＝宵敖。

他们是不是遵循了这样一条命名规则：

楚君新居之都名＋楚先祖所居之地名＝楚君之名。

屈原的先祖到底是谁？得从楚国官职莫敖说起。莫同"漠"，有广大之义。莫敖即大敖。

楚武王酓彻是位改革家，是楚国八百年历史中划时代的人物，是他率先"擅自"称王，与周王室分庭抗礼，是他把在淅川丹淅流域"披荆斩棘、筚路蓝缕"了350多年的楚国带向更为广大的江汉流域。所以，他就是要做王，不再叫什么"敖"，而是把"敖"下放给楚国第一辅臣、自己的儿子屈瑕。

《淮南子》作莫敖为"莫嚣"。嚣、敖通假，如上述之"仲丁陟嚣，或曰敖"。但"敖"毕竟是楚武王之曾祖、父亲两代楚君的名号。楚武王认为为臣子者曰莫敖封号太重，始改为令尹行后世宰相之职。《左传·庄公四年》以令尹与莫敖并提，后莫敖地位逐渐降低。《左传·襄公十五年》叙楚国封官事，列莫敖于令尹、右尹、大司马、右司马、左司马之后。

以《左传》为证，楚国最早的莫敖是屈瑕。公元前701年，屈瑕领兵伐绞国（在今湖北丹江口市境内），迫使其签订城下之盟。公元前699年，屈瑕领兵伐罗国（约在今湖北房山县，或宜城市境内），战败自杀谢罪。绞国、罗国正是楚国出丹淅向江汉必经之地，不伐之焉得南下！

有人说，屈瑕是诗人屈原的先祖。但《楚居》中还记载："至酓绎与屈𬘓，使鄀嗌卜，徙于夷屯。"夷屯是楚人自中原入驻丹淅流域的第一居住地（或较早的都城）。屈𬘓与楚君酓绎并列，并开疆拓土，可见屈𬘓地位之高、能力之强。按楚武王和屈瑕关系论，屈𬘓或即酓绎的儿子。如果要追寻屈原的先祖，屈𬘓才是最早的。因此，田野先生等撰文称屈原故里在淅川，概有因也。

端午即至，谨以此文遥祭屈原。

（2021年6月11日，记于郑东楚居堂）

试解淅川商密之"密"

河南淅川县大石桥乡先后为古鄀国都城、先楚所都之鄀、鄀郢和商密邑所在地。此前,笔者曾在论及清华简《楚居》撰《先楚文化浅议》称,商密之"密"与楚先祖"季连初降于隗山"、居于密地有关。

位于河南郑州西南部的新密市,历史文化悠久。黄帝时,为其都轩辕丘;颛顼、帝喾时,为祝融氏之墟,当为楚人先祖所居之处。帝尧之后,新密为鄶国之都城所在地。西周灭商之后,新密是密国和鄶国所在地。后来郑国灭掉了鄶国,并将原密国故城更名为新密邑。战国时,韩国灭郑后,新密属韩国,又曾为楚所辖,秦时属颍川郡。汉袭秦制仍置密县,属河南郡,治在今新密市大隗镇,境内有古密国遗址。

密国以密山为名。《说文》云:"密,山如堂者。"今新密市境内无此山名,或即其境内与禹州市、新郑市交界,属具茨山(始祖山)山系的隗山(大隗山)。《汉书·地理志》记载:"密,故国,有大隗山。"

《山海经》早于《汉书》即有关于大隗山的记载，见《山海经·中山经》："又东十里，曰䮗（隗）山，其上有美枣，其阴有㻬琈之玉。""又东三十里，曰大䮗（隗）之山，其阴多铁、美玉、青垩。"该书还记载："又西七十二里，曰密山，其阳多玉，其阴多铁。豪水出焉，而南流注于洛。"

方韬译注《山海经》（中华书局2011年版）时，注为"疑在今河南新安"，当据"豪水出焉，而南流注于洛"而误读。河南新安县西北部有青要山，《山海经·中山经》有记载："又东十里，曰青要之山，实惟帝之密都。"

《山海经》中的䮗（隗）山、大䮗（隗）山、密山应为同一座山。

密国最早立国于今甘肃泾川县南。《国语·周语》之《密康公母论小丑备物终必亡》篇记载：

> 恭王游于泾上，密康公从，有三女奔之，其母曰："必致之于王。夫兽三为群，人三为众，女三为粲。王田不取群，公行下众，王御不参一族。夫粲，美之物也。众以美物归女，而何德以堪之？王犹不堪，况尔小丑乎？小丑备物，终必亡。康公不献。一年，王灭密。

密康公因不听其母之言，自娶"三美"而不贡献给周恭王，导致灭国。

其母名隗氏，当出自大隗山，只好带后人迁回娘家，重建密国于大隗山下。则可推测，清华简《楚居》中季连所娶之妻妣隹或为密国隗氏之先乎？

> 季连初降于隈山，抵于穴穷，前出于乔山。宅处爰波，逆上汌水，见盘庚之子，处于方山。女曰妣隹，秉兹率相，詈胄四方。季连闻其有聘，

从，及之盘，爰生缇、远仲。

且从疑。

但楚人随后逐步南迁于河南淅川丹阳，并先后以"商密"为都亦有渊源矣！

（2020年9月5日，记于郑东楚居堂）

商於之地今何在

商於之地不仅仅是一片山河，更是楚国后期诸王的一块心病。

2020年4月10日，在采访盛湾镇土地岭村之后返淅川县城时，我从盛湾镇的河扒村渡口乘汽车轮渡抵达丹江对岸的狮子岗码头。河扒村以西不远，是马川村。马川村南有古城岗，一向被认为是古商於邑遗址。站在渡口候船，天近黄昏，细雨纷纷，江水微澜，西边的古城岗没入烟波浩渺之下，东边的宋湾依稀可辨，对岸的岵山苍茫如黛。

自西北向东南流泻的丹江在今淅川县盛湾镇、老城镇、马蹬镇之间的丹阳川上，受岵山之阳，呈西东流向。山南、水北谓之阳。楚立国360余年的始都丹阳，就建在此地的丹江之北。但在楚武王南迁郢都前后，这里诞生了一个新地名：商於。

要厘清商於之地，就不能不说楚怀王和张仪。冯知明《楚国往事》载，公元前329年，与楚宣王共同打造了"宣威盛世"的楚威王驾崩，其子楚怀王熊槐继位。也就在这一年,魏国人张仪入秦为相。两人的"合纵"博弈也就此开始,他们"谱写"了战国后期最悲壮也最滑稽的一幕。

9年后的公元前318年,楚怀王被魏、韩、赵、燕、楚共推为纵约长,率军攻秦,声势浩大。原本未入"纵"的齐国也终于在公元前313年联楚攻秦,并且攻取了秦地曲沃。张仪坐不住了,请缨出使楚国。张仪口吐莲花,抛出了诱饵,秦惠王将归还原本属于楚国的六百里商於之地。楚怀王一听,悲喜交加,这可是多少代楚王日思夜想而未得的大好事啊!但张仪紧接着说了一句,条件是楚与齐绝交。《史记·张仪列传》载:"大王诚能听臣,闭关绝约于齐,臣请献商於之地六百里。"急于收复故土的楚怀王没有迟疑,一口答应。朝堂上熙然而动,但只有陈轸犯颜直谏,伟大的诗人屈原还在使齐途中。《战国策》载,陈轸说:"夫秦所以重王者,以王有齐也。今地未得而齐先绝,是楚孤也……"陈轸说了一通人人都明白但人人都不说的道理,但楚怀王心意已决,当即与齐断交,只是加封张仪为楚令尹,以收其心。

张仪前脚走,楚怀王即派人到秦国去讨要还地文书,张仪硬是托病一月不见,最终呵呵一笑,说,何来六百里商於之地,只是六里也。《史记·张仪列传》载:"臣有奉邑六里,愿以献大王左右。"

是可忍孰不可忍,楚怀王之震怒可想而知。公元前312年,秦楚爆发了丹阳之战,楚大败。再战于蓝田,复败。楚怀王又气又恨,恨不得将张仪生吞活剥,自然还要联合包括齐国在内的诸侯抗秦。张仪再次请缨使楚,玩的还是老计谋,《史记·楚世家》载:"分汉中之半以和楚。"内心有鬼的张仪为免祸,贿赂了楚国公子子兰、上官大夫靳尚,又通过靳尚搭上了楚怀王宠幸的郑袖夫人,好"细腰"的楚怀王竟然不杀张仪,让其全身而退。

此时,屈原刚刚使齐归国,告诉楚怀王,不杀奸诈小人楚祸无休。楚怀王如梦方醒,再派人去追,张仪早已飞奔出境了。几番战与和,吃亏的还是楚，秦更胁迫怀王于武关赴约。怀王不听屈原之谏，流放屈原于汉北之地。诗人也只能登岵山，望商於，歌《离骚》，哭《国殇》，发浩叹。自此，楚国渐渐式微，以至楚怀王最终为强秦人质，客死异乡。

转眼几百年过去，北魏郦道元在《水经注·丹水》篇也写到商於之地："丹水又东，径南乡县北。兴宁末，太守王靡之改筑今城。城北半据在水中，左右夹涧深长。及春夏水涨，望若孤洲矣。城前有晋顺阳太守丁穆碑，郡民范宁立之。丹水径流两县之间，历於中之北，所谓商於者也。故张仪说楚绝齐，许以商於之地六百里，谓以此矣。又南合均水，谓之析口。"

清咸丰七年（公元1857年）纂修的《淅川厅志》在转述了《水经注》关于商於之地的记载后，又注明："明《一统志》，商於城在内乡县商於城保。秦张仪诈楚商於之地六百里，即此。按：明成化以前，在内乡为商於城保。成化六年分入淅川县（自金、元至公元1470年，淅川曾归内乡县管辖——笔者注）。即今城西南於村。"

至于商於之地，窃以为，"商"为鄀国故城商密、秦汉丹水县之故址，在今淅川县大石桥柳家泉村一带。"於"即秦楚之"商於邑"，《水经注》之於中、商於，明代商於城保，清代於村，在今淅川县盛湾镇马川村一带。二地之间，自板桥川到丹阳川，方圆或有六百里乎？

（2020年5月5日，记于郑东楚居堂）

愿做岵山一株草

庚子七月卅一，自淅川南水北调移民文化苑出发，沿老鹳河左岸，东南行至杨家村，透过茂林修竹，宽阔的湖面碧波荡漾，明如镜鉴，岵山的倒影微微摇晃，恰似即将登临岵山的心跳。

天微阴，风习习，秋已至，满眼仍是苍翠和碧绿。苍翠的是岵山，碧绿的是老鹳河和丹江。

老鹳河已不大像一条河。162米，这是丹江口水库水位近期的高程。汪洋的老鹳河（均水、淅水）和更为宽阔的丹江（丹水），就在岵山东南麓融为一体。岵，多草木之山也。岵山的海拔只有498米，却是楚国和淅川的文化高峰。如果说，老鹳河和丹江是两张巨帆，岵山就是一柱顶天的云桅。以岵山为原点，丹淅之地次第演绎了多少惊心动魄、荡气回肠的故事。

5000年前，下王岗人逐丹水而居，沟湾人傍均水而生，烧制红陶，耕耘稻田；紧接着，舜帝流放尧帝子丹朱于岵山下，丹江得治，迄今仍有丹朱坟；大禹放逐舜帝子商均于均水边，双河镇（均口）地名仍存；周初，陟岵邦先生隐居岵山之上，主峰北麓洞穴俨然；周成王时，熊绎率先楚子民来到岵山之南、丹水之阳披荆斩棘，筚路蓝缕，开启楚国八百年基业；春秋时，戍卒征夫屯守岵山，游子至今传唱"陟彼岵兮，瞻望父兮"（《诗经·陟岵》）；公元前536年，范蠡出生于丹水之滨的三户城，以越国大夫助勾践复国，复决然隐退，经商致富，散财为民，被后世尊为商圣；公元前312年，秦楚于此决战，屈匄与楚国八万将士血染丹阳，不久，"有鸟自南兮，来集汉北"；诗人屈原被楚怀王首放汉北之地，"望北山而流涕兮，临流水而太息""低徊夷犹，宿北姑（岵）兮"（《抽思》），更登岵山之巅，感念先烈而赋《国殇》……

这就是岵山，如此巍峨，又如此丰厚，千万年来屹立在丹、鹳交汇处，牵系着历史烟云和当代调水伟业，总能让淅川人和无数楚人怦然心动，不能自已。

车过武贾洲，经瓷窑沟，越翻船山，入官福山村，绕石浪窝，接近古均口，老鹳河、丹江已难分彼此，烟波浩渺之下即昔日良田板桥川、丹阳川，楚始都丹阳和五百年的淅川老县城也难觅踪迹。对岸山峦苍茫，四峰山主峰半入灰云之中。江畔湿地连绵，鸥鸟翻飞，玉米将熟，石榴缀红。问道旁老者，已是险峰村。十年前，172米高程下近千村民已迁黄河北岸封丘，后靠村民仍耕作于故土。

村后一峰突兀，状如虎首，名虎疙瘩，乃岵山东麓第一峰。山下一片红土地呈长方形，方圆十余亩，土垣四合，窃以为古城遗址，反复寻觅不见残砖碎瓦，只有刚刚收割的芝麻捆相互倚靠，与虎疙瘩构成绝妙的对比。正怅然，田边一石甚奇，长约半米，入手沉重，外呈灰白，内见褐红，纹理分明，却是一节硅化木，当系古柏所化，足见此地远古植被之丰茂。

沿山脚西行，进入杨山村地界。一座引水渡槽如长虹卧波，自石榴园直入丹江。询之老者，道是20世纪70年代学大寨旧物。再向前，道旁芭茅丛生，莫非楚国2500年前进贡周王室缩酒之芭茅？芭茅旁，青蒿摇曳。曼陀罗、百日草、紫菀正值花季，或白或红。苘麻倒是先熟，蒴果饱满。幼时，在其尚青未枯时，我和玩伴都品尝过它的甘甜。

抬头仰望岵山，云雾缭绕，难怪岵山又名云雾山。其主峰秀出云表，与左右二山头相连，恰似一座笔架山。

午后，决意与二三好友登临主峰，相约自杨山村后上行。初无路，穿梭于缓坡新植柏树、松树间，丛丛青葙绽放粉红，满坡龙须草如褥似毯，踩上去十分光滑，只能步步小心。

数百步后，方寻得羊肠小道，路旁油桐、乌桕枝叶青碧，一棵棵野花椒虽无人照料，已是累累红果。屈原于楚辞中多次写到申椒，想必就是此物吧？

再向上，茅草、黄白草、蕨类植物渐多，野鸢尾、七叶菜、野韭菜生于其间，葱茏可爱。草下和石穴里满是地衣（地曲莲）。陟岵先生当年隐居此山，可曾以此果腹？路渐窄，山势渐高。时时可见楚地独有的黄荆、酸枣刺（棘）。有的黄荆已挂满黑色的籽粒，有的正开着粉白的碎花。酸枣刺往往生长在峭壁乱石间，却也鲜红甘甜。屈原登临岵山时，可曾以此解渴？

终于登上主峰下的骆驼峰，山脊陡峭，两边皆是万丈悬崖，下望为之心惊目眩。南坡半山似刀劈斧凿，石缝间山泉汩汩流淌。水中或含铁质，泉流经过处，石壁呈淡黄色。

众人皆汗透衣衫，坐于骆驼石上小憩。近期无雨，石上苔藓斑斑，枯黄如金。看手机上指南针，海拔才400余米，主峰还在前面。说不得，只能相互加油沿着骆驼峰前行。

峰尽处，山势下凹，北望可见山下老鹳河。迎面一道高坡，山道更见狭窄，虽经前人雕凿，仅能容一足。幸有黄荆、酸枣刺助力，方可匍匐向上。

十几分钟后，方上主峰。眼前突现高台，巨石如砥，方圆约半亩，且前伸至悬崖边。众大喜，掀衣为扇，移步悬畔南望，山下梯田纵横，村舍星布。丹江浩荡西来，两岸大石桥、滔河、老城、盛湾皆能见其大略。江心即是楚始都丹阳所在。丹江口水库建成前的丹阳川当是江水蜿蜒，土地肥美，五谷丰登，这又是丹阳之战的古战场。屈原当年登临岵山，可曾在此临风抒怀而赋《国殇》？乃向同行好友屈君提议，或可于此建一望丹亭，以纪楚风。

高台东北一大片黄荆成林，林下崖壁中间一洞宛然，可是陟岵先生当年隐居处？可惜无路可达，不能探究。

自高台上行约百步，终登峰顶。峰顶最高处，乡人近年新建祖师庙一座，青石为基，额书"云雾祖师"，铁门虚掩，推门可见头戴冠冕、身披黄袍的祖师塑像。传说当年张三丰欲驻此山，后嫌低矮而移武当。墙角一小像倒无任何装饰，颇为质朴，更似道人。

出祖师庙左转，又一平台，台上新建观音殿一座，红墙黑瓦，亦无人值守，智能供电的小喇叭却喃喃而诵《心经》。殿内一尊观世音立像，与其他寺宇所见同，法相慈悲。殿后有两树，一株侧柏尚小，一株酸枣刺生在峭壁上，竟然粗如手臂，已由灌木变乔木。

祖师庙和观音殿之间，尚有七八分平地，西北端一石如龙，苍然凌空，欲饮江河状。平地中砖瓦累累，多为草莽所蔽，似有建筑遗迹。此山灵秀，岂能仅有祖师庙、观音殿？如考之曾有屈原祠，当于其遗址上复建，或可成就三教圣迹，传承楚风丹韵，众皆然之。

人生一世，草木一秋。徘徊良久，方欲归，见石阶间几株地黄碧绿肥硕，生机盎然。如吾等一介草民，不是松柏，也不是荆棘，能做岵山上的一株草，如地黄，如茅草，足矣。

（2020年9月18—20日，记于郑东楚居堂）

岵山或即先楚时荆山

河南淅川县所辖基本上由丹江小三峡之上的丹阳川、小三峡之下的顺阳川和老鹳河沿岸的板桥川构成。两河三川之间，群山连绵，奇峰耸峙，洞穴多有，土地肥沃，适宜农耕。淅川盛湾镇下王岗仰韶文化遗址位于丹阳川，出土有大型居舍遗迹和稻谷、筷子等遗物。淅川上集镇、金河镇位于老鹳河流域的板桥川，自古农耕发达，有沟湾仰韶文化遗址，出土有彩陶三足鼎等。楚之先民在丹、鹳流域繁衍生息，具有不可替代的地理优势和人文环境。

岵山屹立在丹江和老鹳河交汇处的丹江北岸，岵山南麓即周成王封熊绎以"子男之田""居丹阳"时的丹阳故地。

荆山何在？《史记·楚世家》记载："熊绎当周成王之时，举文武勤劳之后嗣，而封熊绎于楚蛮，封以子男之田，姓芈氏，居丹阳。"《左传·昭公十二年》记载："昔我先王熊绎辟在荆山，筚路蓝缕以处草莽，跋涉山林以事天子，唯是桃弧棘矢以共御王事。"

清华简《楚居》有关于熊绎与屈𬖂让鄀人卜徙夷屯、盗鄀人无角小牛祭祀的记载："至酓绎与屈𬖂，使鄀嗌卜，徙于夷屯，为楩室，室既成，无以内之，乃窃鄀人之犝以祭。惧其主，夜而内尸，抵今日夕，夕必夜……"

李学勤先生在其《初识清华简》中推定清华简《楚居》中的"㳥水"为淅川之丹江，"方山"为老鹳河源头卢氏永宁交界之柄山（或即伏牛山之嵿山、熊耳山），熊绎所居之"夷屯"为淅川丹阳。笔者此前曾撰文分析，鄀之故都商密遗址在淅川大石桥乡境内，"至酓绎与屈𬖂，使鄀嗌卜，徙于夷屯……乃窃鄀人之犝以祭"，"夷屯"必定紧邻鄀。

再综合分析《史记·楚世家》《左传·昭公十二年》和清华简《楚居》的上述记载，熊绎所在的荆山也必定在淅川丹阳附近，不会是湖北南漳的荆山。

岵山曾经叫荆山。杜勇《清华简与古史探赜》（科学出版社 2018 年版）援引了石泉《楚都丹阳及古荆山在丹、淅附近补证》（《江汉论坛》，1985 年 12 期）一文的观点：在丹、淅附近古有荆山，"是比南漳西北的古荆山还要古一些的荆山。它同楚都丹阳之得名，应该是同步的、配套的"。

笔者曾实地探访淅川老城镇岵山并登顶，山上山下多见黄荆（即楚）与酸枣刺（即棘）。更在岵山下多次拍到当地人放养的无角小牛的照片。自老城镇沿丹江西北行，可达豫陕鄂三省交界荆紫关镇，据《淅川县志》记载，荆紫关曾名荆籽关。

岵山还曾经叫雎山。杜勇《清华简与古史探赜》援引《墨子·非攻下》说："昔者楚熊丽始讨雎山之间。"笔者认可毕沅的说法，"讨"字应为"封"字。但此处的熊丽应为熊绎之误，因为楚人到熊绎时代才被封于丹阳。

为什么岵山曾经叫雎山？这就不能不说老鹳河。老鹳河是丹江的最大支流，当因鹳鸟翔集而得名，历史上也曾叫过析水、均水、淅水。《诗经·周南·关雎》首句为:"关关雎鸠,在河之洲。"向来注家多说"关关"为鸟鸣声,雎鸠是一种水禽,但未定何鸟。

笔者以为,雎鸠即鹳鸟。淅川民间称鹳鸟为黑老鹳,又因其常常立于沙洲、水湄,等鱼儿到眼前方啄食之,故称为"老等"。淅川老鹳河、丹江流域历史上多沙洲,丹阳之南盛湾镇马川村有古城岗,古称"於中""於村",其地原先应为江边淤积的沙洲。岵山北麓的老鹳河下游迄今有武贾洲村,笔者上周实地探访岵山途中曾经过。

三闾大夫屈原在《湘君》中咏叹:"君不行兮夷犹,蹇谁留兮中洲?"写到水中之洲,既是表达其首放汉北之地滞留沙洲时的迟疑不前,也可能是对楚国故都夷屯的追忆。

如果能确定雎鸠即鹳鸟,则老鹳河很可能就是传世文献中所说的"雎水"(沮水)。《山海经·中次八经》和《水经注》都写到过"雎水"(沮水),但多指出自湖北南漳之荆山。《淮南子·地形》也记载:"雎出荆山。"

此荆山应为楚丹阳附近的荆山(岵山)。"雎水"出此山,岵山也叫雎山,老鹳河也就是"雎水"。山水互名,也是说得通的。

荆山、雎山何时更名为岵山?当在楚武王、文王沿丹汉南下迁郢之后。楚人有沿用老地名以示不忘根本之习俗。即便清华简《楚居》所载之"季连初降于騩山"之騩山(即騩山、大隗山),也被楚人带到淅川丹阳所沿用。《左传·僖公二十五年》记载:"秋,秦、晋伐鄀。楚斗克、屈御寇以申、息之师戍商密。秦人过析、隈,入而系舆人,以围商密,昏而傅焉。"《方舆纪要》卷五《邓州》和康熙二十九年《淅川县志》都记载,淅川境内有析隈山,俗讹为厮隈山。

又如清华简《楚居》中所记载,凡楚都所在之地皆为"郢":

……若敖酓义徙居鄀。至焚冒酓帅自鄀徙居焚。至宵敖酓鹿自焚徙居宵。

至武王酓彻自宵徙居免，焉始称王，祭祀致福。众不容于免，乃溃疆郢之陂而宇人焉，抵今日郢。

……至堵敖自福丘徙袭郡郢。至成王自郡郢徙袭湫郢，湫郢徙□□□，□居瞔郢。至穆王自瞔郢徙袭为郢。

故，楚人南迁江汉流域之后仍沿用荆山、雎山、雎水命名湖北境内的山水也合乎情理，并为后世的《山海经》《淮南子》《水经注》所录。

屈原《楚辞》中的"北山""北姑"应指岵山。屈原首放汉北之地，在岵山下凭吊丹阳之战以屈匄为首的八万牺牲将士后，在《抽思》中写道："望北山而流涕兮，临流水而太息。低徊夷犹，宿北姑兮。"

此处的"北山"应指丹阳之北山，"北姑"即丹阳之北的岵山。岵的本义是多草木之山。到后来，世人才据《淅川县志》所载此山周初曾有陟岵邦先生隐居，以及《诗经》中的《陟岵》而更其名为岵山，相沿至今。

（2020年9月23日，记于郑东楚居堂）

第二辑

楚器楚语

维女荆楚，居国南乡：楚族徙居丹淅流域与武丁伐楚

在以河南淅川为中心的丹淅流域，楚文化遗存十分丰富，构成丹淅文明最为灿烂的篇章。

《史记·楚世家》记载："熊绎当周成王之时，举文、武勤劳之后嗣，而封熊绎于楚蛮，封以子男之田，姓芈氏，居丹阳。"清华简《楚居》记载："至酓绎与屈紃，使鄀嗌卜，徙于夷屯，为楩室，室既成，无以内之，乃窃鄀人之犝以祭……至酓只、酓䀈、酓樊、及酓赐、酓渠，尽居夷屯。"

李学勤先生在其专著《初识清华简》中《论清华简〈楚居〉中的古史传说》一文中写道："《楚居》载熊绎徙于夷屯，对照《楚世家》：'熊绎当周成王之时，举文、武勤劳之后嗣，而封熊绎于楚蛮，封以子男之田，姓芈氏，居丹阳。'看来夷屯就是丹阳。简文明确说自熊绎一直到熊渠'尽居夷屯'，这对推断该地的地理方位非常重要。"李学勤先生还在援引《楚世家》和《左传》的其他记载之后说："不管怎样，其时楚都是在夷屯。"

熊绎居于丹淅流域已是学者共识。虽然截至目前发现的重要文化遗址，多在丹江南岸，或老鹳河东岸，丹江、老鹳河与其若干支流交汇的一级、二级台地之上，尚无法确指哪一处遗存为楚国丹阳、夷屯。

但楚族并非自熊绎被封于丹阳后才在淅川扎根。楚人在淅川，是先居之，后被封之。

要追溯楚国人文精神谱系最早的原点，自然绕不开中原文化。最早的楚人出自黄帝一脉，为颛顼和祝融之后，其先曰季连。季连何许人也？据《史记·楚世家》记载，季连的祖父是高阳（颛顼）重孙、帝喾火正（祝融）吴回，季连的父亲是陆终。因此，屈原在其《离骚》中首句写道："帝高阳之苗裔兮。"

《史记·楚世家》开篇记载："楚之先祖出自帝颛顼高阳。高阳者，黄帝之孙，昌意之子也。高阳生称，称生卷章，卷章生重黎。重黎为帝喾高辛居火正，甚有功，能光融天下，帝喾命曰祝融。共工氏作乱，帝喾使重黎诛之而不尽。帝乃以庚寅日诛重黎，而以其弟吴回为重黎后，复居火正，为祝融。吴回生陆终。陆终生子六人，坼剖而产焉。其长一曰昆吾；二曰参胡；三曰彭祖；四曰会人；五曰曹姓；六曰季连，芈姓，楚其后也。昆吾氏，夏之时尝为侯伯，桀之时汤灭之。彭祖氏，殷之时尝为侯伯，殷之末世灭彭祖氏。季连生附沮，附沮生穴熊。其后中微，或在中国，或在蛮夷，弗能纪其世。"

司马迁的"其后中微，或在中国，或在蛮夷"留给后人很多空白，但清华简《楚居》做了很好的补正。

清华简《楚居》开头写道："季连初降于騩山，抵于穴穷，前出于乔山。宅处爰波，逆上汌水，见盘庚之子，处于方山。女曰妣隹，秉兹率相，詈胄四方。季连闻其有聘，从，及之盘，爰生䋥伯、远仲。游徜徉，先处于京宗。穴酓迟徙于京宗，爰得妣厉，逆流哉水，厥状聂耳，乃妻之，生侸叔、丽季。丽不从行,溃自胁出,妣厉宾于天,巫并该其胁以楚,抵今曰楚人。至畬狂亦居京宗。至畬绎与屈䋠,使鄀嗌卜,徙于夷屯……"

《楚居》中的汌水究竟是哪一条江河?

李学勤先生在《论清华简〈楚居〉中的古史传说》一文中,依据《水经注》《汉书·地理志》等有关均水、顺水的记载,并根据训诂学的考辨,分析认为,汌水就是河南淅川县境内的丹江(均水、顺水)。

笔者此前对季连时期楚族是否已居丹淅抱怀疑态度,尚不敢苟同李学勤先生的观点。但再读《楚居》和《诗经·商颂·殷武》,才明白自己的浅薄。既然汌水就是河南淅川县境内的丹江(及其支流老鹳河),则季连时代楚族已经抵达丹淅流域。楚族在季连的带领下早已徙居丹淅流域和熊绎于周成王时被封丹阳,并非一回事——应是先居之,后被封之。

武丁缘何奋伐荆楚?

至迟在殷商高宗武丁之前,楚先族已经从嵩山地区的祝融之墟,一路跋涉,通过南阳盆地,进入丹淅流域。

到武丁时期,楚族已经有所发展,试图与商王朝分庭抗礼,引起了商王朝的高度警惕,并派兵予以镇压。

《诗经·商颂·殷武》中曰:"挞彼殷武,奋伐荆楚。深入其阻,裒荆之旅。有截其所,汤孙之绪。维女荆楚,居国南乡。昔有成汤,自彼氐羌,莫敢不来享,莫敢不来王。曰商是常。"

此诗句翻译成白话文是:"殷王武丁神既武,断然兴师伐荆楚。王师深入敌险阻,众多楚兵被俘虏。扫荡荆楚有其土,成汤子孙功业树。小邦荆楚处偏远,长期居住商南方。昔日成汤建殷商,即便西北氐与羌,没人敢不来献享,没人敢不来朝王。商王实为天下长。"

摆明了，楚人在武丁时已开始挑战商王朝的权威，也很有可能已做出了"敢不来享""敢不来王"的事儿，所以武丁才发兵征伐，深入险阻之"南乡"，俘虏了大批楚人，并将楚地归于王化之内。

马世之在其所著《中原楚文化研究》的《楚人立国与建都》一章中，就根据《殷武》诗句和《左传》的相关记载，分析指出："大约武丁之时，楚人已由中原迁移到南阳盆地，故而商伐楚时，其进军路线必须经过方城要隘。"

武丁很有可能到过淅川境内。清末光绪时期，淅川境设十四里，其中便有武丁里，里名当与武丁伐楚有关。《淅川直隶厅乡土志》卷六《地理》记载："因山川形势之便，析全境为一十四里。附郭曰淅川里，东曰武丁里，东北曰板桥里，北曰岵山里，西北曰荆子里，曰上白里、下白里、上张里，西南曰新兴里，南曰淤村里，东南曰下张里、曰马蹬里、曰雷山里、曰顺阳里。"

关于武丁里，该卷记载："武丁里在城（淅川老县城，20世纪70年代初没于今淅川老城镇南、丹江口水库下）之正东，距城自十五里至九十里。东及北皆内乡（今内乡县）界，西北板桥里，西淅川里，西南淤村里、下张里，南马蹬里。东西长七十余里，南北广二十余里。"里内有古迹四王冢、四王庙、泰山庙、双泉观，有位于丹淅二水交汇处的集镇——双河镇。

武丁伐楚，应该是让南乡稳定了相当长一段时间。"哪里有压迫，哪里就有反抗。"按照楚国一贯的传统，楚人不习惯永远"来享""来王"的。正如后来的楚武王熊通不要"楚子"身份，称王侵灭周边诸侯小国一样，楚人最终还是选择站队，在殷商末期弃商从周，辅佐新朝。否则，周成王何以"举文、武勤劳之后嗣"而封熊绎？

"丹阳"不在李官桥小盆地。马世之在其著作《中原楚文化研究》的《楚人立国与建都》一章中，还引用了孙重恩、黄运甫《楚始都丹阳考辨》（《郑州大学学报》1980年第4期）一文观点："在殷代或殷代之前，楚之先族已住在南襄盆地或其西边缘地区，当无问题……楚之先族的居住地作为殷人之南乡，可能一直维持到殷末……我们认为楚在接受周王朝之封前，可能已经住在这个盆地的西部，即丹江下游，亦称李官桥小盆地。这就是丹江之阳的'丹阳'。因为这是楚族的久居之地，故周封时应以旧地相封，名之曰'居丹阳'。"

孙重恩、黄运甫两位先生的观点确有开创性意义，指出了楚久居丹江下游的"可能"。但两位先生的这篇论文发表在40年前，依据的主要是《史记》和《诗经》等文献，没有见到后出的《楚居》和这些年来丹淅流域考古发现的大量楚文化遗存，更不太清楚丹江在李官桥小盆地基本呈北南走向，所以存在"硬伤"——目前多数学者认可"丹阳"（夷屯）在丹淅之会基本呈西东走向的丹江之滨，而非李官桥小盆地。李官桥附近的龙城充其量也只能是为鄀，或东周时期的某座楚城，不会是楚国早期的夷屯。

"南乡"的源流。淅川历史上曾设南乡郡、南乡县，当与《诗经·商颂·殷武》的"维女荆楚，居国南乡"有关。

关于南乡郡，康熙二十九年（公元1690年）纂修的《淅川县志》记载："建安中，割南阳右壤，淅川为南乡郡。三国与魏因之。晋改南乡为顺阳县……后魏置丹川郡，又置淅川县，属南乡郡。"

关于南乡县，北魏郦道元在《水经注·丹水》篇写道："丹水又东，径南乡县北。兴宁末，太守王靡之改筑今城。城北半据在水中，左右夹涧深长。及春夏水涨，望若孤洲矣。城前有晋顺阳太守丁穆碑，郡民范宁立之。"

康熙二十九年（公元1690年）纂修的《淅川县志》记载："隋文帝开皇初，废南乡郡为南乡县。"

查阅《中国历史地图集》（第5册）可知，隋时，淅川曾领淅阳郡，辖南乡、丹水、郧乡（今湖北十堰市郧阳区——作者注）、安富、武当（今湖北十堰市武当特区——作者注）、均阳（今湖北十堰市丹江口市——作者注）等县，包括今河南南阳西部、西南部和湖北西北部数县市。

因此，也可见丹淅流域乃至丹汉流域与楚的亲密关联。

（2021年9月1日，记于郑东楚居堂）

先楚子民迁徙融合轨迹初探

伏牛山东延，于中原腹地崛起为中岳嵩山。嵩山及其周围的大隗山、始祖山所在区域，乃至河洛交汇处一带，不仅是华夏文明的滥觞之地，也是先楚之根脉所在。楚族当先起于嵩山，再南下至方山，周初被封于丹淅流域，楚武王时期才逐步拥有江汉平原。

再读清华简《楚居》开篇释文："季连初降于隈山，抵于穴穷，前出于乔山。宅处爰波，逆上汌水，见盘庚之子，处于方山。女曰妣隹，秉兹率相，詈胄四方。季连闻其有聘，从，及之盘，爰生纴伯、远仲。游徜徉，先处于京宗。穴酓迟徙于京宗，爰得妣厉，逆流哉水，厥状聂耳，乃妻之，生侸叔、丽季。丽不从行，溃自胁出，妣厉宾于天，巫并该其胁以楚，抵今曰楚人。至酓狂亦居京宗。"

最早的楚人出自黄帝一脉，为颛顼和祝融之后，其先曰季连。

季连何许人也？

据《史记·楚世家》载，系高阳（颛顼）五世孙、帝喾火正（祝融）吴回之孙、陆终之子。

2020年9月28日，笔者曾在《京宗地望当在嵩山地区，或与"京襄城"有关》一文中有过一些推测，认为《楚居》中记载的自季连至穴酓（穴熊）、酓狂（熊狂）所居之京宗之地（城）应该在嵩山地区。

我当时的依据是：《楚居》中季连所居之乔山，或即嵩山，或嵩山附近之高山。《楚居》中"季连初降于隈山，抵于穴穷，前出于乔山"，季连自隈山、穴穷往前到乔山，则乔山也必在于隈山附近。嵩山夏商时称"崇高"。乔（喬）者，高也。《楚居》中的"乔山"之"乔"字，即是"乔"上有"山"。季连部落（楚族）与中岳嵩山关联甚密，出自黄帝有熊氏部落（楚先祖和楚王曰某熊或熊某，或即一旁证），是黄帝子孙无疑。故屈原在其《离骚》中首句即写道："帝高阳之苗裔兮。"

今再读《楚居》，结合李学勤先生的观点，以及河南南阳之内乡、邓州、淅川交界一带的方山的考古发现，我去年对季连至穴酓（穴熊）、酓狂（熊狂）所居之京宗之地（城）应该在嵩山地区的推断可能有误，至少应该说：京宗或先在嵩山地区，随着楚族的不断繁衍、迁徙，"京宗"也有一个随之南下的过程。

尧舜时，驩兜被流放崇山（丹朱被流放丹淅），或成为先楚南迁融合的一个节点。

先看丹江最长支流鹳河（析水、淅水）。

《史记·五帝本纪》记载："舜归而言于帝（尧），请流共工于幽陵，以变北狄；放驩兜于崇山，以变南蛮。"这个"驩兜"到了嵩山，一定会和季连部落有交集。"驩兜"也就是在和舜帝的斗争中失败的尧帝长子"丹朱"。为了"变南蛮"，丹朱必然会率领自己的部族和先楚季连的部族一起抵达丹淅流域，与世居丹淅流域的丹淅人进行整合和融合，并建立丹朱国。

因为在尧舜之前，淅川并非真正的蛮荒（南蛮）之地，无论是旧石器时代的坑南人，还是新石器时代的下王岗人、龙山岗人、沟湾人等，他们都耕猎渔樵于丹江、鹳河流域，都是地地道道的淅川人。

《山海经·海外南经》记载："讙头国在其（中原）南，其为人人面有翼，鸟喙，方捕鱼。一曰在毕方东。或曰讙朱国。"

讙朱国即丹朱国。中华书局2011年版《山海经》的译注者方韬在注解《山海经·海外南经》时说，讙头在《山海经》里也叫欢头、欢兜、灌兜、鹳头、讙朱等，是一个在传说中被流放的部族，也有人认为是丹朱的后代。

驩、灌、鹳一字多形，当与鹳河有关。鹳河发源于伏牛山西北，经卢氏、西峡县，在淅川县岵山东麓、老城镇与马蹬镇之间的双河镇（已淹没）汇入丹江。

鹳者，鹳鸟也，善于水湄捕鱼。如《山海经》所云，丹朱国"人面有翼，鸟喙"，以鹳鸟之羽翼、鸟头为饰，也就不足为奇了。

再看《楚居》中的洍水。

清华简《楚居》记载："季连……宅处爰波，逆上洍水，见盘庚之子，处于方山。"李学勤先生分析认为，洍水是河南淅川县境内的丹江（均水、顺水）。他在《论清华简〈楚居〉中的古史传说》中写道：这条有关键意义的洍水，其实就是均水，见《水经注》，《汉书·地理志》作钧水，"上中游即今河南西南部淅川，下游汇合淅川以下的丹江，流入汉水"。按《汉志》南阳郡博山旧名顺阳，应劭云："在顺水之阳也。"《水经·均水注》："均水南径顺阳县西，汉哀帝更为博山县，明帝复曰顺阳。应劭曰县在顺水之阳，今于是县则无关于顺水矣。"这个顺阳位在均水东北，顺水显即均水。"顺"与"洍"都是从"川"声的字，且与"均""钧"通假，古书曾见其例。

淅川县历史上有博山、顺阳之名，有丹阳川、顺阳川、板桥川之地，丹江及其支流鹳河古时曾名均水，丹江与汉水交汇处也曾名均口（湖北丹江口市在丹江口水库建设之初还叫均县）。

最后看方山。

嵩山古时还称"外方"。伏牛山东段偏南至今还称为外方山。

河南南阳之内乡、邓州、淅川交界一带亦有方山。此山今邻内邓高速公路，位于内乡南部的中条山隧道附近。

以㴒水、方山的地望来推测，则季连后期乃至穴酓、酓狂所处之京宗，可能已徙于丹淅流域。至于具体位置，当于方山与丹江之间的丘陵、河谷一带去搜寻、考据。可惜20世纪70年代初丹江口水库大面积蓄水，如龙城遗迹、李官桥古镇等尽皆淹没，恐很难找到实证。

当然，自季连至穴酓、酓狂所居之京宗，与熊绎所被封的丹阳（夷屯）也并非没有关联。

至熊绎时，楚人于河南丹淅流域披荆斩棘发展壮大。

《史记·楚世家》记载："周文王之时，季连之苗裔曰鬻熊。鬻熊子事文王，蚤卒。其子曰熊丽。熊丽生熊狂，熊狂生熊绎。熊绎当周成王之时，举文、武勤劳之后嗣，而封熊绎于楚蛮，封以子男之田，姓芈氏，居丹阳。"

清华简《楚居》记载："至酓绎与屈紃，使鄀嗌卜，徙于夷屯，为楩室，室既成，无以内之，乃窃鄀人之犝以祭……至酓㦷、酓旦、酓樊及酓赐、酓渠，尽居夷屯。"

鄀国都城商密遗址在今河南淅川县大石桥乡境内，夷屯也不会太远。李学勤先生在对上述简文仔细分析之后，认为夷屯即丹阳："简文明确说自熊绎一直到熊渠'尽居夷屯'，这对推断该地的地理方位非常重要……不管怎样，其时楚都是在夷屯。"

熊绎被封于丹阳后，和历代楚子（王）一起，带领楚人（丹淅人）发愤图强，为日后的楚国问鼎中原、拓土江汉奠定了坚实的基础。即便楚武王南下江汉平原后，楚国中后期仍长期经营故土，淅川一带先后成为其析邑、贵族蘧氏封地（墓地）、三户城等所在地。

早期楚人曾经为生存和发展付出了巨大牺牲。《史记·楚世家》记载，楚灵王十一年（公元前530年），楚大夫析父——楚国析邑（今淅川）之长曾对灵王说："昔我先王熊绎辟在荆山，筚路蓝缕以处草莽，跋涉山林以事天子，唯是桃弧棘矢以共王事。"

同样的内容也见于《左传·昭公十二年》，不过说话的人是右尹子革。但"筚路蓝缕"这一成语就此流传，至今常被引用。

至于文中的荆山或系泛指，未必就是上文提及的岵山或方山，虽然岵山、方山及广袤的丹淅流域至今还遍生黄荆、桃树、酸枣。

（2021年8月2—8日，疫中记于郑东楚居堂）

河南淅川：丹淅文明中的楚文化重要遗存

浩浩乎，丹淅；巍巍乎，龙岵。

作为汉江的最长支流，丹江（洲水、均水、顺水、丹水）及其支流老鹳河（析水、淅水、鹳河）、淇河、滔河、肖（宵）河、黄水河、樵峪河、响水河等，是淅川源远流长的血脉；作为秦巴山脉的衔接带，龙山、岵山、四峰山、霄（宵）山、方山、太白山、白崖山、禹山、汤山等，是淅川高拔巍峨的脊梁。

江山之间，昔日肥沃的丹阳川、顺阳川、板桥川，今天浩渺的丹江湖、浩荡北送的南水北调中线渠首和水源地，就是淅川宽广厚实的胸怀。

以河南淅川县为中心的丹淅流域，地处豫鄂陕三省交界，历史悠久，人文丰厚，是黄河文明和长江文明的交汇枢纽。国内权威专家多认定这里是楚国始都丹阳（夷屯）所在地，是先楚340多年筚路蓝缕、披荆斩棘、开疆拓土之根基。

抑或说，在中国黄河文明、长江文明两大文化主干的衔接点上，还有一个不可忽视的文明——丹淅文明，长期发挥着桥梁和枢纽的作用。

一、50万年以来丹淅文明发展脉络清晰

20世纪六七十年代丹江口水库建成蓄水，以及21世纪初南水北调中线工程丹江口大坝加高蓄水供水，使得淅川淹没区日渐扩大，一些古文化遗址难见天日。与此同时，文物保护部门也加快了抢救性发掘步伐，取得了一批重要考古研究成果。

以旧石器遗址为例，《丹淅流域旧石器考古发现与研究》（见《2020中国淅川丹淅流域早期文明学术高峰论坛论文集》）的作者宋国定先生指出："南水北调中线工程水源地是位于河南、湖北交界处的丹江口水库，这一区域是南北方人类迁徙和文化交流的重要生态廊道。为配合南水北调工程建设，从20世纪90年代开始，文物部门组织对丹江口水库淹没区进行了系统考古调查，仅在河南淅川境内就发现了30多处旧石器时代中晚期遗址和化石点。2009年以来，中国社科院古脊椎动物与古人类研究所与中国科学院大学等单位对其中20余处遗址和地点进行了抢救性发掘，发掘面积超1万平方米，发现石制品2万多件。"

其中的坑南遗址，位于淅川县马镫镇吴营村坑南组以西，丹江左岸的二级台地之上，面积约7万平方米。宋国定指出，包括坑南遗址在内的这些旧石器遗址"年代从距今约50万年到1万年左右，大致相当于旧石器时代早期晚段至旧石器时代晚期，是旧石器考古的关键时期"。"坑南遗址发现的陶器残片、烧土类遗存遗迹燧石石叶等文化因素，为解决新、旧石器过渡和中国石业技术源流提供了重要资料。"

从近年考古调查和发掘情况看，位于丹江与老鹳河交汇处附近的河流两

岸,以坑南遗址为中心,分布着十余处从数十万年至数千年大时间跨度的新旧石器文化遗址,如马岭遗址、双河镇遗址、吴营遗址、西沟遗址、毛坪岛黑山咀遗址、李家楼遗址、圪垯遗址、坑北地点等。

进入新石器时代,丹淅文明同样辉煌灿烂。文史工作者通过对淅川下王岗遗址、龙山岗遗址、沟湾遗址、蛮子营遗址、下寨遗址、文坎遗址、单岗遗址、马川遗址、阎杆岭楚墓群、下寺楚墓群、和尚岭楚墓群、徐家岭楚墓群、东沟长岭楚墓群等处的发掘研究,梳理出了丹淅流域文明发展脉络。

这些遗址自旧石器以降,多数依次包含仰韶文化、屈家岭文化、龙山文化、石家河文化、王湾文化、夏商文化、两周文化、汉唐文化、明清文化等遗存,数千年赓续不断,薪火相传。

整体来看,丹淅文明不仅所处地理位置特殊,连接中国南北文化,而且延续时间长达50万年,遗址星罗棋布,文物重器频现,文化内容丰富,文化形态多元,且具有独特的区域特征。

可以说,在这块神奇的土地上,包括楚人在内的历代淅川人创造了生生不息的文明奇迹。

特别是在上述众多遗址中发现了不少两周文化遗存,为探索确定淅川楚国始都地望、明晰楚国发展崛起历史,提供了确凿佐证和进一步研究的重要线索。

二、淅川滔河乡境内的楚文化遗存

位于丹江南岸的淅川县滔河乡龙山岗遗址、下寨遗址、文坎遗址、刘家沟口墓地、阎杆岭楚墓等都发现有楚文化遗存。

龙山岗遗址发现有西周早期、中晚期遗存,且有典型的"楚式鬲"。据《2010中国重要考古发现》(文物出版社,2011年4月,国家文物局主编)

所收《河南淅川龙山岗新石器时代遗址》记载，龙山岗遗址位于淅川滔河乡黄楝树村西，遗址现存面积约 20 万平方米，2008 年 5 月至 2010 年 12 月考古发掘揭露面积 8000 平方米，发现有明清、宋元、汉代、西周、王湾三期文化、石家河文化、屈家岭文化和仰韶文化晚期遗存，出土各类遗物 2000 余件。《河南淅川龙山岗新石器时代遗址》作者梁法伟、聂凡认为，"已发现的西周遗存对于楚文化起源研究也具有重要意义"。

笔者曾于今年 5 月寻访龙山之下的龙山岗遗址，探方已尽被麦田掩盖。其址北距丹江 2.5 公里，西北侧有肖河（闹峪河）汇入丹江。丹江在大石桥乡、滔河乡、老城镇、盛湾镇辖区内的河段基本呈西东流向。

梁法伟、白宜郑执笔的《河南淅川龙山岗遗址西周遗存发掘简报》，刊于 2015 年第 7 期的《中国国家博物馆馆刊》该简报在《结语》里提出，"把出土陶鬲与其他遗址以往发现的同类遗存进行对比，来考察遗存的年代"，则发现"龙山岗遗址 H1 出土的陶鬲与淅川下王岗遗址 M24∶4、11 陶鬲形制相近。这类陶鬲折沿、分裆颇具商文化特征，应该离商时代不远，年代应属于西周早期。M8 出土陶鬲与湖北随州叶家山西周墓地 M65 出土陶鬲（M65∶21）从陶质、陶色到形制、纹饰都极为近似。M65 的年代，发掘者根据铜器等器物的对比定在西周早期康昭之际。这类陶鬲腹部以上的形制特征与沣西张家坡墓地出土的西周中期偏早的陶鬲形制相近，应是受到了关中周文化的强烈影响。这一地域此类陶鬲的年代应在西周早中期之际。"

此现象说明，本源自中原的楚文化，在熊绎被封于丹阳之后，在延续了商文化特征的同时，开始逐步向周文化靠拢。

通过与其他遗址同类遗存对比，该《简报》把龙山岗遗址 H338 出土的陶鬲年代确定为西周中期晚段，把 H529、G20 出土的陶鬲年代确定为西周中晚期，把 H528 出土的陶鬲年代确定为西周中晚期。

该《简报》最后特别联系楚早期都城"丹阳说"进行了阐述:"……豫西南、鄂西北地区发现了较多的西周遗存,由于这一地域位于楚早期都城'丹阳说'的区域内,这些西周遗存越来越多地被从事楚文化研究的学者所关注。龙山岗遗址发现的西周遗存虽然不太丰富,但其从西周早期到西周晚期一直延续发展,无疑为相关研究提供了线索。龙山岗遗址所处的位置在西周前期属于学者考证的鄀国疆域,而鄀国则'至迟在商代晚期就已经立国,是为商王朝的一个重要方国……入周以后,又从属于周'。如此看来,鄀国与商渊源颇深,处于鄀国疆域的龙山岗遗址及邻近的下王岗遗址出土的西周早期陶器带有浓郁商文化气息就不足为奇了。西周早中期之际的M8所出陶鬲,一方面受到了周文化的强烈影响,同时又表现出了强烈的地域文化特征,如陶系为夹砂红陶、鬲足为柱状等。这些文化特征应与通常所说的典型楚文化一脉相承。西周中期后段以后,龙山岗遗址的文化遗存在前期的基础上继续向前发展,G20出土了明显为'二次包制'的柱形鬲足,而目前一般认为这样的鬲足是'楚式鬲'的典型特征。此类遗存继续发展下去就是春秋时期典型的楚文化。"

也许,龙山岗一带就属于周成王时候楚国熊绎的封地,不属于鄀国地盘。清华简《楚居》记载:"至酓绎与屈紃,使鄀嗌卜,徙于夷屯。为楩室,室既成,无以内之,乃窃鄀人之犝以祭。"楚人能"使鄀嗌卜,徙于夷屯",能"窃鄀人之犝以祭",前者牵涉定都建城,后者牵涉祭祀,是熊绎被封丹阳之后的两件大事,写《楚居》的人不为先祖文过饰非,如实记录下来。则夷屯与鄀(鄀都商密遗址在龙山岗斜对面的丹江北岸,淅川县大石桥乡柳家泉村一带)必为近邻。

《楚居》还记载:"至宵敖酓鹿自焚徙居宵。至武王酓彻自宵徙居免,焉始称王。""宵"先后为宵敖酓鹿、武王酓彻(熊通)所居之都。笔者疑今日肖河之"肖"当为"宵",龙山岗遗址恰位于"宵"河与丹江交汇处。宵敖之"宵"、宵敖父子所居之"宵",与肖河有无关联呢?

如有,则过去推测"宵"当在淅川上集镇的霄(宵)山之南、老鹳河东岸就有些牵强了。

龙山岗遗址一带即便不是夷屯和"宵"所在地,也可能是西周早中期楚人重要的集聚地之一。

文坎遗址发现有西周灰坑、东周楚墓和天子驾六车马坑。据《2012中国重要考古发现》(文物出版社,2013年4月,国家文物局主编)所收《河南南阳文坎东周楚墓》(韩朝会供稿)一文记载,文坎遗址位于淅川县滔河乡文坎村,亦在丹江南岸,总面积约6万平方米。2012年4月至11月,文物工作者不仅在地表采集到东周时期鬲口沿、鬲足等遗物,还发掘遗址面积5000平方米,清理出石家河文化灰坑、灰沟,二里头文化灰坑,西周时期灰坑,以及东周时期房基3座、灰坑10个、灰沟2条、墓葬45座、车马坑2座和东汉晚期墓葬15座,出土陶、石、骨、玉、铜等各类遗物350余件。

该文指出:"本次发掘最重要的收获是45座东周楚墓……甲类:大部分集中分布在发掘区西部,共16座……从甲类墓葬的建筑方法、埋葬习俗、出土青铜器的组合及特征来看,年代应为春秋至战国时期,墓主地位较高,应为当时楚国的贵族阶层。发掘出车马坑2座:车马坑1位于M10的东南,四马驾一车;车马坑2位于M35的东北,六马驾一车。推测为甲类墓的陪葬坑。"

《尚书·夏书》曰:"懔乎,若朽索之驭六马。"《逸礼·王度记》曰:"天子驾六,诸侯驾五,卿驾四,大夫三,士二,庶人一。"与此对照,文坎遗址M10的车马坑为卿驾四,M35的车马坑为天子驾六。后者如确为东周时期遗存,则有僭越之嫌,总不至于是已南迁江汉平原的某位楚王魂归故土吧。

所以,《河南南阳文坎东周楚墓》一文的作者认为:"本次发掘的东周楚墓为研究楚国或附属方国的社会、经济、文化、葬制及葬俗等提供了重要材料,也是南水北调中线工程考古发掘的又一次重大发现。"

下寨遗址发现有西周晚期、东周文化遗存。据《2010中国重要考古发现》所收《河南淅川下寨新石器至夏代遗址》(楚小龙、曹艳朋执笔)记载,下寨遗址位于河南淅川县滔河乡下寨村北,北临丹江,东、南临滔河。遗址现存面积30余万平方米,2009年3月至2010年12月发掘面积6000平方米,文化层分为明清、汉唐、东周、西周、夏代早期、龙山时期(石家河文化和王湾三期)和仰韶文化时期,发现各时期房址、陶窑、水井、灰坑、祭祀坑、灰(壕)沟、墓葬、瓮棺葬等1000多个,出土遗物近800件,其中包括属于王湾三期文化遗迹的近C形骨龙2件。

下寨遗址东南方有逶迤起伏的龙山,滔河乡境内还曾经出土过恐龙蛋化石,尧帝子丹朱被舜放逐丹淅流域时也曾降服蛟龙于丹江。笔者不知这2件骨龙与此有无关联。王湾三期文化是指约公元前2400年以后的龙山时代晚期中原腹地的考古学文化,亦称河南龙山文化。这2件骨龙的制作时间有无可能与尧舜时期相当?

《河南淅川下寨新石器至夏代遗址》一文还记载:"西周时期遗存较少,仅发现灰坑21个、残陶窑1座、祭祀坑1座。出土遗物主要是鬲、盂、豆、罐、瓮等,时代在西周晚期。在一座祭祀坑里出土了完整的熊骨架一副,这在先秦以前用牲祭祀中非常罕见。"

西周(公元前1046年—前771年)晚期,距楚武王熊通(公元前741年—前690年在位)率楚人大举扩张江汉之际,还相差几十年。其时,楚人仍居丹淅。祭祀坑中有熊骨架,是否与楚人祭祀、追念先祖鬻熊等诸先祖先王

（子）有关？

《河南淅川下寨新石器至夏代遗址》作者认为，下寨遗址"发现的西周晚期遗存则是探索早期楚文化的实物资料"。该文还记载："东周时代遗存分布范围很广，基本遍布整个遗址，属于楚文化遗存。已发掘的遗迹主要是灰坑，另有圆形的水井19个、小型土坑竖穴墓6座、陶窑3座、分层埋狗和羊的祭祀坑1座。出土物组合主要是鬲、盂、罐、豆、盆、甑等陶器。"

可见，从西周晚期到东周（公元前770年—前256年）的数百年间，楚人一直在此生存。发掘面积仅为遗址总面积的1/50，未来可期。从其灰坑、水井、陶窑密度之高推测，这里至少也是一处大型聚落。

刘家沟口墓群发现有春秋晚期到战国早中期楚文化遗存。刘家沟口墓群位于淅川县滔河乡罗山村，丹江南岸的二级台地上，东南为下寨遗址，西北有梁庄墓群。据《淅川刘家沟口墓地》（科学出版社，2011年5月，河南省文物局编著）记载，东周时期的墓葬共清理了39座，"有29座出土器物，其中26座出成组陶器。陶器主要有鼎、敦、壶、鬲、盂、豆、罐；铜器主要为兵器和车马器具"。因未发现青铜礼器，墓葬等级并不高，墓主当属底层官员或平民阶层。

该书在《结语》里指出："春秋晚期至战国中期的墓葬，无论是墓葬结构还是随葬品均体现了强烈的楚文化风格……从未发现鼎、盒、壶组合来看，说明其年代未延续到战国晚期。造成这种中断的原因，与战国晚期开始秦楚之争有关。周赧王三年（公元前312年），秦楚丹阳之战，秦胜，（此地）全归于秦。秦昭襄王三年（公元前304年），秦楚黄棘之会后，归楚。九年（公元前298年），复归于秦。"

阎杆岭楚墓群发现有春秋晚期到战国中期楚文化遗存。阎杆岭楚墓群位于淅川县滔河乡水田营村南阎杆岭上，面积20000平方米。阎杆岭楚墓群东南有肖河由南向北注入丹江，东北有水田营遗址和水田营汉墓群。2005年6月至2006年12月，河南省文物考古研究院共发掘墓葬209座，出土陶器等文物1500余件。其中，楚墓30余座。

载于《华夏考古》2014年第4期的《河南淅川县阎杆岭楚墓发掘简报》记载："在30余座楚墓中，除2座为甲字形墓，余均为长方形竖穴土坑墓……这些墓葬皆为楚国的小型墓，随葬品多为陶器，仅个别墓出土有铜铃和玉器。陶器主要有鬲、罐、盂、鼎、豆、壶、敦、盘、匜……时代从春秋晚期到战国中期。"

三、淅川盛湾镇境内的楚文化遗存

自龙山岗遗址沿着丹江南岸东行，进入淅川盛湾镇境内，依次有单岗遗址、马川遗址、下王岗遗址、毛坪遗址等系列遗迹，其中拥有十分丰富的楚文化遗存。

单岗遗址发现有西周晚期至春秋时期、战国早期楚文化遗存。据《中国考古学年鉴2012》（文物出版社2013年版，中国考古学会编）记载，单岗遗址位于丹江南岸一级台地上，南距淅川县盛湾镇单岗村北约250米。2012年，郑州大学历史学院考古系对遗址进行了抢救性发掘，发掘面积5500平方米，发现至少包含有旧石器时代晚期、屈家岭文化、王湾三期文化、二里头文化、西周、东周、南朝、隋、宋元、清等多个时期的遗存，出土大量遗物。其中："西周时期遗迹较少，目前仅确定该时期灰坑1个、房基1座。房基柱洞内出土陶鬲1件。东周时期遗迹有灰坑、房基、陶窑、沟等。灰坑多为近圆形和椭圆形，另有不规则形和方形等，多为斜壁，底部有平底、圜底、凸凹不平等几类，出土大量陶片及少量石块，可辨器形有鬲、罐、盂、盆、豆……陶窑仅发现一座，由操作室、火门、窑室、烟道等组成，保存状况一般。"该文认为,"单岗遗址的发掘,对于完善豫西南和鄂西北地区古代文化序列,进一步认识其文化面貌特征和年代,揭示不同时期的聚落布局及其演变规律具有重要的价值。"

据《中国国家博物馆馆刊》2017年第11期所载的《河南淅川单岗遗址2013年度两周遗存发掘简报》(郑龙龙、张建、魏继印、靳松安执笔)记载,2013年3至6月,为配合南水北调中线工程丹江口库区建设,郑州大学历史学院考古系对单岗遗址进行了第二次抢救发掘,发掘面积3500平方米。所见遗存主要为两周时期,另有少量属汉代、六朝和宋元时期。两周时期遗迹有房址、灰坑、灰沟、陶窑等,遗物以陶器为主,另有少量石器、铜器。依据层位关系和出土器物特征,可将其大体划分为西周晚期至春秋早期、春秋中期、春秋晚期至战国早期三个发展阶段。

该简报指出:"整体来看,单岗遗址发现的两周遗存自西周晚期延续至战国早期,时间跨度较长,遗存数量较为丰富。此次发掘将单岗遗址两周时期遗迹完全揭露,尤其是东周陶窑、房址的发现,进一步丰富了该遗址的文化内涵,对于探索两周时期中小型聚落变迁以及楚文化相关问题具有重要的学术意义。"

马川遗址上的马川墓地发现有东周遗存。马川墓地位于淅川县盛湾镇马川村北,面积约40万平方米。墓地南依山丘,西临丹江支流黄水河,北边紧靠丹江,属丘陵间平地。

《淅川马川墓地战国秦汉墓》(科学出版社2020年版,河南省文物局编著)记载:"调查显示,墓地周围分布有众多古代遗迹。东边与下王岗新时代遗址及全寨子汉墓群相距不到1500米,且与全岗、焦皮洼新石器时代遗址相连,西南与马山根新石器时代遗址隔黄水河相望,靠近黄水河处为范坑汉墓群,墓地本身又坐落在马川遗址上。发掘证明,马川墓地是丹江库区周边迄今为止发现东周、秦汉时期规模较大的一处公共墓地,从侧面反映了这一区域很早就是古代人类的理想生活环境,也说明古丹阳城当时重要的政治、经济地位和繁荣程度。"

该书还记载,2007 至 2012 年,"通过七个阶段的连续发掘,共完成发掘面积 18000 多平方米,在弄清遗址的分布范围和不同时期聚落的分布情况的同时,进一步探明了该遗址的文化内涵、时代及文化性质。更重要的是在该遗址的东部发现了一处规模较大的古代墓群,经发掘证实该墓群属于东周时期的楚人墓葬并延续至秦汉时期的公共墓地"。

下王岗遗址发现了十分丰富的西周时期遗存。下王岗遗址位于淅川县盛湾镇河扒村东北的丹江河旁垄岗上,现处于丹江水库库区内,东、北、西三面被丹江环绕。

据《淅川下王岗:2008—2010 年考古发掘报告》(科学出版社 2020 年版,中国社会科学院考古研究所编著)记载,20 世纪 70 年代初加上 2008 至 2010 年间,文物工作者共发掘面积 5311 平方米,而整个下王岗遗址面积约 6000 平方米,遗址基本被全面揭露,发现有仰韶文化时期、龙山文化时期、二里头文化时期、西周时期、汉代及其他时代遗存。

该书《西周时期遗存》一章记载:"下王岗遗址 2008—2010 年发掘发现了十分丰富的西周时期遗存,西周时期是遗址最重要的阶段之一。在下王岗遗址这个河旁岗地上,西周时期人们的活动空间明显扩大,除了在遗址岗地高处发现有较多西周遗存,在低处也见有西周地层与零星的灰坑等遗迹,基本遍布整个遗址。西周时期遗存共发现 60 多处遗迹,其中灰坑 57 个、灰沟 2 条、灶 1 处等。未见房址与墓葬……不同于 20 世纪 70 年代初的发掘,本次发掘出土较多的西周时期遗物,包括陶器、石器、骨器、蚌器、铜器等生活用具、生产工具、装饰品等。其中陶器最多,极大地丰富了遗址西周时期的陶器群，常见鬲、壶、盆、罐、豆、碗、钵、拍、纺轮、珠等种类……下王岗遗址西周时期遗存为探讨早期楚文化的来源、特征、分布等提供了非常重要的线索和实物资料。"

该章详细介绍了遗迹及其出土陶器等情况，其中记录了多件鬲、鬲足的特征，如鬲足有锥形足、截锥足、柱足、包足柱足等形制。该章最后写道：

"第一，下王岗遗址西周时期遗存十分丰富，遍及整个遗址。不仅有底层堆积，而且可进一步分为 4A、4B 层，此外还有许多层位关系明确又互有打破关系的灰坑。为研究遗址乃至丹淅地区西周时期文化提供了十分丰富的考古资料。

第二，本报告所分三期 5 段陶器演变序列清晰，早、中、晚三期延续连接，一脉相承。其中鬲是最常见器类，数量多、种类多，形制演变最明显，是最具代表性陶器。卷沿方唇 Ab 型鬲变化轨迹明显，微束颈、鼓肩或广肩的特征逐渐出现，Ad 型束颈鬲大体从第二期即西周中期也已出现，而这些都是楚文化自身的特点，不同于姬周文化的风格（王力之：《早期楚文化探索》，《江汉考古》2003 年第 3 期——原注）。此外，从鬲足看，由尖锥足鬲，经截锥足，演变成较高柱足以及略呈兽蹄足的演变脉络较为清楚，而后者是楚式鬲的特点。可见，下王岗遗址西周早期文化遗存姬周文化占主流，而进入中、晚期后的陶鬲等器物逐渐变为具有楚文化特点。因此，下王岗遗址西周中、晚期遗存已是较为典型楚文化，而其西周早期遗存应该是最早的楚文化遗存。本次发掘的下王岗遗址西周时期遗存为探讨早期楚文化的来源、特征、分布等情况提供了非常重要的线索。

第三，江汉平原基本不见西周早期楚文化的踪影，西周中期出现楚文化遗存，江汉平原楚文化当来自丹淅一带。楚国最早都城——丹阳，在丹淅之会，恐非空穴来风。大约是西周末期楚武王称霸江汉地区，楚文化才从丹淅一带扩张到江汉平原。

第四，清华简《楚居》中记载楚国早期都城为夷屯，而非传统文献所言丹阳，丹阳应为一个区域概念，非具体地点，丹阳非夷屯，夷屯却处丹阳。丹阳之夷屯历时基本是从西周早期至西周晚期前段或早段。从考古学角度来讲，相关考古遗存也应至少从西周早期延续至西周晚期偏早阶段，出土文献与考古遗存反映的年代情况惊奇地一致，兴迁同步。迄今为止，除丹淅流域外的其他被认为是丹阳所在的地区未见到年代能从西周早期延续至晚期偏早阶段的遗址。从这一点而言，下王岗遗址虽非丹阳之夷屯所在，但却侧面反映了夷屯应在丹淅流域一带的事实（高江涛：《清华战国竹简〈楚居〉中的"夷屯"初探》，《叩问三代文明——中国出土文献与上古史国际学术研讨会论文集》，中国社会科学院出版社，2014年——原注）。"

与上述观点相佐证，载于《三峡考古之发现》（湖北科学技术出版社1998年版，国家文物局三峡工程文物保护领导小组湖北工作站编）的《秭归楚王城勘探与调查》一文，在详细记录了湖北秭归县楚王城的底层堆积、城垣遗迹、文化遗物之后，明确指出："通过对楚王城的勘探和调查，未发现两周时期的文化遗物和遗迹以及地层，故而不会是楚国早期都城丹阳所在地。"

笔者认同上述相关观点，同时认为，在淅川滔河乡境内以龙山岗遗址为中心、盛湾镇境内以下王岗遗址为中心的区域，很有可能分别是楚国在西周早期、中晚期的都城所在地。特别是以下王岗遗址、马川遗址等为代表，在楚武王南迁前后乃至战国时期，这里仍然是楚人的重要聚落。只是目前还不能确定这两个中心是《楚居》中楚人所徙所居的某城某地而已。

在丹江北岸岵山下的岵山铺码头和南岸的河扒码头之间，笔者也多次乘船往返。2021年11月，因缘出席"2020中国淅川丹淅流域早期文明学术高峰论坛",在河扒码头附近库区的轮船上,得以听到参与发掘下王岗遗址的中国社科院考古所高江涛博士说,下王岗人前前后后在这里耕作渔猎了3000年,从仰韶文化时期到西周,不曾间断过。

毛坪遗址发现有春秋中期至战国时期的楚文化遗存。轮船离开下王岗遗址往下游行驶,过老鹳河和丹江交汇处下行,毛坪岛兀立在库区之中。毛坪本是盛湾镇陈营村的一个小山村,因为南水北调中线工程,库面升高,百姓十年前移民搬迁到唐河县湖阳镇,半岛入水成了孤岛,与对岸的坑南旧石器遗址遥相呼应。

据《淅川楚国青铜器精粹》(中州古籍出版社2013年版,淅川县博物馆编著)序言《淅川楚国青铜器概述》记载,早在1975年,毛坪就发掘了一批楚墓,"出土了一批春秋中期至战国时期的青铜器,主要有鼎、盘、簋、匜等,此外还有一部分车马器和兵器"。

四、淅川仓房镇境内的楚文化遗存

自盛湾镇分水岭村出丹江小三峡之雁口峡,即进入仓房镇境。丹江自此润泽顺阳川、李官桥盆地,转向东南,至湖北丹江口汇入汉江,并最终入江汇海。

约从楚武王开始,楚国已经不满足于已有的丹淅之地。邓、随均系楚之东邻,楚要扩张首当其冲。《左传·桓公二年》记载:"蔡侯、郑伯会于邓,始惧楚也。"时在楚武王三十一年,公元前710年。可惜译注者在此节文字后注释楚始都丹阳(今湖北秭归),大错特错矣。蔡、郑会邓,或为邓所邀,以图自身安全。

《世本》云:"楚鬻熊居丹阳,武王徙郢。"《史记·楚世家》记载,武王"五十一年,周召随侯,数以立楚为王。楚怒,以随背己,伐随。武王卒师中而兵罢。子文王熊赀立,始都郢。"

是否可以说,楚武王三十一年到五十一年这20年,从"徙郢"到"都郢",是楚武王、楚文王从丹阳川到顺阳川,再从丹淅流域到江汉平原之间,收服江淮诸姬、问鼎中原的关键时期。

楚武王南进江汉平原之后,丹淅流域仍是楚国重要疆域,且多次成为楚与秦,楚与中原诸侯争霸的前沿阵地。作为楚之析邑和贵族蒍(为)氏家族封地,下寺楚墓群、和尚岭楚墓群、徐家岭楚墓群、东沟长岭楚墓群出土的大量精美青铜器就是明证。

下寺楚墓群是淅川出土最多最美春秋时期楚国青铜器的重要遗址。下寺楚墓群位于淅川仓房镇下寺码头附近,距丹江咫尺之遥。笔者2020年11月曾与淅川文友前往探访。虽然水面上涨到160米以上,仍能看到遗址保护牌和几处探方遗迹。

据《淅川楚国青铜器精粹》序言《淅川楚国青铜器概述》记载,继毛坪1975年出土楚国青铜器之后,1977年至1978年,河南省文物考古研究院和淅川县博物馆等单位,"发掘了9座楚国贵族墓和15座小型墓,出土了上千件青铜器,包括大量的青铜礼器、乐器、兵器和车马器,是楚国青铜器最重要的发现之一。其中,青铜礼器就有200多件,主要有鼎、鬲、簋、簠、敦、壶、浴缶、盘、匜、盉、鉴、盏、盆、豆、斗以及俎、禁、勺等;乐器52件,包括甬钟1套26件、钮钟2套各9件、镈钟1套8件;车马器300多件,包括车軎、车辖、马衔、马镳、带扣、铜泡、节约、铜环等;兵器100多件,包括剑、戈、矛、钺、镞等;工具近30件,有镬、锛、镰、削等……尤为重要的是,不少青铜礼器、兵器上有铭文,铭文中涉及的人名有王子午、王孙诰、倗等,这些对研究楚史、探讨墓主人及时代等问题有重要价值"。

关于墓葬和出土文物的数量,刊于《文物》1980年第10期的《河南淅川县下寺春秋楚墓》一文则与上文有出入："计有大型墓9座、小型墓16座。此外还有大型墓的5个陪葬车马坑。""随葬品都出土于9座大型墓……共7000余件。"

《淅川楚国青铜器概述》还指出："下寺楚墓是一处完整的楚国贵族墓地，出土青铜器形体硕大，铸造精美，代表了春秋中晚期楚国乃至中国青铜器的最高水平。失蜡法铸造的铜禁，设计精巧绝妙，造型瑰丽庄严，纹饰玲珑剔透，是一件完美的艺术珍品。7件1套的王子午鼎，鼎身攀附6条装饰复杂的龙形，龙口衔鼎口沿，龙尾上翘，龙角由卷曲盘绕的龙纹组成。盖内有铭文1行4字，腹内有鸟书铭文14行84字，记载了王子午铸造此鼎的情况；王孙诰甬钟是我国目前出土春秋时期编钟中数量最多、规模最大的一套，音域宽广，从低音到高音跨越了将近5个八度音程，显示了高超的音乐水平。"

和尚岭楚墓群发现了春秋中期的精美青铜器。1990年，文物工作者在下寺楚墓之北不远的和尚岭发掘清理了2座楚墓。《淅川楚国青铜器概述》记载："和尚岭1号墓出土的克黄升鼎、曾太师奠鼎、卷云纹填漆鼎，2号墓出土的鸟嘴兽纹鼎、镶嵌红铜壶、中姬敦、镇墓兽座和有纪年的薳子受编钟等，都属于文物精品。"

徐家岭楚墓群发现了春秋晚期至战国早期的青铜瑰宝。1990年至1991年，文物工作者又在和尚岭楚墓之北发掘了大中型楚墓10座、车马坑1座。《淅川楚国青铜器概述》记载："时代为春秋晚期的3号墓出土铜器684件，包括礼器、乐器、车马器、兵器和杂器。"

该文特别强调："在徐家岭楚墓众多的铜器中，以青铜神兽、镶嵌红铜敦和许多带铭文的青铜器最为重要。根据青铜器铭文可知，这是一处楚国薳氏家族的墓地。尤其是9号墓出土的一对青铜兽，龙首，虎身，长颈（疑似豹颈——笔者注），龟足，呈侧首站立状。通体镶嵌绿松石，形成龙、凤、虎、云纹、涡纹等纹饰，装饰华美富丽。神兽为分铸，整体插套而成，风格独特，工艺精湛，设计奇巧，满身弥漫着神秘的气氛，在铸造工艺、镶嵌技术和造型构思上均达到相当高的水平，充分体现了楚人丰富的想象力，是不可多得的艺术珍品。它们可能是用于悬鼓的鼓座架。"

该文还记载，2006至2007年，文物工作者"又在徐家岭发掘了2座战国早期楚墓，发现了一批青铜器，有铜礼器鼎、簋、敦、浴缶、壶等，乐器有小编钟，还有兵器和车马器……小口鼎、浴缶上铸有铭文，铭文中使用了岁星纪年法，这对研究蔿氏家族历史和楚国的纪年等有重要价值"。

东沟长岭墓地发现了战国时期楚文化遗存。背靠龙山（非滔河乡境内的龙山——笔者注），面朝丹江，淅川县的顺阳川及其附近的丘陵地带就是一个楚文化聚宝盆。下寺、和尚岭、徐家岭楚墓发掘之后，文物工作者又在这一区域内发现了东沟长岭墓葬区。该遗址位于淅川县仓房镇陈庄村东沟组，丹江水库西岸龙山由西向东南延伸的长岭之上，墓地东、南面被丹江库区环绕，东南距下寺遗址仅有2公里。

据《淅川东沟长岭楚汉墓》（科学出版社2011年版，河南省文物局编著）记载，因为这里长期是楚国版图，"周围的高地上分布着许多楚墓，附近也发现有周代遗址，东沟长岭墓地向东不远有东周城址龙城，目前已淹没水下。近年来，东沟长岭附近曾多次发现大型东周楚墓，南部有郭庄楚国贵族墓地、太子山大墓，东部有战国时期封君的杨河大墓及吉岗楚国阵亡将士墓等"。更不用说，这里还是下寺、和尚岭、徐家岭春秋时期楚墓所在地。

该书还记载："1991年，当地文物部门曾在东沟长岭中部偏东位置发掘了2座甲字形楚墓，出土了一批陶器等。"2006年8月至12月，文物工作者又在东沟长岭"共发掘墓葬62座、车马坑5座,其中战国墓46座、汉代墓葬16座"。

在发掘的战国楚墓中,共出土陶器268件(套),其中,鼎66件、敦42件、豆52件、壶46件、盘19件、匜18件、浴缶11件、罐5件;共出土铜器105件(套、组),其中,兵器31件、车马器72件(套),另有铅器、玉石器、骨器、料器(蜻蜓眼等)、角器、贝壳等。经过分析、比对,《淅川东沟长岭楚汉墓》认为,东沟长岭楚墓大致年代为"战国早期到战国中期,不存在年代上的缺环"。

笔者认为,其中的车马器、兵器之多,结合丹江东岸的吉岗楚国阵亡将士墓,充分反映了战国时期楚国战事的频繁。

以仓房镇及其周边众多楚文化遗迹为代表,说明先楚在春秋中晚期已经开始繁荣强盛起来,通过丹江小三峡,走出了丹淅之会,进入了丹江下游的顺阳川、李官桥盆地,并以此为桥头堡,向更为广袤的江汉平原进发。

五、淅川上集镇境内的楚文化遗存

丹淅流域的另外一条重要河流就是老鹳河。在老鹳河东岸台地上先后发现了沟湾遗址、蛮子营遗址、贾沟遗址等。

其中,沟湾遗址尚未见两周文化遗存。该遗址位于淅川县上集镇张营村沟湾组东,老鹳河东岸二级台地上,处在老鹳河及其支流大沟(河)交汇处。其东为小(宵)山,南为走马岭,西邻峰子山,北望小北山,面积近6万平方米。2007年7月至2009年8月,郑州大学历史学院考古系师生对淅川县沟湾遗址进行了考古勘探与发掘,发掘面积5000平方米。

据靳松安先生的《淅川沟湾遗址史前文化遗存研究》(见《2020中国淅川丹淅流域早期文明学术高峰论坛论文集》)披露,沟湾遗址出土遗物丰富,典型器物演变序列清晰，基本囊括了仰韶文化早期晚段到王湾文化三期。该遗址还首次发现了汉水中游地区具有环壕设施的史前聚落。"遗址中属于中原系统的仰韶和王湾三期文化与源自长江中游的屈家岭和石家河文化交替出现，不同时期文化面貌的南北交融特征，鲜明地反映了这一交流通道的区域特性。这些发现为细致深入理解所谓'华夏集团'与'苗蛮集团'的南北折冲、多元一体的文明化进程等课题提供了重要资料。"

只是，沟湾遗址目前尚未见两周文化遗存。据《河南淅川县沟湾遗址汉代遗存发掘简报》(《华夏考古》2019年第6期)披露，该遗址"以新石器时代堆积为主，另还有汉代、宋代、明清等历史时期的遗存"。似乎在王湾三期文化之后，到汉代之间，沟湾遗址因故被废弃了很长一段时间，缺失了两周环节。

蛮子营遗址发现有两周之际文化遗存。蛮子营遗址位于淅川县上集镇境内，北距淅川县城约7000米，东距蛮子营村约200米。墓地位于老鹳河东岸，北邻沟湾遗址，南部为贾沟遗址。2008至2010年，发掘面积4000平方米，共发现新石器时代、两周之际、汉晋、宋金等时期遗迹72处，出土了一批器物。

关于其两周之际文化遗存，《淅川蛮子营墓地》(科学出版社2016年版，河南省文物局编著)一书在《结语》中分析："由于该遗址受自然和人为的破坏，西周之际文化遗存发现不多，并且出土遗物不甚丰富……其中H2、H3出土遗物尚称丰饶，并且遗物特征明显。两座灰坑中出土的陶鬲、陶甗多为夹砂褐陶，少量为夹砂红陶……其年代在西周晚期、春秋早期之间。"

《结语》进一步指出："从文化因素分析，蛮子营墓地出土的陶鬲不仅具有早期楚文化因素，而且还具有关中地区周文化因素。早期楚文化陶器组合以鬲为核心，兼有盂、豆、罐、盆、瓮等。其中陶鬲……高柱足足跟与器身分开制作，一般将这种制作方法称为二次包制，学术界将其命名为楚式鬲（笔者注：上述龙山岗遗址、下王岗遗址等也有关于同类型楚式鬲出土）……联裆柱足鬲（H2：2）不见于关中文化因素中，但是关中周文化中西周时期常见的袋足鬲则见于蛮子营墓地（H2：1），这说明该地区和关中地区在西周时期存在着较为密切的交流关系。"所以，《结语》认为，"该墓地发现的两周之际文化遗存为研究楚文化起源提供了新的线索"。

应该说，以蛮子营墓地等为代表，老鹳河流域的楚文化遗存与丹江流域的楚文化遗存一起，是楚文化的有机组成部分，是丹淅文明的主要支撑点。

此时，重新审视丹淅流域卫星图，就会发现，丹淅流域的丹江、老鹳河与以岵山为首的山脉所构成的形象，恰似一只展翅飞翔的凤凰，丹淅交汇处正是凤首所在。而丹、淅两岸密布的楚文化遗迹就是凤凰羽翼上的斑斓亮点。

凤兮，凤兮，楚之图腾。先楚立于此，兴于此，诚不我欺也。

六、特征明显、瑰丽奇幻的楚文化版图

凤凰涅槃重生，也自淅川始。

在淅川，在丹淅流域，两周文化遗存十分丰富。除上述遗址之外，尚有几处值得继续关注。

淅川寺湾镇发现有商周遗存。晏昌贵先生在《丹江口水库区域历史地理研究》（科学出版社2007年版）一书"政区"一章中记载："1995年8—9月间，我们在实地调查中，从荆紫关出发，顺丹水而下，直达淅川老城。在丹水与淇水交汇处的掘山寺一带，发现有新石器时代至商周时期的古文化遗址。"

笔者曾探访丹江与淇河交汇处的淅川县寺湾镇高湾村一带。一道长岭之上，当地人称尚有楚墓遗迹不曾发掘。岭下有古城遗迹，是春秋时期范蠡故里三户城所在（《中国历史地图集》第1册有《春秋时期三户位置图》——

笔者注），应有楚文化遗存。而且，笔者在一位老中医家里，见到其收藏的9枚铜镞，有的当属于两周遗物。

需要说明的是，《中国历史地图集》的三户位置图与康熙二十九年和咸丰十年的《淅川县志》所附县域地图中的"三户城"位置并非一处，两者相距40公里左右。也许，寺湾镇高湾村的为其早期，盛湾镇下王岗一带的为其晚期。究其原因，或与楚不断向东南扩张有关，或与避强秦有关，抑或为综合因素所致。

马蹬镇坑南旧石器遗址发现有柱形陶鬲足。2021年"五一"期间，笔者在淅川马蹬镇坑南旧石器遗址探方东边的坡地里，捡到过一件红褐色的柱形陶鬲足残件，莫非这里也有两周文化遗存？

据《河南淅川坑南遗址北区2016—2017年度发掘简报》（《华夏考古》2019年第3期）记载，在坑南遗址"发现了旧石器时代至新石器时代的连续文化层堆积，文化遗迹有新石器时代至东周时期的灰坑，出土了丰富的文化遗物，包括陶器、石制品、动物化石等，具有重要的学术意义"。因此，在坑南遗址捡到柱形陶鬲足残件也就不意外了。

毛坪遗址发现有春秋战国时期楚墓群。与坑南遗址隔江相望的毛坪遗址同样处于丹淅之会，只是在丹江的南岸而已。据《淅川县毛坪楚墓发掘简报》（《中原文物》1982年第1期）记载："1974年冬，毛坪生产队社员在村南深翻改土时，发现古墓一座。后经调查，这里乃是一处墓葬群。1975年春，淅川文物发掘队在河南省博物馆的支持下，清理出古墓27座，出土了一批春秋战国时期的陶器和青铜器……能看出器形的计有礼器、兵器、车马器和玉、石类的装饰品等167件，其中铜器32件、陶器132件、玉石器3件。出土时有的器物内装有小米和兽骨。"陶器有鬲、鼎、罐、长颈壶、壶、敦、缶、豆、盖豆、盘、匜等，铜器有鼎、簋、盘、匜、车軎、车辖、马衔、马镰、剑、镞等。

"这次发掘的27座古墓,是淅川县在下寺楚墓发掘之前的第一次大规模发掘。"经过与其他地方发现的同类型器物特征相比对,《淅川县毛坪楚墓发掘简报》认为,毛坪楚墓群"早期墓葬的年代不会晚于春秋时期","晚期墓葬当在战国时期"。从墓地所处的地理位置来看,"是古之南北交通要道,也是中原文化与楚文化的交融地带。因此,该批楚墓的发掘和整理,为了解丹江下游的楚文化面貌以及楚文化与中原文化的关系,提供了一批珍贵的实物资料"。

同样刊于1982年第1期《中原文物》的《略谈淅川毛坪楚墓的分期及其特征》(作者:黄运甫)一文更明确地指出:"该批楚墓从一个侧面反映了楚文化在中原文化基础上的发展过程。这个过程是缓慢的。春秋以前,它还保留着相当大的中原文化因素,但一些器物已经具备了楚文化的特征。到了战国以后,楚文化开始起了根本的变化,明显地表现出了自己的特点,基本上已经从中原文化中分离出来,成为一种比较成熟的独特文化。"

龙城遗址发现有春秋战国时期陶片。在淅川仓房镇和香花镇之间的丹江库区内(属李官桥盆地——笔者注),尚有一处古城遗址——龙城。据胡永庆先生的《楚都丹阳研究的新进展——读〈楚都丹阳探索〉》(《华夏考古》2019年第5期)一文记载:"在下寺墓地东北数公里外还有著名的龙城遗址,现已为丹江水库所淹。但1979年因丹江水库水位下降,龙城遗址曾有部分露出水面,河南省文物考古工作者及时对其进行了调查和局部钻探。"该文转引了张西显《浅说楚都丹阳在淅川》(《中原文物》1983年特刊)一文的记载:该城"略呈方形,南北长900米左右,东西宽800米,三面壁基露出水面1—3米,城墙厚8米,为夯土筑成……夯土层内包含有春秋战国时期的陶片"。

至于龙城遗址是否就是楚在丹淅流域某个时期的某一都城，尚难定论。此遗址距下寺、和尚岭、徐家岭楚国贵族蒍（为）氏家族墓地很近，会不会是《楚居》中的为郢呢？

此外，淅川老城镇的几处遗址地处"丹之阳"，可惜笔者手头缺乏相关材料。

这些遗存，与丹淅流域内滔河乡、盛湾镇、上集镇、仓房镇、马蹬镇、香花镇等处已公开披露的楚文化遗迹一起，构成了层次鲜明、时代清晰、内容丰富、文物众多、特征明显、瑰丽奇幻的楚文化版图。

七、楚文化是中华文明的重要篇章

国内一些学者已经对丹淅流域楚文化内容做了许多深入细致的研究。

《河南淅川单岗遗址 2013 年度两周遗存发掘简报》（《中国国家博物馆馆刊》2017 年第 11 期）指出："丹淅地区西周早中期的文化遗存主要发现于下王岗、龙山岗以及文坎沟东等遗址，出土遗物有商文化因素、周文化因素，又有土著文化因素。单岗遗址发现的西周晚期遗物已无明显的商文化因素……丹淅地区的楚文化在发展过程中，较多保持了早期的一些传统，而对新器物的接纳速度明显较慢。"

《丹江流域早期楚文化的发展和研究》（见《2020 中国淅川丹淅流域早期文明学术高峰论坛论文集》）的作者王宏先生认为，淅川下王岗遗址及陕西商洛境内的丹凤巩家湾遗址、商州东龙山遗址、商南过凤楼遗址都有西周时期的楚文化遗存。王宏先生还指出，"楚式鬲是楚文化的最大特色，探索楚文化的关键所在"。

《丹淅流域两周遗存的发现与研究》（见《2020 中国淅川丹淅流域早期文明学术高峰论坛论文集》）的作者张建先生认为："整理和研究表明，淅川申明铺东遗址文坎沟东地点（即上文所述文坎遗址）西周遗存年代大体相当于西周中期偏早，东周墓葬的年代从春秋中期延续至战国早期。单岗遗址两周遗存的年代从西周晚期延续至战国早期。结合丹淅流域下寨、龙山岗、下王岗、蛮子营等西周遗址，下寺、徐家岭、毛坪、刘家沟口、东沟长岭、阎杆岭、马川等东周墓葬的材料看，基本可以建立起西周早期至战国晚期的年代序列，为楚文化的形成和发展研究提供了重要材料。"

楚文化是汉文化、中原文化乃至中华文明的组成部分。胡永庆先生在《楚都丹阳研究的新进展——读〈楚都丹阳探索〉》一文中明确指出："楚是周代诸侯国的主要大国之一。楚在南方的发展，将南方地区不同来源、面貌各异的族群与文化融合成为统一的楚人与楚文化。秦灭六国，一统天下，又经秦末战乱后，西汉建立，承秦制、融楚俗，刘邦集团以楚人为主体入主关中，将秦、楚文化及关东诸国的文化融为一体，形成了统一的汉文化，因此楚文化是汉文化的主要来源之一……而且为秦汉大一统和中华文化的传承、创新奠定了坚实的基础。"

总之，淅川所在的丹淅流域，是楚始都所在地，是两周之际楚文化的发源和发展之地。而源远流长、独具特色的楚文化正是丹淅文明的核心部分，也是进一步研究探索丹淅文明和中华文明关系的锁钥。

独特的地理位置也是楚文化在丹淅流域滥觞的重要因素。晏昌贵先生在《丹江口水库区域历史地理研究》一书"绪论"中指出："周人起源于关中，向南方的开拓也主要沿丹淅河谷远征南阳盆地。"

熊绎被封于丹淅流域，是否也有屏障关中之义？

当然，丹淅流域乃至江汉流域大量的两周文化遗址、文物遗存只是楚文化物质和精神元素的主要组成部分，能够支撑楚文化全部风貌的，还有尚需完善和探索求证的先楚史、楚国疆域史、楚国民俗史、楚国文学史等。其中，还应包含顽强而独特的楚国人文精神谱系，比如以熊绎为代表的筚路蓝缕、披荆斩棘精神，以鬻熊和老子为代表的道家精神，以商圣范蠡为代表的儒商精神，以屈原为代表的爱国主义精神，等等，还有以《楚居》为代表的史家精神，以《诗经·周南》和《楚辞》为代表的诗歌精神。这些彪炳千秋的楚地经典所承载的，恰恰也是包括楚族在内的大汉民族、华夏民族传统文化之精髓。这些都需要深入研究。

也正因为此，楚文化作为中华文明的重要篇章，值得我们反复吟诵，赓续发扬。

（2021年8月16—31日，记于郑东楚居堂）

带回淅川一粒沙

回到商城郑州，从鞋底磕出一小块黄胶泥。

这是淅川的泥土，家乡的印记。掰开，捻碎，有沟湾遗址的泥沙，有下王岗遗址的风浪，有下寺楚墓群的草屑，有分水岭的冬瓜叶片。

我知道，这些未必就属于我。

它们应该属于5000年前的沟湾人、下王岗人，那是他们种植水稻、谷子时翻动的泥土，是他们拍打、彩绘红陶时的泥水，甚至是他们在丹江与樵峪河边，在老鹳河和大沟河边淘米、洗衣，穿过环壕回到茅草屋时，粘在脚板上带回的沙粒。

我到过上集镇张营移民村西南的沟湾遗址，走在细细的秋雨里，蹲在湿漉漉的树坑里，捡拾破碎的陶片，还意外捡到一枚完整的陶纺轮。难道是在沟湾的土坑里，在文物保护区的水泥界桩旁粘上的？

我到过仓房镇下寺附近的东沟。这些泥沙是在东沟的柑橘林里，还是在下寺楚墓遗址附近的江边粘上的呢？

下寺、和尚岭、徐家岭楚墓群附近的顺阳川李官桥一带，当是《楚居》中的为郢，是楚人离开夷屯、都郢，越过丹江小三峡后开辟的疆土，是几代楚王所居之地，更是熊氏家族的封地，也是他们的灵魂安息之所。

所以，这些泥沙也未必属于我，它们应该属于2500年前的楚人。这是他们的升鼎里倾覆出来的泥沙，是他们的编钟敲打过的泥沙，是从安放酒杯的铜禁上剥落的泥沙，是从奔跑的神兽蹄子上摔落的泥沙，是从镂空的矛戈上和鲜血一起流淌下来的泥沙……

但它们跟着我的脚步回到郑州，400公里的颠簸，也没有让它们和我的鞋底分离。该是怎样的执着，又是怎样的痴迷，是不想让我回到季连所降生的有熊氏之墟吗？

丹江近期的库面高程维持在164米左右，小三峡上下的丹江皆烟波浩渺。

在丹江北岸岵山下的岵山铺码头和南岸的河扒码头之间，我多次乘船往返，也曾经站在河扒码头的水泥路上眺望岵山和汪洋的水库，环视岸边起伏的山丘。直到这次回乡，再次乘船来到河扒码头附近。所不同的是，来自中国社科院考古所的高博士也站在船头，面对已经淹没在水下的遗址，他回忆起参与发掘下王岗的故事和心得。他说，下王岗人前前后后在这里耕作渔猎了3000年，从仰韶文化时期到西周，不曾间断过。我看过康熙二十九年和咸丰十年的《淅川县志》所附县域地图，在老县城东南的丹江南岸标注有"三户城"遗址。和地图比对，下王岗遗址与"三户城"几乎重叠，会不会就是商圣范蠡的出生地"三户城"呢？

"丹江大观苑"号汽轮离开下王岗遗址往下游行驶时，高博士让我们向划着一叶扁舟在水面上给我们做"游动"标记的人挥手致意。我们没有靠岸，脚下没有粘上下王岗的泥沙，只有无边无际的风浪一遍遍抚摸着远方归来的游子。往东南不久，轮渡驶过老鹳河和丹江交汇处下行，茅坪岛兀立在江水之中。茅坪是盛湾镇的一个小山村，因为南水北调中线工程，库面升高，百姓十年前移民搬迁到唐河县湖阳镇，半岛入水成了孤岛。有人说，茅坪岛也曾发掘出一批楚墓。再向下，汽轮依次驶过云岭峡、太白峡、雁口峡，丹江再次敞开怀抱，成了碧波荡漾的"小太平洋"。中午时分，船停东岸丹江大观苑附近的石桥码头。

翌日，没有抵近下寺码头的几个朋友心有不甘，相约驱车寻访下寺楚墓群遗址。

仓房，东沟。龙山逶迤，桔园连绵，经霜的蜜橘还挂在枝头。穿过橘园，向下就是下寺楚墓群遗址，就是丹江。

等不及熟悉此地的培理、道文兄导游，我和唐新先生已拔腿往下跑。

一波波的碧浪拍打着黄土岸，也拍打着游子的脚步。

一块遗址牌倾覆在草莽中，无言地述说先楚的故事。我亦无言，唯有膜拜和崇敬。江水上涨，已淹没了遗址中心区。但就近还有一个长方形的探方遗迹，虽然只能看出一个轮廓，但我知道，那下面就是楚国令尹薳子冯及其家族的墓穴。

升鼎、编钟、簠、匜、缶、矛，都曾在下面埋藏了两千多年。终于因为丹江口水库蓄水和消涨，土岸崩塌，重器出露。

薳者，为也。这是楚国为郢之所在。当楚武王、楚文王带着楚人南下江汉的时候，他们会不会想到，两千年后还有人看到楚之文物、楚之灵魂？2300年前，屈原首放汉北，写下了《国殇》《抽思》旷世名篇，发出了"有鸟自南兮，来集汉北"的感叹。

屈原啊，你可知道，当升鼎雷鸣，编钟合奏，你所牵记的楚并没有消失。

我站在江边沙丘上久久眺望。对岸是龙城和吉岗楚墓群，背后是香严上寺的钟鼓，西南就是淹没在库水中的李官桥和顺阳，而香严下寺也随着塔林的轰然倒塌成为久远的回忆。

我俯首寻觅，青灰色的古砖刻画着秦汉的花纹，掂在手里，还是那么沉重。秦汉唐宋，楚人的后裔在此繁衍生息。他们没有走，任凭江河漫漶，任凭日月更替，这里都是他们唯一的家园——楚居。

多年关注和打造香严寺景区的淅川人，也站在江边，任风浪沐浴身心。

被风浪抚摸的还有一尊小小的弥勒佛。我不知是谁供奉在丹江边的，拴在其身上的红丝带也湿漉漉的，格外鲜亮。

佛心即平常心，楚人得之也。无论他们南迁还是北上，都跟着江河走，并和江河一样怦怦心跳。

而我，只是丹江边的一粒沙。

（2020 年 12 月 18 日，记于郑东楚居堂）

楚国令尹王子午如是说

地点：丹汉流域。

时间：公元前560年—前558年。

越秦岭，出武关，丹江东南流，岵山在望。

王子午没有在山下的三户城稍作停留，只是催舟子快行。

质秦多日，终于回归大楚，郢都的百姓和自己的哥哥楚共王，都在等着司马大人赶回去打理军国大事。

惊涛拍岸中，飞舟急下，转眼已过云岭、太白、雁口三峡，肥沃的顺阳川映入眼帘，江水蜿蜒，龙山逶迤，四百多年前的丹阳龙城虽无往日繁华与辉煌，但依然帆樯如林，熙来攘往。

王子午岂能不感慨系之，他长袖一挥，对舟子说：秦虽强，奈我大楚何！

舟子本丹淅三户人，与此后的范蠡同宗，自然明白王子午的心思，抬头看了一眼即将坠入白崖山背后的太阳，还是说，公子今晚就安歇在此吧。

王子午点点头，看着舟子系舟江湄，撑篙驻舟，迈步登岸。江边一道慢坡，坡尽头是龙山，龙山背后是白岩嶙峋的白崖山。坡上丛丛荆叶刚刚泛黄，一串串灰色的籽粒在萧瑟的秋风中摇曳。王子午知道，这就是曾包裹过楚国先人骨骸的荆，这就是楚。转眼登上龙山，回望顺阳川，夕阳染红了丹江，炊烟从龙城内外冉冉升起。多好的故都，多好的风水。这是自己的祖先们披荆斩棘的地方啊！

如果有一天，楚国真的能像自己的父王庄王那样，问鼎中原，领袖诸侯，自己宁愿在这里渔樵耕读，做一个了无牵挂的辞人，把酒临风，赋诗吟唱。但他知道，这只能是自己的一个梦。质秦期间，他何曾一日轻闲，时时查探，仔细打量，深知秦兴水利，重农耕，积仓廪，弓强弩硬，矛利盾坚，强国之术已远超诸侯，更是楚国争霸中原的劲敌。

山风江涛中，舟子听到王子午发出了一声沉重的叹息。但他听不出那叹息里的含义，更不会知道，王子午希望自己百年后能魂归故都，埋骨龙山。

翌日，自均口入汉水，过老河口，已抵宜城、樊城间。一辆马车沿江而上，谒者①不停扬鞭催马，老远就大喊：司马大人，楚王有令！王子午让舟子抛锚泊舟，站在船头等候。谒者顾不上拭去满脸汗水，袖中取出竹简，恭恭敬敬呈上。敕文写道，共王驾崩，举国痛悼。吴伺机侵楚，战于庸浦（今安徽无为县南）。养由基穷于应付，亟须司马率师援之。王子午眉头一皱，吴军何其无耻，乘乱来袭。这养由基号称国内第一神射手，怎地不能匹敌？更不好问共王之后，谁可继之。

沉吟间，宜城令等数人驾车赶到，皆躬身拜于岸边。谒者也不等王子午

---

① 谒者：春秋战国时期，国君、卿大夫的侍从，掌接引宾客，朝会时任警卫，亦奉命出使。

回话，上马绝尘而去，回郢都复命。

一番寒暄，王子午登车揽辔，招手和一路辛苦的舟子道别。舟子呆呆地看着南去的车队，知道自己也只能送到此处了，只有解缆起锚，还是忍不住大叫了一声：余乃丹阳三户范氏，祝公子一路顺风！至于王子午是否听到，就不得而知了。

郢都东门外，一支楚军早已集结待命，可见军情紧急。只见战旗猎猎，阵容整齐，衣甲鲜明。谒者出示虎符，传令尹子囊令，王子午无须进城，这就带兵赶往庸浦。不进也罢！王子午岂能不知，此时的郢都只需要一个带兵驰援的司马，不需要一个质秦归来的王子。让他们去推举、辅佐新王吧，当务之急，的确是赶赴前线，击败吴军为重。

两日后，王子午率领援军赶到。养由基负荆请罪，见到王子午就要跪下，被王子午一把搀起，温颜相劝，胜败乃兵家常事，况吴军势大，吴公子党也是善战之人。养由基感激涕零，誓效犬马之劳。二人携手入帐，王子午让养由基附耳过来：吾有一计，正可破吴，明日将军再战，佯败退兵，我另率一军伏于隘道。公子党正值新胜，必追来，当虏之也。

吴军果然轻敌冒进，大败而归。当王子午押着公子党班师回朝，迎接他的不仅有令尹子囊，更有共王之子、自己的侄儿楚康王。

新立的康王拉着王子午的手不丢，恨不得把王子午让到自己的宝座上，嘉许甚多，赏赐更多。一旁的子囊看得眼红心热，很是慷慨激昂了一番：上苍垂怜我大楚，更有诸先王和我王佑护，上下用命，大破吴军。当此时也，正宜乘胜追击，则霸图可期也！

康王唯唯而已，不能断。王子午按捺不住，勉强压低了声音说：吴军新败，且公子党在我处，必闭关严守，小心应付。以我推测，其使已在途中，意在修好。即便出兵，也当在秋日方可。话音刚落，朝堂外已有人禀报：吴使来拜！

子囊无话可说，隐忍了大半年，坚要用兵于吴，以报吴侵楚之役。更禀明康王，要以令尹之职带兵，与公子宜谷同去伐吴，决要为楚立功，硬是把司马王子午晾在一边。康王许之。王子午也只能交代子囊，不可轻视吴军，务必小心在意。

岂料，吴人坚守不战，子囊只好退兵。子囊以为吴不能战，疏于防备，也被吴军设伏，死伤枕藉，公子宜谷也做了俘虏。秋风扫落叶。同样的计策，同样的战果，去年是吴，今年是楚。

回到郢都的子囊没有熬过那个寒冷的冬天，在悔恨交加中病死。

国不可一日无君，亦不可一日无相。王子午自司马接任令尹，成为楚国一人之下，万人之上。到了该整治朝政，教化子孙的时候了。

范已成，金已化，铜作坊的炉火已熊熊燃烧了几乎一个正月。这天是康王二年正月二十四日，王子午的七鼎大功告成。天子九鼎，诸侯七，士大夫五，这是规制。

匠人请求王子午示下，要在鼎内作铭。王子午略一思考，朗声而言：

隹（唯）正月初吉丁亥，王子午（择）其吉金，自乍（作）彝（盥）鼎，用亯（享以）孝（于）我皇且（祖）文考，用（祈眉寿）（弘恭舒迟），（畏忌）趩趩，敬氒（厥）盟祀，永受其福。余不（畏）不差，惠（于）政德，（怒于）威义（仪），阑阑（兽兽）。命（令）尹子庚，殹（繄）民之所亟，万年无諆（期），子孙是制。

后记：楚康王八年（公元前552年）夏，王子午（子庚）病死，归葬楚国故都丹阳龙山。1977—1979年，考古工作者在淅川县丹江口水库西岸的仓房镇下寺东沟村龙山附近发掘春秋时期楚国墓葬25座、车马坑5座,共出土成套的青铜礼器和玉器等8000余件。根据2号墓出土列鼎上面的铭文"王子午择其吉金"等,专家判断下寺2号墓墓主是楚康王时期的令尹子庚(名午,亦称公子午、王子午)。王子午鼎共7件列鼎,制造装饰工艺相同,由大到小依次排列。14行86字铭文字体修长,笔画婉转透迤,颇类鸟虫书。王子午升鼎和同时出土的云纹铜禁、王孙诰编钟等均为国家一级文物,现分别收藏于北京、郑州。

(2020年7月20日,记于郑东楚居堂)

楚叔之孙蒍子㥯受教记

楚康王八年（公元前552年）夏，燠热而烦躁。

这天午时，康王离开令尹府回宫，外面水杉上的蝉依然叫得厉害。

知了，知了。

它知道什么呢？楚叔王子午知道，自己将不久于人世。七年为令尹，不能说国强民富，至少，与吴战，子囊之后几无败绩；与秦和为上，不曾失算；与晋多有战，难分伯仲；与蔡、邓、曾的关系也更近了。他可以自豪地说，是他让侄儿康王过了几年安康的日子。康王让他保重，一再说，令尹安则楚安。但王子午更想见蒍子㥯。这么多年，这个已经封为蒍地子爵的芈㥯可托大事。子孙辈，除了芈以邓，也就他了。

谒者说："㥯将军在中原呢。"

王子午说："你去吧，他该回来了。"

谒者将出门，王子午又抬了抬手：让他把那支钝了的透雕长矛带来，我想看看。

不多时，风尘仆仆的芈佣捧着无杆的长矛觐见。见王子午半倚在病榻上，疾步近前，拜于榻下。王子午咳嗽了一声，命他起来说话。芈佣慢慢站起，摊开双手，把矛递了过去。

这是一支伤痕累累的矛，血迹和铜锈凝结在一起，不知道经历过多少次厮杀，舔舐过多少敌人的鲜血。每一个缺口都是生死的记忆。

王子午从矛骹上的铭文"佣之用矛"①摸起，慢慢向上，摸到了矛刃，把食指按在缺口上，问芈佣："还记得吗？这个缺口救了我一命。"

芈佣微微点了点头。

王子午又问："是吴剑还是晋剑砍的呢？"

芈佣摇摇头，又点点头："有我在，谁也伤害不了令尹大人！"

王子午笑了："你知道的，吴寿梦十三年（公元前573年），为切断晋、吴联系，咱们攻打过宋国的彭城；吴寿梦十六年（公元前570年）春，王子重率军伐吴，克鸠兹（安徽芜湖附近），进兵至衡山（江苏南京附近）。子囊兵败之后的这些年，我们很少用兵，示弱于诸侯，为的就是养精蓄锐，为的是大楚子民。"

芈佣说："在下谨记在心。"

王子午接着说："你要记住，秦尚在集聚之时，无力南下，对秦仍当以和为上，唯有晋才是大敌。晋一直奉行联吴制楚之策，将来必成大患。历代先王都深以为忧。今春至今，晋悼公联合中原诸侯南侵，企图扼制我大楚向北发展，复兴晋国霸业。不知前方战事如何？"

芈佣拱手作答："双方胶着河淮间，互有攻守。今有邓将军守在舞、叶

---

① "佣之用矛"：1978年与王子午列鼎等一起出土于淅川县下寺楚墓群2号墓，通高30.7厘米，叶宽8.4厘米。

一线，应无大碍。我这次回京，即来向大王和您禀报军情，想不到令尹大人缠绵病榻。即便您不召唤，在下亦是要来问候的。"

谒者近前取过矛，交还于芈佣。王子午摆了摆手："把矛留下来，你请回吧。去见见康王，让他放心。"

芈佣倒转矛头，把矛重放于王子午手心，王子午费力地托了托，右手食指轻点矛上的镂空窃曲纹，咧开嘴笑了一下："多好的矛啊。"突然，他再次咳嗽起来，一口鲜血吐在矛骹上："总觉得咱们的矛比秦矛轻了些。"

芈佣撩起战袍一角拭去王子午嘴角的血渍：令尹大人保重！

俩人的眼角都有泪花在闪动。

芈佣转身从袖里取出一捧蓮（为）志，举到王子午的眼前：这是蓮地的下人送的，功在安神化痰。在下已服用过，很好。王子午"嗯"了一声，谒者伸手接了过去。

外面的蝉叫得更厉害了。

知了，知了。

王子午自知，子囊死于冬，吾将亡于夏。只是不知道自己能否在黄泉下，看到大楚崛起，一统天下。恍惚中，他想起了当初质秦归来路过顺阳川丹阳龙山那一晚，还想起了那个姓范的舟子。

狐死必首丘，他想回老家。他的身子猛然向上弹起，手中的矛当啷一声掉在榻下。

谒者扑了过去，只见王子午嘴巴动了几下，发出几个低沉喑哑的音节，却听不出他到底说的什么。

（2020年7月21日，记于郑东楚居堂）

蒍子朋封地当在淅川之蒍

铭文里的蒍子朋不会是一般人。

河南淅川县下寺 2 号墓墓主人是谁？是王子午还是蒍子朋？更多的人偏向于是蒍子朋（有人认为蒍子朋即蒍子冯）。因为淅川下寺楚墓群中的 M1、M2、M3 墓出土了大量蒍子朋的器物，有礼器，有食器，有日用器，更有兵器。据不完全统计，有铭文的就有 14 件，其中 1 号墓 2 件，2 号墓 9 件，3 号墓 3 件。

不仅如此，蒍子朋的仲姬丹是蔡侯的女儿，有的器具上还有她的名字。譬如，1978 年出土于淅川县下寺 3 号墓的蒍仲姬丹盥盘铭文："惟王正月初吉丁亥，蔡侯作媵蒍仲姬丹盥盘，用其眉寿，万年无疆，子子孙孙□□（永保）用之。"

1978 年出土于淅川县下寺 3 号墓的蒍仲姬丹会匜铭文："惟王正月初吉丁亥，蔡侯作媵蒍仲姬丹会匜，用祈眉寿，万年无疆，子子孙孙永保用之。"

此二器应为蔡侯把女儿丹嫁给蒍子冯做夫人的陪嫁。

1978年出土于淅川县下寺3号墓的一件铜鉴内壁有铭文，但仅存三字，可辨识者只一"之"字。疑似同属于蒍仲姬丹的器物。

蒍子冯继王子午之后任大司马。前令尹子囊病故后，楚康王二年（公元前558年），楚康王任命原大司马王子午（子庚）为令尹、公子罢戎为右尹；任命蒍子冯为大司马、公子橐师为右司马、公子成为左司马、屈到为莫敖（职位低于左司马）；任命公子追舒（子南）为箴尹、屈荡为连尹、养由基为宫厩尹。

蒍子冯参与过鱼陵之战。楚康王五年（公元前555年），楚军分三路进攻郑国，楚令尹王子午率大军驻扎在鱼陵（即鱼齿山，在今河南宝丰东南）。右尹公子罢戎率右军在上棘（在今河南禹州南）筑小城，并徒步渡过颖水（今颖河，发源于河南登封西），驻扎在旃然水（旃然水发源于河南荥阳南）边。大司马蒍子冯、公子格率领精锐部队攻打费滑（今河南偃师缑氏镇）、胥靡（今河南偃师东）、献于（郑邑，今地不详）、雍梁（今河南临汝东），向右绕过梅山（在今郑州西南），入侵郑国东北部，到达虫牢（今河南封丘北）而返。王子午率军进攻郑国国都，围困两日。由于郑军坚守不战，楚军渡过滍水（今沙河），驻军鱼齿山。逢大雨，楚军士兵大多被冻伤，服杂役的人死亡殆尽。楚军只得无功而返。

蒍子冯曾拒任令尹。楚康王八年（公元前552年）夏天，令尹子庚病逝。康王本想任命蒍子冯为令尹。但蒍子冯接受了好友申叔豫"国多宠而王弱，国不可为"的建议，以身体有疾推辞。康王便任箴尹子南为令尹。子南（？—公元前551年），名追舒，字子南，楚庄王之子。

蒍子冯接任令尹。令尹子南曾有功于楚，但其过于张扬，门客众多，出入前呼后拥。子南有个亲信叫观起，不曾得到康王的赏禄，子南却纵容他拥有数十匹马和数十乘车（无禄之人只能拥有一马一车）。康王担心尾大不掉，为维护王权起了杀心。《左传》记载，楚康王九年（公元前551年），康王找了个借口杀子南于朝堂，车裂观起，震动朝野。康王再次任用蒍子冯为令尹，蒍子冯不好再推脱，只能继任令尹。

蒍子冯严于律己。蒍子冯为了防止自己走子南的老路，一上任，就辞退了八位自己宠信却同观起一样"无禄而多马"的心腹。康王见蒍子冯深明大义，才放心托付国事。君臣之间和谐了，楚国的国家机器又开始运转起来。

蒍子冯葬于淅川。小心谨慎的蒍子冯的确避免了被楚王猜忌诛杀的悲剧，但死亡是谁也逃避不掉的。楚康王十二年（公元前548年）秋天，当了三年令尹的蒍子冯病故。举国哀悼之后，连同陪他征战中原的戈矛及他所应享受的鼎簋一起，被葬于淅川顺阳川——他的封地蒍。就像一株柔弱却芳香的蒍（远）志，蒍子冯长眠在荆花烂漫的龙山之上、黄土之下、丹江之滨。当然，陪伴他的还有他的爱人仲姬丹。

直到"顷襄王横元年（公元前298年），秦要怀王不可得地，楚立王以应秦，秦昭王怒，发兵出武关攻楚，大败楚军，斩首五万，取析十五城而去"（《史记·楚世家》），楚始都丹阳一带及蒍子冯封地蒍，才脱离楚国版图；直到2526年后，水消地裂，曾经叱咤春秋的蒍子冯才被后人更多认知。

（2020年7月21—22日，记于郑东楚居堂）

音韵铿锵的王孙诰甬钟

叮……当……

楚庄王之孙、令尹子庚之子羋诰想不到,那最后的一个音符会被黄土掩埋2500年。

1978年10月份,逢枯水期,位于河南淅川县的丹江口库区水位再次下降,河南省博物馆、南阳地区文物队和淅川县的考古人员张逢酉、黄运甫、曹景祥、曹广勋、马新常等,抓紧对淅川仓房镇下寺楚墓群的2号墓、3号墓进行发掘。

2号墓简直就是一座宝库。

尽管有盗洞,尽管盗洞内有汉代盗墓贼遗留的数件铁器,2号墓仍发掘出土礼器、乐器、车马器、兵器、玉饰等器物6098件。保存完好的7件王子午列鼎、已经碎裂但还能拼组的失蜡法云纹铜禁,让现场的人欢呼雀跃。更大的惊喜还在后头。一件,一件,又一件,26件王孙诰甬钟(M2∶1—26)带着黄土，带着楚王室的气息被请了出来。

最大的一件重152.8公斤，最小的重2.8公斤。每件甬钟都铸有精致的花纹。更勒有铭文113字：

> 惟正月初吉丁亥，王孙诰择其吉金自作龢钟，中翰且扬，元鸣孔諻，有严穆穆，敬事楚王。余不畏不差，惠于政德，淑于威仪，函恭鈇犀，畏忌趩趩，肃哲臧武，闻于四国，恭厥盟祀，永受其福，武于戎功，诲猷不飤，阑阑龢钟，用匽以喜，以乐楚王、诸侯、嘉宾及我父兄、诸士。趩趩趑趑，万年无期，永保鼓之。

八音之中，金石为先。"楚庄王即位三年，不出号令，日夜为乐。"（《史记·楚世家》）一个曾经问鼎中原的王尚且如此，王孙诰铸鼎为乐也就不奇怪了。

2019年1月，当年参与发掘的张逢酉对《南阳晚报》的李萍说，王孙诰甬钟是我国目前出土的春秋时期规模最大的编钟之一，音域最广，音色最好，制作最精，"这套编钟，当时省里组织人演奏了《国歌》《黄水谣》，还在河南人民广播电台进行了播放。"乐音威严，古朴，辉煌，凝重。

编钟下层8钟为低音部，奏和声之用；上层18钟排列密集，是中、高音部，可演奏旋律。一件甬钟可以在正鼓部和侧鼓部同时敲出一个非常和谐的三度音程，其音域可跨越4个半八度。到明代，朱载堉才总结提出十二平均律，但其律制在春秋时期已广泛地应用于楚国乐器之上。

今天的我们，已无从想见王孙诰让人演奏，请"楚王、诸侯、嘉宾及我父兄、诸士"聆听的场景了。

那一刻，钟磬齐鸣，鼎釜飘香，觥筹交错，铜禁淋漓，细腰曼舞，王与众臣皆醉矣。

什么晋吴之伐,什么争霸中原,什么江山社稷,似乎都不如此时此刻的音韵铿锵,婉转流泻。

庄王在,子庚在,薳子冯也在。

当然,芈诰也在。

(2020年7月23日,记于郑东楚居堂)

奔跑吧，神兽：蒵子受的猜想

这就是我，在地底奔跑了 2500 年，才跑到你面前。

这就是我们兄弟俩，曾一左一右站在主人的府上，看擘画国是，看细腰曼舞；听钟磬和鸣，听辞人吟诵。

主人叫蒵子受，是楚康王令尹蒵子冯的后人，也是位入则参议朝政、出则能征善战的人物。我们亲眼看见过，他那次伐许归来，兴冲冲地要把刚缴获的许公之戈献给楚王。

退朝之后，主人回到府上，手里还抱着许公之戈。王是富有的，也是大度的。他只是拭去了戈上的血渍，又还给了主人。

主人喃喃而语，声音很低，我和弟弟却都听清了他的话：我还是习惯用自己的戟，去砍下敌人的头颅。既然如此，那就战死沙场、马革裹尸吧。

也看到主人有一天回府，心情很差，端起酒杯摔在地上，一旁敲打编钟的乐工停止了演奏，夫人吓得细腰都直了。原来晋、楚牵头，与齐、秦、鲁、卫、陈、蔡、郑、许、宋、邾、滕等国会盟于宋国蒙门之外，说好的是"晋、楚之从交相见也"，晋的仆从国要朝贡楚国，而楚的仆从国要朝贡晋国。而秦、齐自以为大国，互不朝贡于晋、楚。这样的会盟结果，让楚国与会的令尹子木很没面子，回来还被主张"弭兵"的康王狠狠责骂了一顿。为人臣者，主人的心情当然也不会好到哪儿去。说不得，晋、楚之间还得厮杀几场。

终于，他"受"够了君臣之斗，厌倦了征伐之苦，要走了。

那天，再次远征归来的主人伤痕累累，摇摇晃晃走进大门。还没等夫人除去他的盔甲，我看到他猛一趔趄，血染的战袍挂住了弟弟的龙首，砰然倒下，把弟弟后背的奔兽都摔断了。

主人要回到蒍（薳）氏家族的封地了，那里已经安葬了蒍（薳）氏家族的历代先贤。

那是主人的归宿，也是我们的归宿。

一路跋涉，溯汉江北上，我们跟着主人的灵柩，进入丹江，来到龙城以西的徐家岭。长方形的墓穴早已挖好，很大，很深。

黄土，青膏泥，黄土。

纷纷扬扬，噗噗飒飒，落在主人的棺椁上，也落在我们的身上。

弟弟很害怕，不停地抚摸自己后背那刚刚愈合的伤口。

我对他说，生命总是短暂的，唯有死亡才是永恒的。

他说，那我们身上的龙啊，凤啊，虎啊，他们还能呼吸吗？

我说，会的，我们都在黄土下呼吸，龟息。再说，我们还能继续守护着主人。

他说，那咱们还能自由地奔跑吗？

我说，会的，我们已经跑了这么远，就一直跑下去。

弟弟嘴张了张，还没有搭话，又一抔黄土压下来，他口中伸出的长舌头就再也没能缩回去。

我拼尽全身力气昂首长啸，然后就完全陷入了沉重的黑暗。

附记：

1990年出土于淅川县徐家岭9号墓的春秋晚期神兽（M9∶42）：通高48厘米，长47厘米，宽27厘米。该器为龙首、虎身、长颈（疑似豹颈——笔者注）、龟足，呈侧身站立状。龙首张口吐舌，两颊各有一朵柿蒂花，头上盘绕6条小龙，构成龙角，其中侧翼的2条较大的龙昂首翘尾，无纹饰，其余4条小龙饰垂鳞纹，姿态优美。神兽背上有一方孔，孔内纳一屈体方形插座，座上有一兽，前足按座，后足蹬神兽后颈，作飞奔状，且挺胸侧颈，口衔一条昂首屈体似腾飞状的小蛇。神兽腹下有一环纽，背上奔兽口衔之蛇颈部亦有一环纽。通体镶嵌绿松石，形成龙、凤、虎、云纹、涡纹等纹饰，华美富丽。神兽为分铸，整体插套而成，设计精巧，工艺精湛，造型独特。

同时出土于该墓的另一件春秋晚期神兽（M9∶47）：通高48厘米，长46厘米，宽24.6厘米。结构、纹饰等均与上件同，唯一不同的是，此神兽在左后臀与左后肢之间，多一方形插孔，插孔所纳之物（或为奔兽，或系支架）阙如。通高亦为48厘米。整体比上件略小，长度少1厘米，宽度少2.4厘米。

该墓还出土了蒍子受升鼎，铭文为："蒍子受之沥升。"出土了蒍子受鬲，铭文为："蒍子受之沥鬲。"同墓还出土了一件"许公之戈"。

但二神兽无铭文，难以确定是否系蒍子受之物。

除此之外，1990年，淅川县徐家岭3号墓还出土了2件蒍子受戟，铭文皆为"蒍子受之用戟"。

1990年，淅川县和尚岭2号墓还出土了9件蔿子受钮钟、8件蔿子受镈钟。西南大学汉语言文献研究所的马超、胡长春先生根据其铭文中的"叁月唯戊申，亡作昧爽"一句，推断出蔿子受镈钟的制作时间是公元前546年（楚康王十四年）。这一年，晋、楚、齐、秦、鲁、卫、陈、蔡、郑、许、宋、邾、滕等14国会盟于宋国蒙门之外。盟会的主要内容是："晋、楚之从交相见也。"楚国与会的是令尹子木。

当时的楚国大司马是同为蔿（蒍）氏家族的蔿（蒍）掩，不知蔿子受时任何职，或右尹？或左、右司马？

公元前545年，令尹子木病故，蔿子受是否会继任令尹？参照其墓葬器物规制，很有可能。那么楚康王时期，依次担任令尹一职的则有：子囊、子庚、子南、蔿子冯（公元前551年—前548年在职）、子木（公元前547年—前545年在职），也许还有蔿子受。

即便如此，蔿子受担任令尹的时间也不会太长。因为那年冬天，楚康王病故，其儿子熊员继位为楚郏敖，任其叔子围为令尹。又4年，子围勒杀郏敖，为楚灵王。

（2020年7月23—24日，记于郑东楚居堂）

当云纹铜禁复活的时候：古老禁酒令的实证

当杜康或者仪狄发明的酒，给人身心带来愉悦感的时候，滥饮、醉饮伤身且祸国殃民也时被诟病。

当公元前1046年，伐商建国后的周人认为嗜酒无度是夏、商亡国之因，将盛放酒杯的案台称为"禁"的时候，周公旦在《尚书·周书·酒诰》写下周文王规定的中国第一条禁酒令："惟祀，德将无醉。"规定只有祭祀时才可以饮酒，还要用道德来约束自己，不要喝醉了。

当500年后，楚康王的令尹子庚或蒍子冯的后人把透雕云纹铜禁随葬在淅川丹江之滨龙山之上的时候，他们不会想到，2500年后，它还能重见天日。

当1978年10月，文物工作者从淅川县下寺楚墓群2号墓发掘出云纹铜禁的时候，墓中的其他6000件宝贝似乎都黯然失色了。

当1981年10月，河南博物院组织人手，准备对其进行修复的时候，他们看到的是用两个麻袋装着的碎片：它已经不能承受历史之疼和岁月之重，禁体残碎为十余块，面板严重变形，无数云纹剥落缺失。12个龙形附兽和12个座兽全部脱离禁体，大部分残缺不全。

当河南博物院的王长青、王琛终于在3年后直腰站起来的时候，云纹铜禁一下子复活了。

它瑰丽奇幻，它美轮美奂。它来自淅川，与分水岭不过一舍之距。

当我走进河南博物院单设的淅川楚国青铜器展厅，近距离欣赏它的丰姿神韵的时候，我看到，它那透雕的多层云纹装饰，就是青铜质地的云蒸霞蔚。它身上攀附的12条龙形异兽，皆凹腰卷尾，探首吐舌，活灵活现。蹲在它足下的另外12只虎形异兽，又颇似1990年出土于淅川县徐家岭9号墓的春秋晚期神兽。

当专家说它通高28.8厘米，长103厘米，宽46厘米，重95.5公斤；说它结构复杂，且其整体系失蜡法铸就，比《唐会要》记载的高祖武德年间用失蜡法铸造开元通宝要早1100年的时候，我除了惊叹还是惊叹。

当2002年，它被国家文物局列为首批64件禁止出国（境）展览文物之一的时候，我才知道全国总共出土的7件云纹铜禁中，它最早，最大，也最美。

当父亲生前帮办喜事的亲邻掌厨，主人请饮一碗黄酒，三天后方醒的时候，我知道，不肖子太不该仗着年轻嗜酒好饮。

当年岁渐长，读了孔夫子的"唯酒无量，不及乱"的时候才知道，夫子律己甚严，且周游列国时，经常饿肚子，即便想喝酒也没人孝敬。比如鲁哀公六年（公元前489年），63岁的孔子与弟子困于陈、蔡之间，吃不饱穿不暖，后被楚国人救走。但很快就由楚国返卫国，孔夫子没在楚国多停。他不会有机会见到这件云纹铜禁，因为它已随它的主人深藏黄土之下久矣。否则，

《论语》里很可能多一章新《酒诰》。

当当下很多地方开始颁布禁酒令的时候,却没有人敢去复制一件云纹铜禁。

因为,它独一无二。

(2020年7月23—24日,记于郑东楚居堂)

楚王驳楚蛮论

时在庚子白露之翌日，楚子自黄土下醒来，叩王冠，振长袖，击编钟而语。是耶非耶，且言之。

吾本高阳之苗裔，祝融之子孙，尔等却说吾族处蛮荒之地，非王化之土，无规无矩，无礼无仪，无文无教，是可忍孰不可忍哉！

吾先祖向在隗山之下，傍黄帝宫，居祝融墟，跋山涉水至丹汉之滨，披荆斩棘以为田，耕作渔猎以为食，艰辛备尝，岂止中原可以想见乎？

至商祚衰微，西伯起于岐山，吾先王响应于孟津，决战于牧野，纣灭周兴，膏腴之地尽封姬姓子孙，如管叔、蔡叔、霍叔、应侯之辈。而吾先王熊绎被封于"楚蛮"，"居丹阳"，仅位列子爵，土不过同。即便如此，岁岁仍贡缩酒之苞茅。但，我们忍了！

周昭王三次伐楚，最终全军覆没，死于汉水之滨，反嫁祸于楚。我们还是忍。

问鼎洛南,被斥以无礼。我们又忍。规矩都是人定的,鼎之大小也是你们说了算吗?

说我们野蛮好战,贪色好细腰,我们再忍。

说我们没文化,那是睁眼说瞎话,无法再忍了!

论贵族学校,我有三闾大夫屈原诸辈,主持祭祀,兼掌王族昭、屈、景三姓,"序其谱属,率其贤良,以厉国士"。

论教授,我有申叔时、太子傅士亹。尔等未读《国语》乎?"教之《春秋》,而为之耸善而抑恶焉,以戒劝其心;教之《世》,而为之昭明德而废幽昏焉,以休惧其动;教之《诗》,而为之导广显德,以耀明其志;教之《礼》,使知上下之则;教之《乐》,以疏其会合而镇其浮;教之《令》,使访物官;教之《语》,使明其德,而知先王之务用明德于民也;教之《故志》,使知废兴而戒惧焉;教之《训典》,使知族类,行比义焉。"岂止教材之丰而精,传道亦博而专:"且诵诗以辅相之,威仪以先后之,体貌以左右之,明行以宣翼之,制节义以动行之,恭敬以临监之,勤勉以劝之,孝顺以纳之,忠信以发之,德音以扬之。"

唯如此,"唯楚有材,于斯盛之"。

论文字,我鸟虫篆铭于器物,铁画银钩,回环往复,秀丽不群,尔等能识几何?

论出版,岂仅赖王子朝奔楚所携数种,我有国典,卷帙浩繁,或儒或道或史,翔实严谨,书法精美,诸侯望尘莫及。举凡信阳长台关简、慈利石板村简、荆门郭店简、上博简、清华简,尔等当已见识其玄奥之万一。

论封杀,《诗》十五国风,孔子唯独不收楚风,让我楚辞一骑绝尘,瑰丽奇幻;尔等不告鼎之大小,我鼎我簋美轮美奂,失蜡铜禁不可复制,嵌宝神兽龙腾虎跃，编钟玉磬叮当和鸣。

  可叹可笑，尔等打压围剿，我大楚立国煌煌八百年。更何况"楚虽三户，亡秦必楚"，已为史证也！

           （2020年9月8日，记于郑东楚居堂）

楚始都地方言（一）：不美了

河南淅川为楚始都地，方言颇类楚语。如，人生病，皆曰：不美了。不言病，而言不美。典籍可考之。

有人说，楚国转弱，始自楚怀王，以丹阳、蓝田之战为分野。其实，早在楚灵王（？—公元前529年）时期，楚已失去了先楚诸王的艰苦奋斗精神。（见《史记·楚世家》："昔我先王熊绎辟在荆山，筚路蓝缕以处草莽，跋涉山林以事天子，唯是桃弧棘矢以共王事。"）公元前541年，楚灵王杀侄儿楚郏敖为君。公元前531年，杀蔡灵侯，灭蔡。公元前530年，派兵攻徐制吴。公元前529年，楚人反之，只能逃亡，死于郊外。后人诟其穷奢极欲，缘自其修筑章华台。清华简《楚居》写到了章华台：

至灵王自为郢迁居乾溪之上，以为处于章华之台。

更为重要的是，清华简《楚居》接着写到了楚国之都美郢：

景平王即位，猷居乾溪之上。至昭王自乾溪之上徙居嫩郢，嫩郢徙居鄂郢，鄂郢徙袭为郢。

《楚居》原简片段如上，可为证。
注意：美郢！当楚国君民因战因乱离开国都，只能说不美了。
《国语·楚语》记载得比较翔实：

灵王为章华之台，与伍举升焉，曰："台美夫！"对曰："臣闻国君服宠以为美，安民以为乐，听德以为聪，致远以为明。不闻其以土木之崇高、彤镂为美，而以金石匏竹之昌大、嚣庶为乐；不闻其以观大、视侈、淫色以为明，而以察清浊为聪。"

楚灵王在湖北监利县大兴土木，建筑章华台，还带楚大夫伍举（后来投奔吴国伐楚的伍子胥祖父）登临，本意想让伍举拍马溜须一番，偏偏伍举是正人君子，详述美、乐、聪、明之道以谏之。偏偏，伍举在例举楚庄王兴建匏居台如何节俭之后还说："今君为此台也，国民罢焉，财用尽焉，年谷败焉，百官烦焉，举国留之，数年乃成……臣不知其美也。"灵王已变色，伍举还没说完："夫美也者，上下、内外、小大、远近皆无害焉，故曰美。若于目观则美，缩于财用则匮，是聚民利以自封而瘠民也，胡美之为？"

这段话说得更明白了：所谓美，是说上下、内外、小大、远近都没有危害，才叫美。如果眼睛看着舒服就是美，但乱取财用导致匮乏，那么这就是聚敛民财使自己富足而让百姓穷困，如此何美之有？伍举因此发问："若君谓此台美而为之正，楚其殆也！"

至于楚灵王是否纳谏，则不得而知。但楚国就有伍举、昭雎、屈原诸忠臣，方立国八百年。

美，会意字。金文字形，从羊，从大。本义：肥美，古人以羊肥大为美。引申义，美丽，好看；使美丽；令人满意；美好的事物；得意；等等。在楚人心目中，美者，舒服也。不美，即不舒服也。所以言病为不美。如方言，问你舒服不舒服，云：你美不美？

后世之君王，岂可不鉴之哉？

（2020 年 9 月 10 日，记于郑东楚居堂）

楚始都地方言（二）：白（别）乱了

河南淅川为楚始都地，方言颇类楚语。如"白（别，不要）乱了"，言不要乱说，不要乱来。中原曾为楚地的人也如此表述。典籍亦可考之，而且，从清华简所存乐诗《周公之琴舞》原文中的"乱曰"，对照屈原《楚辞》一些篇章里的"乱曰"，是否可以推测，屈原是读过早期的周《诗》或周《乐》的。

但"乱曰"可不是乱说。乱即不乱。乱（亂），会意字，金文字形像上下两手在整理架子上散乱的丝。本义：理丝。古籍训乱为治。周初，诗乐不分，一诗一乐完结之时，附"乱曰"。所以，林家骊译注的《楚辞》（中华书局2010年版）如此注解"乱"："楚辞篇末结束全篇的标志为乱，与结束曲、尾声相似。"应该是比较准确的。

李学勤在其《初识清华简》（中西书局2013年版）收录的《新整理清华简六种概述》中转引了《周公之琴舞》。《周公之琴舞》由10篇乐诗组成，其中，周成王所作的第一篇诗如下：

> 敬之敬之，天惟显师，文非易师。毋曰高高在上，陟降其事，俾监在兹。
>
> 乱曰：讫我宿夜，不逸敬之，日就月将，学其光明。弼时其有肩，示告余显德之行。

世传本《诗经·周颂》之《敬之》篇与楚简内容大致相同：

> 敬之敬之，天惟显思，命不易哉。无曰高高在上，陟降厥士，日监在兹。
>
> 维余小子，不聪敬止，日就月将，学有缉熙于光明。佛时仔肩，示我显德行。

两相对比，经过孔子编辑的《诗经》已无"乱曰"。倒是楚国诗人屈原还在其作品中采用清华简所存之《诗》的格式，有"乱曰"。

屈原写到"乱曰"的多是其比较长的诗歌篇章，《九歌》等短诗就没有"乱曰"。如，屈原373句的长诗《离骚》在结尾最后一节的开头写道"乱曰"。乱曰：已矣哉，国人莫我知兮，又何怀乎故都？既莫足与为美政兮，吾将从彭咸之所居。（关于"美政"，可参考《国语·楚语》楚大夫伍举谏楚灵王句："若君谓此台美而为之正，楚其殆也！"关于"彭咸"，除屈原《离骚》之外，其《思美人》《悲回风》《抽思》也多次提到。《竹书纪年》记载："殷末彭咸，谏纣不用，投江而死。"王逸《楚辞章句》云："彭咸，殷贤大夫，谏其君不听，自投水而死。"亦有人说，彭咸是指巫彭、巫咸二人，多不从。）

屈原《九章》中67句的《哀郢》在结尾最后一节的开头也有"乱曰"。乱曰：曼余目以流观兮，冀壹反之何时？鸟飞反故乡兮，狐死必首丘。信非吾罪而弃逐兮，何日夜而忘之？

《九章》中61句的《涉江》在结尾最后一节的开头也有"乱曰"。乱曰：鸾鸟凤凰，日以远兮。燕雀乌鹊，巢堂坛兮。露申辛夷，死林薄兮。腥臊并御，芳不得薄兮。阴阳易位，时不当兮。怀信侘傺，忽乎吾将行兮！

其句式与《周公之琴舞》所收诗接近。

《九章》中89句的《抽思》在结尾最后一节的开头也有"乱曰"，不过，在"乱曰"之前一节还有"倡曰"，"倡"同唱，用于发端启唱：

倡曰：有鸟自南兮，来集汉北。好姱佳丽兮，胖独处此异域……望北山而流涕兮，临流水而太息……

乱曰：长濑湍流，溯江潭兮。狂顾南行，聊以娱心兮。轸石崴嵬，蹇吾愿兮。超回志度，行隐进兮。低徊夷犹，宿北姑兮……

《九章》中81句的《怀沙》在结尾最后一节的开头也有"乱曰"。乱曰：浩浩沅湘，分流汩兮。修路幽蔽，道远忽兮。怀质抱情，独无匹兮……

屈原另有一些诗篇把"乱曰"简化为"曰"，如《悲回风》将"曰"置于诗结尾最后一节开头，《远游》则置于诗的中间，《渔父》则在最后一段开头。

而374句（172个问题）的长诗《天问》，则把"曰"置于全诗的开头。其句式已同世传本《诗经》，都是四字句。曰：遂古之初，谁传道之？上下未形，何由考之？冥昭瞢暗，谁能极之？冯翼惟像，何以识之？……

如果以"乱曰"为标识，并将《楚辞》"乱曰"之后的诗句格式、所写内容（情感轨迹、行走路线、地理山川等元素）通盘考量，则是否可以说，屈原的《离骚》《哀郢》《涉江》《抽思》《怀沙》《天问》等均作于其首次流放包括丹淅地在内的汉北之时。且存疑于此，期待方家指正。

不仅如此，《周公之琴舞》这组乐诗的开头还有两句很关键的话：周公作多士，琴舞九絉。成王做儆怭，琴舞九絉。

李学勤先生在其收录于《初识清华简》中的《"九絉"与"九律"》一文中论述，"九絉"即九终、九卒，意同经传所言之九成、九奏；且考证，于商代晚期青铜器己酉方彝铭文中的"九律"，亦即九卒。均与韶乐中的"九招"相合。

而屈原的《楚辞》中有两大组诗，分别为《九章》《九歌》。笔者认为，屈原以此命名自己的诗篇，亦应源自"九絉"与"九律"，继承了商周的乐诗传统。

因此可以推测，屈原完全有可能读到过早期的周《诗》，并且有效地吸收了《诗》的语言结构和思想营养，并立足于楚系文化环境，因放逐感时抒怀，才创作出了博大沉雄、瑰丽奇幻的《楚辞》。

屈原是从哪里看到《诗》的呢？当然是楚人抄写于公元前305年前后30年（据对无字简残片所做的碳-14年代测定）的清华简上的文字。其时正是屈原生活的年代（屈原生卒年：约公元前343—前299年），更何况他曾任三闾大夫之职，"掌王族三姓，曰昭、屈、景。序其谱属，率其贤良，以厉国士"，必然对周典及楚简烂熟于心。

清华简《周公之琴舞》这组乐诗除了《敬之》被编入世传本《诗经》外，其他多已佚失。但《周公之琴舞》这组诗又是从哪里传到楚国的呢？李学勤先生在其《新整理清华简六种概述》一文中写道，可能与周王朝发生的王子朝之乱有关：据《左传》昭公二十六年载，公元前516年，周朝发生变乱，召伯盈逆敬王而逐王子朝,"王子朝及召氏之族、毛伯得、尹氏固、南宫嚚奉周之典籍以奔楚"。像《周公之琴舞》这种专供嗣王即位一类典礼时演奏的乐章,如果说来自王子朝所携往楚国的典籍之中,是合乎情理的。

与此相佐证,新华社 2019 年 8 月 27 日报道:"考古人员日前在河南省南阳市卧龙区石桥镇龙窝村夏庄小组东北侧,发掘一处东周时期高等级贵族墓葬群。随着 29 座陪葬墓发掘完毕,'王子朝携周典奔楚'事件初露端倪,或为寻找遗失千年的那批周王室典籍提供了重要线索。"

至于墓中是否有"典籍",也许有,也许没有,但楚人早已阅读过,领略过,变化过,提升过,并融化在流传至今的文化血脉之中。

所以,白乱了。

(2020 年 9 月 12 日,记于郑东楚居堂)

楚始都地方言（三）："外甥随舅"兼及西申与少鄂等

淅川河南方言有"外甥随舅"，言外甥长相近乎舅，因有一定血缘之故。疑此方言亦有来历，典籍中，太子、王子凡遇国乱，多投奔舅家。后逐渐演变成民间之"外甥随舅"说。不知当否？

先看一件宝贝。何尊，1963年出土于陕西省宝鸡市宝鸡县贾村镇（今宝鸡市陈仓区），收藏于宝鸡青铜器博物院。尊内底铸有铭文12行、122字铭文，其中"余其宅兹中国，自兹乂民"，为"中国"一词最早的文字记载。此处的"中国"指代成周（今河南洛阳）一带，这是商末周楚对于中国地理空间的认知。

在两周，真正"宅兹中国"的是周宣王之孙、周幽王之太子，后为周平王的姬宜臼。

世传周幽王（公元前782年—前771年在位）失国缘自其"烽火戏诸侯"，其实不然。清华简《系年》记载：周幽王娶妻于西申，生平王。王或娶褒人之女，是褒姒，生伯盘。褒姒嬖于王。王与伯盘逐平王，平王走西申。幽王起师，围平王于西申，申人弗畀，缯人乃降西戎，以攻幽王，幽王及伯盘乃灭，周乃亡。邦君诸正乃立幽王之弟余臣于虢，是携惠王。立廿又一年，晋文侯仇乃杀携惠王于虢。

申妃生二子，长为太子宜臼，幼为余臣；褒姒生子伯盘。

"臼"与"申"形近。申，象形字。甲骨文中的"申"字由两边的线条和中间的曲折线条组成，金文中的"申"字在此基础上开始异变，把其中的直折线条变为回转的弧线，到秦代小篆字形时讹变更大，渐渐将折伸的电鞭变成中竖，两旁的电火也渐渐变成"臼"形。

周幽王太子宜臼被废后投奔西申的舅家，宜臼者莫非宜于申也？一笑。

上述清华简《系年》文涉及几个地名。西申，李学勤先生在其《由清华简〈系年〉论〈文侯之命〉》中推断：幽王之后、平王之母来自西申，不是在今河南南阳的申国。南阳的申封于宣王时，其公室可能与西申有一定关系，为与西申区别，其青铜器铭文有时自称为南申。西申在今陕西北部，位于防御西戎的前沿，缯人也应该是受王朝派遣，在这一带设防的。

笔者以为，上述清华简《系年》中的"西申"或即南阳之申（南申）。周宣王（公元前828年—前783年在位）时，封王舅申伯于申（今河南南阳）。1981年2月14日，在南阳市独山脚下的砖瓦厂出土了一件西周晚期的青铜器仲爯父簋。其铭文为："南申伯大宰仲爯父厥司，作其皇祖考夷王监伯尊簋，用享用孝，用赐眉寿屯佑康和，万年无疆，子子孙孙永宝用享。"仲爯父簋的发现验证了"南申"一说的真实性。《水经注》记载："清水又南经宛城东，其城故申伯之都。"

至于清华简《系年》中的缯，也很古老。《史记·夏本纪》记载，禹为姒姓，其后分封，以国为姓，有缯氏。西周时所封之缯国，在今河南省南阳市方城县境内。《左传·定公四年》有"致方城之外于缯关"，可知春秋时方城之地的缯国国都必在"缯关"以内。而缯国与南阳之申国为近邻，未必得跑到陕北去防御西戎。

如上述清华简《系年》文"幽王起师，围平王于西申，申人弗畀，缯人乃降西戎，以攻幽王，幽王及伯盘乃灭，周乃亡"的断句改为：幽王起师，围平王于西申，申人弗畀，缯人乃降。西戎以攻幽王，幽王及伯盘乃灭，周乃亡。

则意思大变。那就是，因宜臼逃亡到舅家称王于申，周幽王派军队围困申国，申国不交出宜臼，引发战争，本与申国唇齿相依、帮助申国的缯国"乃降"于周军。但远在陕北的西戎乘机攻掠京师，"周乃亡"。

况且，清华简《系年》还记载：周亡王九年，邦君诸侯焉始不朝于周，晋文侯乃逆平王于少鄂，立之于京师。三年，乃东徙，止于成周。

李学勤先生说："文侯逆平王于少鄂，少鄂不知所在，或疑即晋地鄂，在今山西乡宁，地近黄河，是有可能的。"笔者以为，此少鄂当为南阳之西鄂。西周鄂国故地在今河南省南阳市卧龙区石桥镇一带。西汉置西鄂县，属南阳郡。应劭注《汉书·地理志》曰："江夏有鄂，故加西云。"

西鄂与申国更近，则晋文侯到此迎接周平王回归京师，更为合理。由此，也可以划定周平王先后为王的线路图为：申——少鄂——京师——成周，才赓续了东周五百年的基业。

这一切，周平王要感谢晋文侯，更得益于其申国舅家之竭诚保护。

这样来看，《左传·昭公二十六年》所载，公元前516年，东周召伯盈逆敬王而逐王子朝，致王子朝奉周之典籍奔楚（申），也就有渊源了。历史总是惊人地相似。

相沿至今，楚地百姓家中有婚丧大事及分家纠纷，仍需请舅家主持，为

"外甥随舅"注入了新的文化因子。

(2020年9月14日,记于郑东楚居堂)

楚始都地方言（四）：大，大大，达达，或源自楚武王訾达（熊通）

这一天，因"众不容于大"，那个叫"达"的人要离开"大"。这一天，注定是辉煌且悲伤的。

这一天，訾达带着王族告别丹淅交汇处，要穿过丹江小三峡南下了。刚刚戴在头上的王冠还是崭新的，有着金子和珠玉的光芒，和訾达的目光一样明亮而坚毅。

当然，还有瑰丽的传国重器，闪耀着寒光的戈矛，沉甸甸的粮草，车马经过留下的深深的印痕。

当然，还有沿江而下的桨橹和一片片白帆。

当然，还有很多赶不上、挤不上舟车的百姓。他们哭天抢地，跪在湿漉漉的江畔沙洲上，有的还飞奔进江水里，扎撒着粗粝的双手，一声声呼喊着武王的名字：

达，达，达达……

呼喊着"大"城的名字：

大，大，大大……

很快，更多的人都在喊达，喊大。那些手提戈矛、肩扛粮袋的小伙子纷纷回头，朝向江边的人群，爆发出年轻且悲怆的声音：

达，达，达达……

大，大，大大……

年迈苍老的父母热泪奔涌：

走吧，吾儿，大在这里等着你回来。

更多的儿子回应着：

大，大，大大……

酓达带走了楚先民的梦想和希望，留下了肥沃的板桥川、丹阳川、顺阳川，留下了同样割舍不得，又不得不割舍的子民。

那一刻，我相信酓达明亮且坚毅的双眼是湿润的，但他不能回头。他还需要这些人为他耕种三大川，为他看护祖籍地，为他戍守边疆。

能带走的他都带走了，贵族，巫者，官吏，军队，工匠，美女，一个都不能少。

带不走的是一声声呼唤，一声声雁叫一样的"达"和"大"。

酓达身后跟着一长串细腰美女。慑于王威，她们一开始只是暗自垂泪，此刻也终于嘤嘤哭泣，并逐渐变成了撕心裂肺的哭喊：

大，大，大大……

无论远去的，还是留守的，回答他们的只有萧瑟的秋风，呜咽的江河。

楚从此越走越远。

也就从这一天起，丹淅儿女都把"达"和"大"刻在脑海深处，并让这两个字在血脉里流淌，世世代代呼唤自己的父亲：

大，大大！

（2020年10月9—11日，记于郑东三者堂）

楚始都地方言（五）：从"送甗"，到"锅齾了"

清明时节雨纷纷，祭祖时节到了。明日才清明，昨日起已下雨。淅沥之雨声，与窗外喧嚣的车水马龙混合在一起，令人生归乡之情。

大前年春天，应荥阳市作协约请，和一众文朋诗友聊《诗经》。好友赵君言及当地方言有"送甗"，初听为"送雁"，实为当地女子出嫁三天"回门"时，给娘家带礼物曰"送甗"，颇古雅。

"送甗"并非送甗，乃以物代食。甗的上部为甑，盛放食物，甑底是一有穿孔的箅，以利蒸汽通过；下部是鬲，用以煮水，高足间可烧火加热。仰韶文化时期即有陶甗，笔者在渑池仰韶文化博物馆曾拍到其上部之陶甑，甑底部有多个箅孔。

至商代为青铜甗，多为圆形。商早期花纹简单，晚期多装饰兽面纹。殷墟妇好墓出土的三联甗，在长方形鬲部上置3个甗，为目前所仅见。西周除沿袭商代形式外，还出现了长方形甗。除实用外，西周末春秋初，甗还作为礼器，与鼎、簋、豆、壶、盘等成套随葬。

清华简《楚居》篇记载，自季连至穴酓、酓狂，三代楚先皆居京宗："季连初降于騩山……先处于京宗。穴酓迟徙于京宗……至酓狂亦居京宗。至酓绎与屈紃，使都嗌卜，徙于夷屯……"这里的屈紃很可能是屈原的先祖。

荥阳居大河之南、嵩山之北，有青台仰韶文化遗址、郑国京襄城遗址等。笔者曾有小文《京宗地望当在嵩山地区，或与"京襄城"有关》推论，京襄城或即先楚之京宗。

先楚自中原南迁淅川丹淅流域，奠建国八百年之基，其风俗与荥阳相类，亦有新娘三天"回门"之俗，但不闻"送鬵"之说。

淅川倒是有方言曰"锅鬻了"，每当水开饭熟而火仍大，大人都要交代烧火的孩子："小心锅鬻了！"

"鬻"是会意字。下部为煮饭的炊具鬲，上部为粥，表意米煮在鬲里热气蒸腾。

鬻还假借为"卖"。如《韩非子》记载："楚人有鬻盾与矛者，誉之曰：吾盾之坚，物莫能陷也。又誉其矛曰：吾矛之利，于物无不陷也。或曰：以子之矛，陷子之盾？何如？其人弗能应也。"

虽然淅川下王岗遗址出土有龙山文化时期的青铜矛，但楚人并不"矛盾"。

楚国先民在淅川披荆斩棘，筚路蓝缕，承接的是淅川丹淅流域深厚延绵的农耕文明。

"鬻"字的下半部与"甗"的下半部一样都是"鬲"，也就让人有了一种联想。

淅川县下王岗、龙山岗、沟湾等仰韶—龙山—二里头—西周文化遗址均发现淅川先民种植稻、粟的遗迹遗物，更有陶鬲等器。

淅川下寺楚墓群 1 号、2 号墓等都出土有多件春秋中晚期的青铜鬲，有的还铸有铭文。

这个"鬻"字还构成一位楚先的名字：鬻熊。

鬻熊，芈姓，名熊，又称鬻熊子、鬻子，约生活于公元前 11 世纪，著有《鬻子》一书。商末，鬻熊投奔周文王，并成为周文王祭祀时的火师。《史记》记载："鬻熊子事文王。"周成王时，成王感念鬻熊的功德，封鬻熊的曾孙熊绎居淅川丹阳（夷屯），楚始建国。

鬻熊部落在丹淅流域的发展兴盛史是一部传承和学习交融的文明史，他们传承了中原先进文明，也很快和当地居民融合在一起。鬻熊部落必定和淅川下王岗人、龙山岗人、沟湾人一样，善于以陶土烧造陶鬲，煮饭烹食。人们为了纪念鬻熊，则以"鬻"名之；鬻熊曾孙熊绎及其后的楚人更铸造青铜鬲为炊具和礼器，让今天的我们得以看到两三千年前先楚文明的辉煌。

清明时节，季连、鬻熊、熊绎、屈原及其先祖屈纫，才是淅川人最应祭拜的。

（2021 年 4 月 3 日，记于郑东楚居堂）

第三辑

楚人楚事

滚滚丹江碧水 悠悠历史长河

她发源于秦岭南麓陕西宁强县凤凰山,全长384公里,自古即为连通黄河、长江的重要水道。她是汉江的重要支流,曾孕育了楚国的雄霸之梦,如今又作为南水北调中线工程的源头之水,沿着全长1432公里的南水北调中线总干渠,润泽北方。

她就是丹江。

《禹贡》记载,古人乘舟船"浮于江、沱、潜、汉,逾于洛,至于南河"。至明、清时期,丹江航道上至陕西龙驹寨,经淅川荆紫关、马蹬、埠口、李官桥等古镇,在湖北丹江口连通汉江,沟通南方和中原。当时的荆紫关码头帆樯林立,商贸兴隆,豫、鄂、陕及周边数省人流、物流汇聚于此,至今仍存五里古街和山陕会馆、禹王宫等建筑。

受近代铁路、公路等陆路交通兴起,上游航道拥塞等因素影响,丹江航运曾一度凋敝。但随着20世纪70年代丹江口水库初建成蓄水,丹江又再现了碧水蓝天、渔歌唱晚的美景。

丹江之名源自丹朱。

淅川县老城镇石门村，一座并不显眼的土冢，吸引着周边百姓四时祭奠。这是丹朱墓。

公元1857年纂修的《淅川厅志》明确记载了它的位置："丹朱墓，城西北七里。"

4000多年前的某一天，当丹朱只身前往豫西南那片蛮荒之地时，他可能不曾想到，自己会和一条江有这么深厚的情缘。这条原本叫作粉青江、析水、黑河的河流，因他的到来而改名为丹江。

远古之时，奔流于高山峡谷间的这条河流时常泛滥为患，人们寄希望于能治水的圣人。《淅川移民与民俗文化》一书记载，尧帝之子丹朱，桀骜不驯，尧禅让帝位于舜，将丹朱放逐至丹江流域的淅川。丹朱带人在江边修筑七里长堤曰"七里鳊"，并斩杀兴风作浪的蛟龙，平息了水患。为纪念丹朱治水之功，当地百姓将这条河流叫作丹江。丹朱至死没有离开淅川，其居住地，被百姓称为"王子巷"，其墓冢被称作"丹朱墓"。山东昌乐、河北邢台、山西晋南、山西长子、河南范县、湖北房县也有疑似"丹朱坟"或"丹朱冢"，可见丹朱对后世的影响之深。

相传，大禹治水也到过丹江流域。位于淅川县九重镇的南水北调中线工程渠首附近就有禹山、汤山、朱连山，这些山名当与大禹治水有关。《史记》中记载："嶓冢导漾，东流为汉，又为沧浪之水。"经大禹、丹朱和后人的治理，汉、丹流域成为可以休养生息的美丽家园。《诗经·周南·汉广》云："南有乔木，不可休思；汉有游女，不可求思……"

屈原曾行吟丹江。

湖北荆州北郊，纪南城郢都遗址。一道土岗之下，萋萋荒草之上，似乎还飘荡着昔日的历史烟云。

丹江交通便捷，两岸土地肥沃，楚人先祖自中原南下后，就把包括丹阳川、板桥川、顺阳川在内的淅川作为开国兴业的首选之地，定都丹阳，在此立国300多年。

公元前700年左右，楚武王将都城迁于湖北荆州郢都后，楚国众多贵族死后仍然归葬丹阳。近30年来，位于淅川境内的多座楚国贵族墓以及楚国边城三户城遗址，发掘出土了王子午鼎、编钟、铜禁等大批精美文物，成为楚始都丹阳的佐证。

淅川县马镫镇、上集镇、老城镇之间耸立着一座巍峨连绵的大山，名叫岵山，山下一村，至今仍叫岵山铺村。最早写到岵山的是《诗经·魏风·陟岵》："陟彼岵兮，瞻望父兮。父曰：嗟！予子行役，夙夜无已。上慎旃哉，犹来！无止！"全诗抒写了服兵役的男孩对父母和兄长的思念之情。

那时的淅川岵山一带，是秦楚及其他诸侯的争夺要地。公元前312年，秦楚丹阳之战，就发生在丹江及其支流鹳河交汇处、岵山之下的河谷平川。

秦相张仪入楚见楚怀王，许割地六百里于楚国，条件是楚与齐断交。当楚与齐绝交并要秦国兑现承诺时，张仪却称，他答应给楚国的只是六里土地。秦楚丹阳之战因此爆发。

楚国惨败，破碎了问鼎中原的雄心，却激发了三闾大夫屈原的不平之气。屈原因言获罪，《史记·屈原列传》记载："王怒而疏屈原。"

丹阳之战结束后的第二年，即公元前311年，一个清瘦耿介的身影正是从这里出发，踏上了他的第一次放逐路。屈原的这次出行，给淅川和岵山、汉江和丹江、《楚辞》和中国诗歌史，都打上了深深的烙印。

沿汉江一路北上的途中，屈原和一位渔夫有过一番颇有意味的对话，《楚辞·渔夫》记载："渔夫见而问之曰：子非三闾大夫与？何故而至于斯？

屈原曰：举世皆浊我独清，众人皆醉我独醒，是以见放……渔父莞尔而笑，鼓枻而去，歌曰：沧浪之水清兮，可以濯吾缨；沧浪之水浊兮，可以濯吾足。"

这也是汉江、丹江首次被有名有姓的诗人所咏叹。最终，屈原抵达流放的目的地——淅川、西峡一带。现在的西峡县，还有因屈原劝谏楚王扣马回车而得名的回车镇、屈原岗，屈原岗上还有一座屈原祠。而屈原到了淅川，不可能不登临岵山，不可能不到刚刚发生过丹阳之战的战场凭吊8万死难将士，他在《国殇》中写道："操吴戈兮被犀甲，车错毂兮短兵接；旌蔽日兮敌若云，矢交坠兮士争先……诚既勇兮又以武，终刚强兮不可凌；身既死兮神以灵，魂魄毅兮为鬼雄。"

公元前298年，秦发兵出武关，击败楚师，斩首5万，攻取析邑（今淅川、西峡一带）等十六城。心系怀王的屈原讽谏顷襄王，完成长诗《离骚》。

公元前278年，秦将白起攻破楚国郢都，顷襄王逃难至城阳（今河南信阳市北），旋迁都陈（今河南淮阳）。

第二次遭遇流放的屈原闻讯哀恸，自沉湖南汨罗江。

丹江浸润过范晔史笔。

公元445年，一代史家范晔含笑赴死。他的生命，因一本史书得到赓续。

淅川县范蠡文化研究院院长杜国淅说，淅川有一大望族范氏，先后诞生过范蠡、范宁、范泰、范晔、范传正等历史人物。商圣范蠡是楚国宛地三户（今河南淅川）人。范蠡在辅佐越王勾践灭吴复国后，功成身退，经商致富，散财惠人，被视为范氏之先祖。

丹江口水库在淅川香严寺与宋岗码头之间，宽20余公里，其下是曾经的龙城、埠口、李官桥等古城镇。范晔就出生在埠口，埠口紧依丹江边的龙城遗址，背靠龙山和香严寺，与李官桥相邻。因厚重历史和秀丽山水的浸润，范晔少即聪慧，饱读诗书，立志有所作为。

范晔和屈原一样性格耿介,不媚权贵。南朝刘宋时期,彭城王刘义康的王妃卒,众僚属齐集凭吊,范晔却与人饮酒如故,以听挽歌为乐。权倾朝野的刘义康怒而将其左迁为宣城(今安徽宣城)太守。此后,范晔官左卫将军、太子詹事。宋文帝刘义隆听闻范晔善琵琶,会新声,召之演奏,范晔却推说不晓音律"罢演"。

元嘉二十二年(公元445年),范晔被人告发与人密谋拥立刘义康为帝,被以谋反的罪名处死。宦海沉浮中,范晔以《东观汉记》为蓝本,博采众长,订伪考异,写成与《史记》《汉书》《三国志》并称"四史"的《后汉书》80卷,为东汉立史。

丹江和岵山风光,也曾吸引诗人王维、李白、李商隐、白居易、元好问等流连忘返,创作出众多诗篇。宋代文豪欧阳修少时曾在淅川马蹬镇龙巢寺读书6年。淅川人为纪念欧阳修,在龙巢寺后建有欧阳文忠公祠,"欧阳修读书处"遗迹至今尚存。

徐霞客壮游写丹江。

公元前221年,淅川一地设丹水、中乡两县。东汉时这里属南阳郡,南北朝时属顺阳郡,北魏时置淅川县,唐置淅州,后几经兴废,至明成化六年(公元1470年),淅川从内乡分出复单独设县。《淅川县志》记载,县城最早位于今淅川县马蹬镇,翌年迁建于今淅川县老城镇南3公里处。

公元1623年3月,明代著名的旅游家徐霞客沿丹江而下,在狂风暴雨中,他以近似漂流的姿态穿越丹江的惊涛骇浪:"初十日,五十里,下莲滩。大浪扑入舟中,倾囊倒箧,无不沾濡。二十里,过百姓滩,有峰突立溪右,崖为水所摧,岌岌欲堕。出蜀西楼,山峡少开,已入南阳淅川境,为秦、豫界。"(《徐霞客游记·游太华山日记》)

丹江被岵山及其下游的高山所限,一连出现多个险滩、峡谷,其中最为险绝的是云岭、太白、雁口三峡。舟船中的徐霞客一定感受过浪遏飞舟、激流撞崖的惊险与刺激。出了丹江小三峡，过四道沟、九道梁，丹江就变得平缓了许多，徐霞客绕过埠口、李官桥古镇，再向南，往均州（今湖北丹江口市）、太和（武当山）而去。

那时候的丹江口，仅仅是汉江和丹江的交汇口，还没有雄峙于两江之间的丹江口大坝。1958年9月，修建丹江口水库时，淅川县城逐步搬迁到现在的上集镇附近。1971年，随着丹江口水库下闸蓄水，老县城被完全淹没，成为烟波浩渺的丹江口水库的一部分。

如今，南水北调中线工程为确保一渠碧水自流进京，将丹江口大坝由162米加高到176.6米，进一步提升了丹江口水库的水位。

半个多世纪以来，淅川2万多人西上青藏高原，在青海的德令哈、循化、贵德、贵南、都兰等地垦荒为生，多数返迁；20万人或南下湖北荆门、钟祥，或近迁邻县邓县，或县内易地安置；16万人落脚黄河两岸，再建家园……为了宏大的水利工程，为了一渠清水永续北送，他们离开了丹江。

丹江将永远记住他们。

（2017年2月，记于郑东楚居堂）

陶岔：如此江山如此人

所有的空间都是江山，人居其中，以有限的时间给江山造像。那些善于造像的人，把自己也铭刻在历史深处。如尧、舜、禹，如淅川人范蠡，等等。

公元前470年，范蠡像当初与郢宰文种义无反顾赴越一样，辞别越王勾践，泛舟五湖，消隐于春秋之末世。史载不知所终，但也有说他赴齐，为鸱夷子皮……

这一年，这一天，范蠡至陶。

陶是山东定陶。

以越王之狠（不愿和范蠡一起隐退的文种最终伏剑而死），以时运之艰，更何况自己富甲天下，范蠡必须变姓易名。鸱夷子皮已为人熟知，是到了再起一个名字的时候了。

那就叫陶朱公吧！

这名字好，包含着浓厚的乡愁。

因为远隔千里，故乡淅川丹阳也有一个"陶"，它叫陶岔。

还有一个"朱"，丹朱的朱，朱连山的朱。

故乡在顺阳川，倚龙城，滨丹江，近范氏九冢，三山对峙。

三山为何？禹山在东，形如飞龙；汤山在左，状如卧虎；朱连山在右，如彩凤展翅，又似绵延数公里的绿色屏风。丹江环绕之，涌流之，日夜拍打着三山之间的陶岔。

曾经的楚国范伯、越国大夫，范蠡必定饱读诗书，必定知道陶的来历、江山的来历。

范蠡知道，当舜帝放逐尧帝"不肖子"丹朱于丹水之滨的时候，不会想到，丹朱会像后来的楚国先民一样发愤图强。丹朱整治水患，发明围棋，教民耕作，当然也制陶烧陶，其标准就是实用还要好看（淅川盛湾镇下王岗、上集镇沟湾仰韶文化遗址都出土了一批精美的彩陶器）。这些技术活儿，应该是丹朱在尧都时就掌握了的。

淅川人是懂得感恩的。当丹朱砰然倒下的时候，人们将其安葬在淅川老城镇的丹水边，而且将这条河更名为丹江，把陶岔村外的一带青山名之为朱连山。

范蠡也知道，大禹如法炮制，把舜帝的"不肖子"商均也放逐到淅川鹳河（均水）之滨。那时候的淅川，在帝王的眼里，还很蛮荒，很适宜放逐所谓的"不肖子"。虽然被放逐，商均也不难过，依然像丹朱一样发愤，像丹朱一样勤恳。甚至有一天，他还来到陶岔，寻访丹朱的圣迹，他站在朱连山对面的卧虎山上，看朱连山，看丹江，看陶岔村里的炊烟，山顶上的汤泉里倒映着一个枯瘦而高大的身影。忙于耕作和制陶的人抬头看到了他，说，那个人站在那里看什么呢？有人说，他站在汤泉边还能看什么？他在看咱们这些黎民咋受苦哩!

的确,商均拥有丹朱一样的功德,人们就把他站过的山叫汤山。

范蠡更知道,大禹也来过陶岔,他听到了人们对商均的赞美,看到了商均的成就,决定把商均另封到宋地虞城。大禹才不会允许有人比自己还圣贤,更不会给自己的儿子启留下什么隐患。大禹也是站在山上听到的,看到的。他听了看了就回阳城了。人们偶尔想起来就说,那座山还没名字呢。有人说,那还不简单,就叫禹山吧!

这都是4000多年前的事儿了。

范蠡不知道的是,陶岔人生老病死,一茬又一茬,都还固执地叫着汤山、禹山、朱连山。

2400多年前的范蠡也很固执,很认真,他就叫自己陶朱公,没人反对。陶岔人也不反对。

2400年后的陶岔人也很认真,他们记得陶朱公,记得自己村外的三山,都有一个不一般的名字。

只是,丹朱、大禹、商均走后,陶岔就很久没来过什么圣人了。陶岔人静静地待在丹江边,待在三山下,日出而作,日落而息。他们甚至以为,这个小山村再也不会有什么热闹事儿了。

直到50年前,10万邓州人和淅川人、新野人、唐河人、方城人蜂拥而来,一下子挤满了陶岔的家家户户,三山上都搭起了工棚,响起了号角声。他们风餐露宿,要开一条大渠,要建一座渠首闸,要把丹江水引到刁河灌区里,要让丹朱、大禹、商均治水的梦想变成更为美好的现实。

直到10年前,轰隆隆的挖掘机、推土机开进陶岔,老渠首闸轰然倒下的那一刻,南水北调中线工程新渠首闸开始奠基。

直到6年前,新闸洞开,1432公里长的干渠哗然通水。陶岔人说,这就是陶岔,和圣人有关,和江山有关,和更远更远的北方有关。

他们开始在渠边种花,种树,种甘甜的石榴,在江边种风景,也种诗和远方。

有范才有陶。陶岔人都是模范的陶岔人。

(2020年9月7日,记于郑东楚居堂)

淅川范蠡考

范蠡只能是淅川人。公开可见的资料是：

范蠡（公元前536年—前448年），字少伯，又名鸱夷子皮、陶朱公，春秋时期楚国三户（今河南淅川县）人，春秋末著名的政治家、军事家、经济学家和道家学者。

范蠡早年居楚时，人称范伯。后出楚奔越，辅佐勾践灭吴。功成身退，北上经商致富，散财为民，后人世代供奉祭祀，称之为财神，并被视为淅川顺阳范氏之先祖。

范蠡的事迹见司马迁的《史记·越王勾践世家》：

范蠡事越王勾践，既苦身戮力，与勾践深谋二十余年，竟灭吴，报会稽之耻，北渡兵於淮以临齐、晋，号令中国，以尊周室，勾践以霸，而范蠡称上将军。还反国，范蠡以为大名之下，难以久居，且勾践为人可与同患，难与处安，为书辞勾践曰……范蠡浮海出齐，变姓名，自谓鸱夷子皮，耕于海畔，父子治产。居无几何，致产数十万……故范蠡三徙，成名于天下，非苟去而已，所止必成名。卒老死于陶，故世传曰陶朱公。

唐张守节为《史记》正义时引用了《吴越春秋》等书的记载：

《吴越春秋》云：蠡字少伯，乃楚宛三户人也。《越绝》云：在越为范蠡，在齐为鸱夷子皮，在陶为朱公。又云：居楚曰范伯。

就是这段话，让后世莫衷一是，也给争范蠡故里之人提供了"口实"。

一、淅川三户遗址初探

要实证范蠡是淅川人，就要先厘清楚三户的地望所在。

较早提到三户的是司马迁的《史记·项羽本纪》："夫秦灭六国，楚最无罪。自怀王入秦不反，楚人怜之至今，故楚南公曰'楚虽三户，亡秦必楚'也。"

何为楚三户？祖籍淅川的屈原曾任三闾大夫。《离骚序》曰："三闾之职，掌王族三姓，曰昭、屈、景，序其族谱，率其贤良，以厉国士。"

何为楚三户城（或三户亭）？三户城必在楚国始都丹阳（清华简《楚居》记为夷屯等）左近。为楚国早期都城350余年的丹阳在淅川岵山南、丹江北，这是国内文化界、考古界定论（可参见徐少华、尹弘兵著，2017年科学出版社出版的《楚都丹阳探索》)。

户，人家、门第之谓也。无三姓，岂有三户？

三户、三户城何时设立，似难以考证。但推测，当不会晚于楚国熊氏芈姓在淅川丹阳从披荆斩棘，到站稳脚跟，到人口繁衍，日渐强盛，王族三姓昭、屈、景产生之时。以地望论，先楚诸君为昭、屈、景三姓另设一城，育贤良、厉国士、图问鼎，也必在丹阳左近。王兴亚、马怀云《范蠡籍贯考订》一文做了如此考订：《后汉书·郡国志》在南阳郡丹水县条下载："丹水，故属弘农，有章密乡，有三户亭。"《水经注》丹水条载："丹水又东南迳一故城南，名曰三户城。昔汉祖入关，王陵起兵丹水以归汉祖。此城，疑陵所筑也。丹水又迳丹水县故城西南，县有密阳乡，古商密之地，昔楚申息之师所戍之地，春秋之三户矣。杜预曰：县北有三户亭。《竹书纪年》曰：壬寅，孙何侵楚，入三户郛者是也。"此云三户城（亭）位于当时丹水县北，其地即古商密之地。

综合信史、方志记载、文物考古和民间传说，楚三户遗址在淅川县境内有四处：

1. 淅川寺湾镇高湾村附近说。《中国历史地图集》（中国地图出版社1982年版）第一册第29—30页收《春秋楚吴越》地图，该地图明确标注，楚三户城在淅川县丹江和淇河交汇处（今淅川县寺湾镇境高湾村附近）。其遗址北倚长岭，南向丹江、淇河交汇处。岭上有楚墓群，岭左崖畔有老君洞。笔者2020年4月和2023年3月曾访当地父老和文化工作者，皆曰此为范蠡故里。岭上近年复建有"三户城"景区。

2. 淅川大石桥乡柳家泉村附近说。康熙三十二年（公元1693年）纂修的《内乡县志·人物》卷第一条即："范蠡，字少伯，楚三户人。"条下注解为："见《史记注》，杜预《左传注》曰，三户，今丹水县北三户亭。《括地志》

曰,丹水故城在内乡县西南一百二十里。"

《淅川县志·文物古迹》(河南人民出版社1990年版)明确记载:"丹水县城,位于今(淅川)大石桥乡柳家泉附近。秦昭襄王三十五年(公元前272年)置丹县于楚三户(即古鄀都商密),旋改为丹水县,属南阳郡。""三户亭,鄀都商密城址……战国后期属秦,遂改三户为三户亭,属商於邑。东汉桓帝时封河洵孝王子博为三户侯,即此。"古鄀国都城商密,"位于今大石桥乡柳家泉附近,春秋前期为鄀国都城,春秋后期到战国前期为楚三户。战国后期属秦,名三户亭,属商於。"

于慧珍编著《历代名人咏淅川》(中国民族摄影艺术出版社2002年版)183页注解三户亭:"秦乡以下行政机构,10里为一亭,10亭为一乡。战国后期,秦于原楚之三户置亭,故名。故址在今淅川县大石桥乡柳家泉村。"

3. 淅川盛湾镇马川村附近说。康熙二十八年(公元1689年)淅川知县郭治编修、咸丰八年(公元1858年)抚民同知王官亮重刊的《淅川县志》,其卷首所附《总图》,明确标明了三户城的位置,当在淅川县老县城(今淅川县老城镇南)之丹江南岸盛湾镇马川村古城岗遗址。图中所画的老县城及其周边的丹江、鹳河、四峰山、岵山、龙巢寺等基本契合实际方位。该《淅川县志·古迹》卷更记载:"三户城(在)县南於村保,周围一里。《春秋》戎蛮子畀楚师于三户,即此。""於村保"即秦楚之"商於邑",《水经注》之於中、商於,明代之商於城保,清代之於村保,在今淅川县盛湾镇马川村一带,位于三户城之东。

咸丰十年(公元1860年)淅川厅抚民同知徐光第纂修的《淅川厅志》也记载:"范蠡,《史记注》云,楚三户人。三户城,即今城南於村保。"光绪三十一年(公元1905年)纂修的《淅川直隶厅乡土志》(台湾成文出版社1976年版)也记载:"范蠡,《史记注》云,三户人。三户者,今城南於村保也。"

4. 淅川滔河乡范凹村附近说。山东省菏泽定陶人王建新在其所著《春秋范蠡传》（中国书籍出版社 2018 年版）中写道："范蠡，字少伯，楚国宛地人（今河南省南阳市宛城区人，一说是河南省淅川县滔河人——原注）。"2020 年 6 月 30 日晚，笔者收到一位淅川朋友的微信留言，提供了一个新的信息："三户城遗址在淅川县滔河乡的范凹，范凹人一直说范蠡是当地人，地理位置也与史载淅川城南相符合。"滔河乡有大小范凹地名。

四说各有所据，需要更扎实、更仔细的考证和研究。之所以有此四说，考量起来，当有如下因素：

1. 逐水而居。丹江自淅川寺湾到大石桥，基本呈西北东南走向；自大石桥经老城、滔河，到马蹬、盛湾上半区，基本呈西东走向。自西到东，四地三户城都在楚国始都丹阳附近的丹江两岸，两在丹江北，两在丹江南，皆背山面水，可耕可渔，可教可训，可守可攻。

2. 因势迁建。楚国始都淅川丹阳 350 余年，或随着疆域的扩大，三户城由丹阳近畿不断外移；或因为受强秦的崛起造成的压迫，三户城逐步后迁；或因丹江大水河床摆动，南北叠置。

3. 功能转化。先楚早期的三户城可能相当于楚国王族、贵族子弟学校，更多地承担着教育子弟、训练王族、培育贤良的职责，其做法类似于范蠡、文种带到越国的"十年生聚十年教训"。楚国晚期，特别是战国后期，三户城很有可能更多地承担着护卫丹阳、保卫边关的职责。楚三户城属秦前，楚国设官职"三闾大夫"，屈原曾任之。《离骚序》曰："三闾之职，掌王族三姓，曰昭、屈、景，序其族谱，率其贤良，以厉国士。"或因三户城"朝秦暮楚"，不能再承担教化、培训之责，才于郢都设"三闾大夫"以赓续，亦未可知。当张仪所设"商於之地六百里"骗局破灭，以公元前 312 年丹阳之战为分野，三户城及其周边的商於地、丹淅地才最终属秦。

无论怎样,"三户"都应在今淅川境内。笔者更倾向于第一说,三户当在丹江与淇河交汇处。

二、三户城绝不可能在今之内乡、邓州境内或南阳宛城区。

内、邓之争范蠡,皆因两地历史上曾辖淅境,尚情有可原;宛城区距丹阳百余公里,春秋时尚系申、谢、西鄂之地,与丹阳何干?更难与三户城有牵涉。

金、元、明之间,淅川先后两次并入内乡县管辖。淅川县地方史志编纂委员会编纂、1990年河南人民出版社出版的《淅川县志》在卷首《大事记》中记载:

> 1470年(明成化六年),置淅川县(隶属邓州),治设马蹬。翌年迁建县城(距老城镇南3公里,1971年没于丹江口水库)。

此志记载,自此,淅川再无分置,且于1832年(道光十二年)、1905年(光绪三十一年)先后升格为淅川厅、淅川直隶厅,1913年淅川直隶厅改为淅川县至今。

此志卷一《建置·政区》章记载,淅川最早叫淅川县,在南北朝西魏时。在秦楚至唐宋间还分别设过丹水县、中乡县、析县、南乡县、顺阳县、淅阳、淅州等。

因为淅川与内乡有了明成化六年之前的那层关系,1693年(康熙三十二年)纂修的《内乡县志》也有关于范蠡及淅川顺阳范氏名流范晔、范缜的记载。该志《人物》卷第一条即:

"范蠡,字少伯,楚三户人。"

条下注解为："见《史记》注，杜预《左传注》曰，三户，今丹水县北三户亭。《括地志》曰，丹水故城在内乡县西南一百二十里。"

《内乡县志》并没有因淅川早已分置而不如实记录。

《内乡县志》的这两条注解太关键了。首先，三户即丹水县北三户亭！其次，丹水故城在内乡县西南一百二十里！

三户城就在丹水县，不在内乡本境，不在内乡东南的邓州，更不在内乡正东的南阳宛城区！而是在内乡县西南一百二十里的淅川境内。

丹水故城在哪里呢？

1990年河南人民出版社出版的《淅川县志》卷二十一《文物古迹》章中记载："丹水县城，位于今（淅川）大石桥乡柳家泉附近。秦昭襄王三十五年（公元前272年）置丹县于楚三户（即古鄀都商密），旋改为丹水县，属南阳郡。"

那么，三户、三户亭又在何处？该章亦有明确记载："三户亭，鄀都商密城址……战国后期属秦，遂改三户为三户亭，属商於邑。东汉桓帝时封河洵孝王子博为三户侯，即此。"

该章还记载，古鄀国都城商密，"位于今大石桥乡柳家泉附近，春秋前期为鄀国都城，春秋后期到战国前期为楚三户。战国后期属秦，名三户亭，属商於。"位于内乡县西南的淅川大石桥乡与内乡县城的距离，大约也就是一百二十里。

因此，楚三户与南阳其他县市区毫无瓜葛。

三、淅川楚三户与楚宛三户之辨

先看关于楚三户的记载：

西汉司马迁《史记·项羽本纪》记载："夫秦灭六国，楚最无罪。自怀王入秦不反，楚人怜之至今，故楚南公曰'楚虽三户，亡秦必楚'也。"

康熙三十二年（公元1693年）纂修的《内乡县志》《人物》卷第一条记载十分明确："范蠡，字少伯，楚三户人。"

咸丰十年（公元1860年）淅川厅抚民同知徐光第纂修的《淅川厅志》记载："范蠡，《史记注》云，楚三户人。三户城，即今城南於村保。"

1976年台湾成文出版社出版的北京图书馆藏光绪三十一年（公元1905年）纂修的《淅川直隶厅乡土志》记载："范蠡，《史记注》云，三户人。三户者，今城南於村保也。"

再看关于楚宛三户的记载：

唐张守节为《史记》正义时引用了《吴越春秋》的记载："《吴越春秋》云：蠡字少伯，乃楚宛三户人也。"

还有一种不确定的说法：

康熙二十八年（公元1689年）淅川知县郭治编修、咸丰八年抚民同知王官亮重刊的《淅川县志》卷四《人物》的记载，似比较客观："范蠡，《史记注》云，三户人，似在淅。而《通志》则宛人，想别有据。今仍旧志。"

要厘清楚三户与楚宛三户，得先搞明白宛及其周边与楚、秦、韩三国的关系。

楚国早期定都淅川丹阳时，不过子男之爵，地方狭小，很难与周边诸侯争锋。《左传·宣公十二年》说楚人是"筚路蓝缕，以启山林"。早期的楚三户和宛沾不上边儿。

经过300余年的休养生息，楚国日渐强盛。迨楚文王迁都湖北纪南城郢都后，楚国庄王时方有问鼎中原之志，兼并江汉诸姬之举。

至战国后期，以秦楚丹阳之战、蓝田之战为分水岭，楚三户及其商於地完全落入强秦之手。楚国也就此开始走下坡路，进入了屡和屡战、屡战屡败，直至灭国的怪圈。

北宋司马光在《资治通鉴·周纪》（岳麓书社 1990 年版）中，多次写到周赧王、楚怀王、楚襄王时期秦楚及诸侯之间的几次军事行动和会盟事件：

1. 周赧王三年（公元前 312 年），"春，秦师及楚战于丹阳，楚师大败，斩甲士八万……楚王悉发国内兵袭秦，战于蓝田，楚师大败。韩、魏闻楚之困，南袭楚，至邓。楚人闻之，乃引兵归，割两城以请平于秦。"韩国、魏国乘人之危，打到了今河南邓州。

2. 周赧王十一年（公元前 304 年），"秦王、楚王盟于黄棘。"黄棘在今河南新野县东北，与宛尚有一段距离。

3. 周赧王十四年（公元前 301 年），"秦庶长奂会韩、魏、齐兵伐楚，败其师于重丘，杀其将唐昧，遂取重丘。"秦、韩、魏、齐四国伐楚，攻取今河南泌阳东北之重丘。泌阳位于宛之东，中隔唐河。

4. 周赧王十五年（公元前 300 年），"秦华阳君伐楚，大破楚师，斩首三万，杀其将景缺，取楚襄城。楚王恐，使太子为质于齐以请平。"襄城即今河南襄城县。

5. 周赧王十六年（公元前 299 年），"秦人伐楚，取八城。"

6. 周赧王十七年（公元前 298 年），"秦王怒，发兵出武关击楚，斩首五万，取十六城。"

7. 周赧王二十二年（公元前 293 年），楚王（襄王）"乃复与秦和亲"。

8. 周赧王二十四年（公元前 291 年），"秦伐韩，拔宛。"

最后这条记录说明，在周赧王二十四年前，宛属韩国之地，此时方归秦。与楚无牵涉。

则《吴越春秋》所说范蠡"乃楚宛三户人"就是一个伪命题。

那么，《吴越春秋》为什么要这样说呢？毕竟宛城位于秦、楚、韩之间，笼统言之，先为韩，后为秦，说韩宛、秦宛亦未尝不可。

文种与范蠡密谋后相约奔越的时间，《范蠡大传》《吴越春秋全译》都说是在公元前494年。

时间清楚了，但两人密谋的地点在哪里？有人说，文种时为宛令，两人在南阳相会。

公元前469年，越王勾践递剑给文种命其自杀时，文种叹曰："南阳之宰而为越王之擒。"《吴越春秋全译》的译注者张觉则如此注解：

南阳，当作"南郢"。《文选·豪士赋序》"文子怀忠敬而啮剑"（指文种被勾践勒令其自杀事——作者注）注："《吴越春秋》曰：'文种者，本楚南郢人也。姓文，字子禽。'"是其证。南郢，即楚都郢，在今湖北荆州北纪南城。因其地处中国南方，所以又称"南郢"。

这条注解如拨云雾见青天，有力地驳斥了所谓的"宛城说"（抑或说，范蠡很有可能先后数次分别在宛、郢与文种就奔越事密谋过）。

再来看看《南阳府志》关于三十里屯的标记。

康熙三十三年（公元1694年），古虞（山西平陆）人、知南阳府事加一级朱璘纂辑了《南阳府志》。这套《南阳府志》共分六卷，分别是：舆地、建置、赋役、官师、人物、艺文。该志在朱璘所作的序言之后，附有南阳府及其所辖州县地图，依次是舞阳县、桐柏县、叶县、泌阳县、裕州（方城）、唐县（唐河）、南阳县、南召县、新野县、镇平县、内乡县、邓州、淅川县。

请注意，《南阳府志》所附的南阳县地图，城南标有"三十里屯"这个地名。

近年持南阳"宛城说"，进而把南阳宛城区黄台岗镇"三十里屯"更名为"范蠡村"的诸君请看,这里历史上根本就不叫"范蠡村",更不叫"三户"或"三户城"。这种随意更名的做法是不是穿凿附会,张冠李戴?

《南阳府志·卷之五·人物志》的卷首写道:

> 南阳为古申谢国,自周及汉,代有英贤。光武起兵舂陵,当时从龙诸公半出于宛。嗣后,名卿硕彦相接矣。夫国有史,郡有志,志其地必志其人。惟历代建置沿革,随时变迁,有以一地而迭为郡县者,有因分并而数易其名者,故邑乘所志人物,多有雷同。余取旧志而参订之,博考群书,披览舆图,端以我朝版籍之制为准,援古证今,俾前贤之氏族里居,有截然不可移者,流寓、仙释、节烈皆同此例。

此小序后,该志先记周代人物,其后第一位为百里奚,第二位即范蠡:

> 范蠡,字少伯,南阳三户人,游越。有计然者,葵丘濮上人,姓辛氏,字文子,其先晋国亡公子也。蠡师事之。同事越王勾践。越王困于会稽之上,乃用范蠡、计然,遂报强吴,观兵中国,号称五霸。蠡既雪会稽之耻,乃喟然而叹曰:计然之策七,越用其五而得意,既已施用于国,吾欲用之家。乃乘扁舟浮于江湖,变名易姓,适齐为鸱夷子皮。之陶,为朱公。朱公以为陶天下之中,诸侯四通货物所交易也。乃治产积居,与时逐而不责于人,择人而任。十九年之中,三致千金,再分散于贫,交疏昆弟。此所谓富好行其德者也。后年衰老而听子孙,子孙修业而息之,遂至巨万。故言富者,皆称陶朱公。

文末附有按语:

按《史记注》，范蠡，楚三户人。《一统志》：三户城在内乡县西南（此指内乡曾辖淅川之谓也——笔者注）。又南阳之界冢，俗传为范蠡故里，居民庙祠之。意先后所居之不同欤？故从旧志。

这段按语很关键，有这几层意思：

1. 点明据《史记注》，范蠡是"楚三户人"，非目下"宛城说"的"宛三户"；

2.《一统志》记载，三户城在内乡县西南，此指淅川曾为内乡所辖；

3. 南阳附近有地名叫界冢，民间传说是范蠡故里。界冢即今南阳宛城区瓦店镇界中村，非南阳宛城区黄台岗镇三十里屯村；

4. 加这段按语的《南阳府志》编修者还是很客观的，文中有这样一个疑问句："意先后所居之不同欤？"他难以断定谁是谁非，只能"从旧志"，范蠡可能先后居于淅川三户城和南阳界冢。

这也就表明，三十里屯村和范蠡故里并无关联。

四、淅川顺阳范氏一脉为范蠡故里再添佐证

生于淅川三户城的范蠡及其后生活在丹阳川、顺阳川的范氏俊杰，诸如范晔、范缜、范传正等，都像陶匠范工一样，在追求峭拔、完美的人生价值，并因此成为文明典范、人文模范。

范蠡又名陶朱公，他是不是在以此向自己制陶作范的先祖和造福淅川的丹朱致敬呢？

范蠡为淅川顺阳范氏之先祖。这一公论，也在淅川相关志书上得到佐证。

淅川自楚、秦设县，到清中后期升格为厅、直隶厅，到民国二年（公元

1913 年）复为淅川县，历史悠久，人文鼎盛，不曾断绝。

现在能查到的淅川志书有：

康熙二十八年（公元 1689 年）淅川知县、江西吉安县人郭治编修，康熙二十九年刊，咸丰八年（公元 1858 年）淅川知县、浙江会稽人王官亮重刊的《淅川县志》；

咸丰十年（公元 1860 年）淅川厅抚民同知徐光第纂修的《淅川厅志》；

光绪三十一年（公元 1905 年）纂修的《淅川直隶厅乡土志》；

淅川县地方史志编纂委员会编纂、1990 年河南人民出版社出版的《淅川县志》等。

这些志书均记载有范蠡及其后裔。如咸丰八年（公元 1858 年）淅川知县、浙江会稽人王官亮在重刊的《淅川县志·序》中指出：

"……必有峰峦之异，瀁洄之神，钟毓之人，吾乡（淅川）至今称范大夫不辍。尝读《后汉书》，见蔚宗（范晔）史材，而知泰（范泰）、宁（范宁）辈之训其后裔……此二大家，皆产自顺阳（淅川县李官桥镇、埠口街一带，今淅川香花镇、仓房镇之间，上世纪 70 年代初没入丹江口水库）。范冢今犹在淅川之境内。"

范蠡及其后代当先居于淅川三户城。随着公元前 312 年爆发秦楚丹阳之战、蓝田之战，大败后的楚国彻底失去商於之地和三户城，其后裔必定沿丹江而下，迁至顺阳川，并繁衍生息，成为淅川望族。

1976 年台湾成文出版社出版的北京图书馆藏光绪三十一年（公元 1905 年）纂修的《淅川直隶厅乡土志·氏族录》记载了范氏源流：

"淅川自古颇多名望……范氏，春秋时，范蠡仕越，为大夫。自是以降，代有达人，六朝最为鼎盛。今其后裔，内乡、淅川所在皆有，然多式微矣。"

接着记录了与范蠡有关的两个姓氏："鸱夷氏，范蠡更号鸱夷子皮，今境内无此姓；计氏，春秋时有计然，为范蠡师，本姓辛，其先晋亡公子也。今学堂肄业者，尚有此姓。"

淅川顺阳范氏代有人杰。咸丰十年（公元1860年）淅川厅抚民同知徐光第纂修的《淅川厅志·人物志》记载了包括范蠡在内的淅川顺阳范氏名人：

"周（朝），范蠡，《史记》注云，楚三户人。三户城即今城南淤（於）村保。"

"晋（朝），范晷，字彦长，顺阳人。元康初为河内郡丞。"后历任侍御史、太守、左将军。

"晋（朝），范广，字仲将，晷之子。"曾任堂邑令。

"晋（朝），范汪，字元平……博学多通，善谈名理。"历任东阳太守和徐、兖二州刺史，著有《荆州记》。

"晋（朝），范宁，字武子。少笃学，多所通览。"历任余杭令、临淮太守、豫章太守，著有《集解春秋谷梁氏》。

"晋（朝），范宏之，字长文，汪之孙。"袭爵武兴侯，曾任余杭令。

"刘宋（朝），范泰，字伯伦，顺阳人也，祖汪父宁。"历任东阳太守、侍中、左光禄大夫。

"刘宋（朝），范晔，字蔚宗，泰四子。少好学，博涉经史，善为文章，兼能隶书，晓音律。召为秘书丞，左迁，不得志，乃删众家《后汉书》，著为一家之作，与班固前史（《汉书》）相辉映。"

其他顺阳俊杰尚有刘宋范璩，后齐尚书左丞范缜（著有《无神论》），后梁范云，后周范迪，唐宪宗进士、曾任集贤殿校书郎、监察御史、宣歙观察使、光禄卿、诗人范传正，唐善书赋的范允祖，等等。

试问，如此传承有序、人才辈出的顺阳范氏，其他地方能以"争"而得之吗？

陟岵先生与《诗经·魏风·陟岵》

忽然想到自己前段时间在一个场合说过,《诗经·魏风·陟岵》可能采自楚地淅川,也听到淅川的一些朋友有同样的表述,其最直接的证据就是淅川县境内的丹江和鹳河交汇处有一座高大的岵山,且山下就是楚国始都丹阳所在地,更是战国后期秦楚反复争夺交战的战略要地,最著名的战役当属秦楚丹阳之战,楚国以被斩首八万而惨败。

《陟岵》一诗收在《魏风》中,且岵字一般解释为多草木之山,心中又惴惴不能断。但试想之,魏国人会不会听命于周王朝,或者为强秦所迫,到秦楚交界地服役、守边呢?否则,诗中传达的父母、兄长和远在他乡服役人的内心交流怎么会如此真挚和伤痛呢?

近日读到清光绪年间编纂的《淅川直隶厅乡土志》,其卷四《耆旧》中有一段文字:"周(朝),陟岵先生,析(淅)人,姓邦,不知名字,博学笃志,隐居岵山之阳,终身不仕。《诗》(《诗经》)《陟岵》篇,即其所作也。"

看了大吃一惊，莫非清人，或者说100多年前的淅川人，就认为《魏风·陟岵》是采自淅川，且是淅川的邦先生所作？

战争与徭役一为二，二为一，有区别也有关联。战争与徭役在《诗经》中一般被称为"王事"："王事靡盬，不能艺稷黍。"（《唐风·鸨羽》）"王事靡盬，忧我父母。"（《小雅·北山》）"王事多难，维其棘矣。"（《小雅·出车》）王事是国家大事，百姓必须付出。所以《左传》说："国之大事，在祀与戎。"戎即战争，即军事行动。《孙子兵法》亦云："兵者，国之大事，死生之地，存亡之道，不可不察也。"

王朝、王室无偿征调百姓所从事的劳务活动，皆称为徭役，包括力役、兵役、杂役等。《礼记·王制》中有关于周代征发徭役的规定。《孟子》则有"力役之征"的记载。秦、汉有更卒、正卒、戍卒等役。

很多国家行动是战争和徭役交杂的。《小雅·出车》《邶风·击鼓》等战争诗也写到了徭役。《出车》中写到在北方边关修筑城堡。《击鼓》中写到在漕地，在滑县修筑城池。繁重的徭役、频繁的战争致使田园荒芜，家破人亡，老百姓怨声载道。

以战争与徭役为主要题材的诗称为战争徭役诗。这类诗在《诗经》中大概有30首，其中就包括《魏风·陟岵》。原诗如下：

陟彼岵兮，瞻望父兮。

父曰：嗟！予子行役，夙夜无已。

上慎旃哉！犹来无止！

陟彼屺兮，瞻望母兮。

母曰：嗟！予季行役，夙夜无寐。

上慎旃哉！犹来无弃！

陟彼冈兮，瞻望兄兮。
兄曰：嗟！予弟行役，夙夜必偕。
上慎旃哉！犹来无死！

试译如下：

登上草木茂盛的高山啊，

我把老父遥望。

我的爹爹（是不是在）说：

哎呀，我的儿在外服役，

日夜不能休息。

你可要小心在意，

不要滞留他乡！

登上光秃秃的大山啊，

我把老娘遥望。

我的妈妈（是不是在）说：

哎呀，我的老四在外服役，

日夜不能休息。

你可要好好活着，

不要忘了老娘！

登上高高的山岗啊，

我把兄长遥望。

我的哥哥（是不是在）说：

哎呀，我的弟弟在外服役，

日夜不能休息。

你可要注意身体，

不要客死他乡！

（2020年6月16日，记于郑东楚居堂）

楚三大姓：屈、景、昭，人才辈出

楚三户既指楚三户城（在今河南淅川境内），更指曾居其中的王族三姓先祖。《史记·项羽本纪》记载："夫秦灭六国，楚最无罪。自怀王入秦不反，楚人怜之至今，故楚南公曰'楚虽三户，亡秦必楚'也。"三国时期吴国史学家韦昭认为："三户，楚三大姓，昭、屈、景也。"

楚国八百年，屈、景、昭三姓屡出令尹、大夫、将军、诗人。

屈氏很古老。《史记·楚世家》记载："熊绎当周成王之时，举文、武勤劳之后嗣，而封熊绎于楚蛮，封以子男之田，姓芈氏，居丹阳。"与熊绎同时代的屈氏名人叫屈紃，见于清华简《楚居》："至酓绎与屈紃，使鄀嗌卜，徙于夷屯。"

能与熊绎一起让鄀国人为楚国占卜都于夷屯（丹阳），屈紃当是熊绎身边的重臣。

《左传·僖公二十五年》写到过息公屈御寇。时在公元前635年，屈御寇与申公、大司马斗克一起奉楚王命，到商密（今河南淅川大石桥乡境内）帮助鄀国抗击晋军的侵袭：秋，秦、晋伐鄀。楚斗克、屈御寇以申、息之师戍商密。

楚康王（？—公元前545年）时，楚国大夫屈到（字子夕），平生爱吃菱角。《国语·楚语》记载："屈到嗜芰，有疾，召其宗老而属之，曰：'祭我必以芰。'"

但屈到去世后，其子屈建（字子木）以干犯国家祭典，而不用菱角作祭品。屈建何许人也？时为楚康王令尹，所以很坚持原则。

《史记·楚世家》记载，楚惠王八年，楚平王太子建之子白公胜作乱，欲杀惠王，身为惠王从者的屈固背负惠王逃离，并协助惠王复位。

丹阳之战中，参战的楚军主帅叫屈匄。公元前313年，秦国为拆散齐、楚联盟，派张仪入楚，以商於之地六百里为饵，使楚齐绝交。楚使者向秦索地，张仪只言以自己封邑六里相赠。次年，楚怀王命屈匄率师伐秦，战于岐山下丹阳。《史记·楚世家》记载："十七年春，与秦战丹阳，秦大败我军，斩甲士八万，虏我大将军屈匄、裨将军逢侯丑等七十余人，遂取汉中之郡。"

曾任楚怀王左徒的屈原因之赋《国殇》。据著名学者钱穆研究，诗人屈原首放汉北之地时，任三闾大夫之职。东汉文学家王逸在《楚辞章句》中写道："三闾之职，掌王族三姓，曰昭、屈、景。序其谱属，率其贤良，以厉国士。入则与王图议政事，决定嫌疑；出则监察群下，应对诸侯。谋行职修，王甚珍之。"但任凭屈原如何尽瘁于国是，也终因受谗而再次流放，直至沉水而死。

景氏人才济济。相传景氏出自楚平王（？—公元前516年）。先后诞生了令尹子西、子国、景鲤，大司马景舍，柱国、将军景翠、景伯，诗人景差等一批人杰。

譬如，楚悼哲王时期的将军景之贾。清华简《系年》第二十三章记载：

> 悼哲王即位，郑人侵榆关，阳城桓定君率榆关之师与上国之师以交之，与之战于桂陵，楚师无功，景之贾与舒子共止而死。明岁，晋董余率晋师与郑师以入王子定。

另有《史记·楚世家》所载的楚怀王时战死沙场的将军景缺："二十九年，秦复攻楚，大破楚，楚军死者二万，杀我将军景缺。"

但景氏后人仍有为楚国将军者。《史记·楚世家》记载，楚考烈王时还有将军景阳："六年，秦围邯郸，赵告急楚，楚遣将军景阳救赵。七年，至新中，秦兵去。"

《史记·楚世家》记载，33年后的楚王负刍五年，亦即公元前223年："秦将王翦、蒙武遂破楚国，虏楚王负刍，灭楚名为郡云。"

昭即后世之邵。早在商初，有黄帝部落居于河南鄢城之召陵，史称召方。因商王武丁屡伐之，西移渭河、泾水间陕西凤翔之召陈。周初，有大臣曰召康公，因食邑于召陈，始称召公或召伯。及武王灭商，移封召国于河南济源西之召亭，是为北召。武王薨，成王幼弱，周公姬旦、召公姬奭分陕而治，召公行甘棠之治，施惠于民，故被尊为邵氏得姓始祖。未几，召公姬奭之长子转封北燕，次子留于济源仍称召公，三子南迁伏牛山东南麓，以别北召而名南召。春秋时，南召为楚所并，北召为秦所灭，召之子孙因之流播九州。

召、昭，通邵。其实，楚国也有邵氏一脉。《史记》载，楚昭王（约公元前523年—前489年）之后有邵姓，楚昭王诸器和清华简《楚居》皆作"邵"，堪为证。

楚昭王的儿子叫子良，芈姓，昭氏，又称邵子良，曾任平夜（今河南驻马店平舆、新蔡一带）君。子良的儿子成继任平夜君，成之墓位于河南省新蔡李桥镇葛陵村之葛陵故城。1994年8月经文物工作者发掘，出土战国中期楚简1500余枚，系以楚国文字书写的卜筮祭祷记录和遣策赗书。该墓所出葛陵简、湖北随州曾侯乙墓出土文物及其他史料都有这对父子的相关记载，其后代为昭氏（邵氏）。《左传·哀公十七年》记载："王与叶公枚卜子良，以为令尹。沈尹朱曰：'吉，过于其志。'叶公曰：'王子而相国，过将何为？'他日，改卜子国而使为令尹。"

《史记·楚世家》记载，楚怀王（约公元前355年—前296年）元年，柱国昭阳"相楚而伐魏，破军杀将"，"得八邑"；大夫昭雎于楚怀王二十一年前后，为怀王谋划"不合秦，而合齐以善韩"。楚怀王三十年，昭雎还劝阻怀王不要落入秦昭王的圈套："昭雎曰：'王毋行，而发兵自守耳。秦虎狼，不可信，有并诸侯之心。'怀王子子兰劝王行，曰：'奈何绝秦之欢心？'于是往会秦昭王……秦因留之。"

昭雎后人昭子曾为顷襄王时楚相。

终楚国八百载，历代三户俊杰不可不谓忠，不可不谓勇，不可不谓智，堪为楚国栋梁，虽难挽亡国之运，也为后人称颂，并有亿万子孙繁衍至今。

（2020年9月9日，记于郑东楚居堂）

屈原北放记

> 有鸟自南兮,
>
> 来集汉北。
>
> ——屈原《抽思》

这是一只什么鸟?

凤凰也。

这只鸟还有一个名字,叫屈原。

那就是我,屈原。

即便时光流转到 2330 年后,我还是我。

我是唯一的"这一个"。

我记得,那应该是一个秋日的午后。

好细腰的怀王言犹在耳:走吧,去咱们的老家看看,去转转。正所谓眼不见心不烦，你我的君臣之义还在，否则……

否则之后的话，怀王没往下说，就被令尹子兰的笑声打断了。子兰和靳尚的笑有点儿阴险，有点儿得意，但很收敛。

他们最希望看到的结果出现了，左徒变成了三闾大夫，马上就要回到楚国先祖披荆斩棘，开疆拓土300余年，如今被强秦洗劫过，被八万楚国将士的鲜血浸染过的丹阳去了。闾者，门户也。三闾大夫这个职务多好啊。咱丹阳老家不正好有三户城吗？去巡边，去旅游，去看好三户城，你屈原多得劲啊！哈哈！

这些话，子兰是不会说出口的，但我能从他们的笑声里听到，子兰把这些话在心里边说了不下三遍。

所以站在郢都北门，我因此揽辔停了三秒：这就走了吗？

我之所以在这一天走出郢都，那是因为，自古秋日多寂寥，天高云淡，落叶萧瑟，最适合诗人被放逐。

虽然，周王朝已经开始施行秋决之法，但怀王绝不会因为我犯言直谏，发威动怒，更不会因为子兰的谗言，就判我死刑。

更何况，毕竟我罪不至死，毕竟我是楚国三大贵族之首屈氏之后，而且还是一个诗人！诗人啊，你要杀了他，那还了得！怀王很清楚，躲在洛阳王城的周王和他的追随者们，比如孔子之流，都很瞧不起南蛮鴃舌之人，尽管他们已经礼崩乐坏，却在《诗经》里很少收录楚风之作。一旦杀了我，后人一定会说，楚无材，楚滥杀！

王，总是仁慈的啊！

王，更不想落千古骂名！

2330年后，我的灵魂回到长江边的纪南城。一道土岗之下，萋萋荒草之上，似乎还飘荡着昔日的历史烟云。

白起，锋镝，硝烟弥漫，楚不再楚。

我从汉北之地归来，接着沉于汨罗之水。

我已经记不清自己是什么时候到丹阳的，但我很清楚丹阳（你们现在叫河南淅川县）是楚始都之地。我的祖先虽然跟着周武王伐商，却只得子男之田，方圆不足百里。但是周王和楚王都错了，放之于丹水，必然和丹朱一样，有所为，有所不为。

一眨眼，300年过去，强秦更强，我的先祖不得不离开丹江，跨越汉江，到长江。

一眨眼，怀王不搭理我，把我的话当耳旁风，竟然出武关，与秦会盟。他不明白，黄棘会盟之后，秦已不是原来的秦，楚已不是原来的楚。韩、魏、齐都开始跟着秦走，蚕食我大楚疆域。

关于此时此刻，后来的《史记·楚世家》如是记载："二十五年，怀王入与秦昭王盟，约于黄棘。"黄棘会盟后，"秦复与楚上庸"。怀王甘心投入秦的怀抱后，就把反对与秦"会盟"的我流放到汉北。

我写《悲回风》："借光景以往来兮，施黄棘之枉策。"据说多年后，洪兴祖《补注》曰："初，怀王二十五年入与秦昭王盟于黄棘，其后为秦所欺，卒客死于秦。今顷襄信任奸回，将至亡国，是复施行黄棘之枉策也。"可见"黄棘会盟"对于楚国和我都是一大损害。

你们现当代的《楚辞》研究者孙作云先生说："屈原在楚怀王时代之被放，我以为是在楚怀王二十五年，公元前304年，楚秦黄棘之会之时。屈原反对这次投降的而且又是十分危险的，其后果不堪设想的盟会，所以才招致了放逐。"

这个老孙不孬啊。

我被放逐何地？汉水之北。后世的很多学者都认为，我在怀王时被流放汉北。汉北在何处呢？希望你们以《史记》所载为准。

《楚世家》记载："（顷襄王）十九年（公元前280年），秦伐楚，楚军败，割上庸、汉北地予秦。"

有人说，上庸、汉北相连，都在我楚国北部靠近秦国之地（原为我楚国土地，后被秦人夺去）。上庸在汉水西南，今竹溪、房县一带，再向东北过汉水为汉北，即今襄樊东北一带。

但近年，湖北老河口、十堰、郧阳一些文化学者研究认为，汉北之地可能更远及原均州今十堰辖区。诗人林庚先生也说："从宜城再往北走，不远就到了汉北……从汉北再走过去便可以到韩国、魏国、齐国去。"

孙作云先生又说："放逐"就是驱逐出都，不许与闻国事。屈原被迫出都后的流浪地点，是汉北，即今湖北北部襄阳及河南西南部内乡、西峡一带。这一带地方统统叫作"汉北"。今河南西南部西峡县有"屈原岗"，孙作云认为，因屈原曾至此地，故有此名。

但一些学者认为，孙作云先生的"汉北"之地范围太大，并举例：《楚世家》曰："顷襄王横元年，秦要怀王不可得地，楚立王以应秦，秦昭王怒，发兵出武关攻楚，大败楚军，斩首五万，取析十五城而去。"按此处之记载，"河南西南部内乡、西峡一带"属"析十五城"地域，不属"汉北"。并说是我曾经到达之地，不等于是我流放之地。

我怎么也想不到，我之后的2300年，还给你们添这么多的学术麻烦。

我在此郑重声明，鄂西北、豫西南就是我首次流放之地。

我写过的诗句你们忘了吗？

    有鸟自南兮，来集汉北……狂顾南行，聊以娱心兮。

你们都错了。我被流放汉北之地三年有余,鄂西北、豫西南我都走过啊。

出了郢都,我当然过荆门,经襄阳,入均州、郧县、邓州、淅川、内乡、西峡……

那是我先祖开发之地,我为什么不能去?怀王可以放逐我,但他绝对不可能一天到晚监视我走到哪里,在哪里写诗,在哪里吃饭,在哪里睡觉。即便我过沧浪之水,他依然和细腰们在歌之舞之。而我只能与渔夫对话:

渔父见而问之曰:子非三闾大夫与?何故而至于斯?屈原曰:举世皆浊我独清,众人皆醉我独醒,是以见放……渔父莞尔而笑,鼓枻而去,歌曰:沧浪之水清兮,可以濯吾缨;沧浪之水浊兮,可以濯吾足。(《楚辞补注》)

我怎么也想不到,孟子也在《孟子·离娄上》说:"孺子歌曰:'沧浪之水清兮,可以濯我缨,沧浪之水浊兮,可以濯我足。'孔子曰:'小子听之,清斯濯缨,浊斯濯足,自取之也。'"

孔孟都不理解我啊。他们更不知道,我是如何跨越沧浪之水到丹阳的。

河南南阳淅川县,近年因南水北调中线渠首、重要水源地及移民精神而闻名于世。其实,淅川(丹阳)作为我楚人披荆斩棘,且建都300余年的楚国始都,更与诗人诗歌渊源颇深。

我可以算一个吧?

我的《国殇》即作于淅川。

自远古始,丹江交通便捷,两岸土地肥沃。我的先祖自中原南下后,就把包括丹阳川、板桥川、顺阳川在内的淅川(丹阳)作为开国兴业的首选之地,定都丹阳,在此立国300多年。直到公元前700年左右,我王才将都城迁于湖北郢都。

即便如此，我楚国众多贵族死后仍然归葬丹阳。你们这些年，在淅川境内发掘的多座楚国贵族墓以及楚国边城三户城遗址，先后出土了王子午鼎、编钟、铜禁等大批精美文物，那都是我老祖先所遗啊。

这一年，这一天，我离开鄂西北，到了丹阳。我看见了丹江，看见了一座大山——岵山。据说如今山下一村，仍叫岵山铺。

写岵山，我不是第一人。最早写到岵山的是《诗经·魏风·陟岵》："陟彼岵兮，瞻望父兮。父曰：嗟！予子行役，夙夜无已。上慎旃哉，犹来无止……"服兵役的男孩可怜啊，对父母和兄长的思念之情无以言表。

时过境迁，淅川岵山一带已是秦楚及其他诸侯的争夺要地。

公元前312年，秦楚丹阳之战，就发生在丹江及其支流鹳河交汇处、岵山之下的河谷平川。

我知道战争的起因。秦相张仪入楚见我楚怀王，许割地六百里于楚国，条件是楚与齐断交。当楚与齐绝交并要秦国兑现承诺时，张仪却称，他答应给楚国的只是六里土地。你说说，我王能咽下这口气吗？是可忍孰不可忍。

秦楚丹阳之战因此爆发。

楚惨败，问鼎中原的雄心破碎了，我不平啊。司马迁在《史记·屈原贾生列传》说："王怒而疏屈原。"

疏离我，就是疏离诗歌啊。

公元前298年，秦又发兵出武关，败我楚师，攻取析邑（今内乡、淅川、西峡一带）等16城。我还是傻傻的，心系怀王，写了《离骚》。

我知道，楚辞是我的命，诗歌是我的魂。我徘徊复徘徊，岵山为之垂首，丹江为之呜咽，我只能写《国殇》：

> 操吴戈兮被犀甲，车错毂兮短兵接；旌蔽日兮敌若云，矢交坠兮士争先……诚既勇兮又以武，终刚强兮不可凌；身既死兮神以灵，魂魄毅兮为鬼雄。

我大楚的八万将士啊！楚举国之殇，竟然说我之过。在备受指责和诽谤之下，我左徒被贬为三闾大夫。

我从荆州出发北上，途经襄阳、老河口、郧县、邓州，最终抵达流放的目的地——淅川、西峡一带。据说现在的西峡县，还有因我劝谏楚王扣马回车而得名的回车镇、屈原岗。到汉朝，人们还在屈原岗上给我修了一座屈原祠。

我的小老乡、南朝范晔在《后汉书·延笃传》中写道："延笃，字叔坚，南阳犨人也。"延笃于桓帝时先后任议郎、侍中、京兆尹，"其政用宽仁，忧恤民黎"，"后遭党事禁锢，卒于家。乡里图其形于屈原之庙"。生年不详，卒于汉桓帝永康元年。永康（公元167年六至十二月）是东汉桓帝刘志的第七个年号。

我哪里认识东汉的延笃啊，我却因延笃而存于宛西人记忆里。

我到底是哪里人？如果从熊氏先祖说起，我是河南人，南阳人，淅川人。

但到东晋，人们把我说成了秭归人。

确切地说，我和老子一样是楚国人，不过我出生在郢都，我是长江边长大的人。

在这里，我有必要说一下，楚国始都丹阳究竟在哪儿。你们学术界说来说去，主要有当涂说、秭归说、枝江说、丹淅说等，但现在公认的是丹淅说。我的小老乡、淅川县文联的田野先生说：一是公认的地望。古时候，山南为阳，水北为阳，丹阳，顾名思义，就是丹水之北。丹水就是丹江。而丹江只有淅川境内的大石桥至小三峡段为东西走向，符合"丹水之阳"的地望。二是公认的文献。史学家白寿彝主编的《中国通史》是目前学术界公认的正史。在《中国通史》第三卷第1007页第一段："（丹阳）位于今陕西、河南和湖北三省交界之处。丹水与淅水合流，进入汉江上游，与荆山山脉连成一片。"这个丹水与淅水交汇的地方现在隶属河南省淅川县老城镇杨山村，其具体遗址名叫双河镇，已经在1971年丹江口水库蓄水后被丹江水淹没。

我之所以引用田野先生的考证，只是想证明，屈氏作为楚国三大姓（司马迁也说，楚虽三姓，亡秦必楚）之一，寻根必到淅川。继续引用田野的考证：第一，屈邑册封时间和楚国疆域范围佐证了屈邑在淅川。楚武王是楚国第十七代君王，名熊通，公元前740年登基，在位51年，是楚国在位时间第二长的君王，仅次于楚惠王（在位57年）。在楚武王登基前，也就是公元前740年前，楚国的疆域面积很小，《史记》记载，楚国"土不过同"。"同"为春秋时期的计量单位，100里为1同。也就是说，那时候，楚国的疆土面积方圆不超过100里，大致在现在淅川的老城、滔河、大石桥、荆紫关、马蹬、盛湾、上集、香花等地，可能包括与淅川相邻的郧阳部分地方。楚国是自楚武王以后才大范围扩展疆土的。屈邑是楚武王登基后封给屈瑕的封地，屈瑕在得到封地后才改姓为"屈"姓。不可能提前多久，也不可能推后多久。因为，楚武王给屈瑕的官职是"莫敖"。"莫敖"是一个仅次于令尹的军事指挥官职，相当于现在的元帅级别。在此后楚武王南征北战的战役中，屈瑕每次都是主帅，并且从《史记》等史书记载来看，在征战中，屈瑕这个名字已经在使用。由此可见，屈邑就在淅川境内，且距离丹阳不远。

所以，我的老家不可能在西峡，更不可能在郧阳，而是在淅川。但的确，我到过西峡，甚至更远的地方。

何以为证？我听说，你们有人查到了地方志的记载。

明嘉靖《南阳府志》说：内乡县有屈原岗（在今西峡县）——三闾大夫扣马谏怀王。明嘉靖《南阳府志》是明代时任南阳知府杨应奎于嘉靖七年（公元1528年）纂修。明代淅川籍诗人李蓘（公元1531年—1609年）在《屈原岗》一诗里写道："灵修何到此，古迹问应难。试向高岗想，将无是屈原。"

清康熙《内乡县志》卷一曰："屈原岗在（内乡）县北六十里，昔楚怀王兴师伐秦，为秦兵所击，败北归楚至此地，追念屈原亟呼之，后人因以名其地。盖《史记》所载大破楚师于丹析时也。"

据查，内乡、淅川、西峡原本为一地。清内乡县知事邱铭勋于清宣统三年（公元1911年）撰写屈原岗碑文：

古中乡之北有霄山焉，迤西而东见。夫土脉崇隆，丘陵矗岇，蜿蜒横亘，为秦楚往来通衢。土人告余曰："此屈原岗也。"夫屈原历今几千百年矣！当时仕楚为三闾大夫，陈谏怀王，不听其言，忧郁而去。其后，楚为秦击，败北而归，道经此岗，浩然长叹曰："使用三闾大夫言，当无今日！"此只片时愧悔耳，遑计后人之崇之，慕之，为之名岗哉！然士君子不得志于时，游历所及，或登高以抒啸，或临流以写怀，好事者每抚其遗迹，表章阐扬，一寄高山景仰之慕，况屈原之进谏王前，忠忱如揭者钦！又尝见天壤间通都大邑多藉贤豪，以为之生色，往往一人一事，其名迹有数处，大都作传记者，遇庸流必略而不述，遇名流则争书以为己光；即偶而钓游之所，犹将附会之，以慕高躅，而托其遐想。如县南有富春山，相传为严子陵垂钓处；考诸浙东又有富春山，子陵钓台亦存焉。时更世易，皆恍惚渺茫，不可穷诘，然人犹乐道之不置。若是岗也，迺以尔时追忆亟呼屈原者，再而后之人因重其人，遂名其地至今。

使登临此岗者，犹若耳有所闻而心有所感，肃然穆然，怡然旷然，直似与当年楚君追念之情形，神往而如通声欬。纵屈原之遗风余韵，俱已衰歇，不可仿佛，而独有此岗焉，以存其名。谓非片言中要，虽不见信于当时，犹足兴起于后世欤！然则世之怀才君子，思见用而屡遭摈斥者，其亦借此自慰焉！

是为序。

花翎四品衔传旨嘉奖抚院营务处、特授鹿邑县调署南阳府内乡县事邱铭勋撰文

碑文长叹之意，也就是说，如听我言，怀王当不至于客死于秦，更不至于我大楚从此衰败，以至出郢，迁陈，再灭于寿。其实，我也明白，即使我拦住了怀王的车驾，我也阻挡不了秦国的统一梦。

而中乡、南乡、内乡之谓，就是我当年流放地。我怎么也想不到，宛西人对我如此厚爱！更想不到，他们为我建祠立庙，千百年受香火！

我的灵魂飘飘荡荡，进入了屈原祠。我看见一所学堂，竟然叫屈原岗小学。三座三间的明清砖木结构瓦房，东为关帝庙，中为娘娘庙，西为屈原祠。我出了屈原祠，来到屈原岗，我看到清宣统三年（公元1911年）立的石碑，上刻"屈原岗"三个大字，碑上端刻"地以人传"四个小字。

我汗颜！我传了什么？除了龙舟、粽子和《楚辞》，我还剩下什么？

我坐在屈原岗上，听见路人说：

屈原啊屈原，你在哪里？

我说，我一直在这里。

他们又说：

你在这里整啥哩？

我说，啥也不整。如果要整，我就整一下楚国史、楚国诗！

路人哗然而笑：愚！

我大汗淋漓，手足无措，昏昏然，晕晕然，身子矮了下去，变成一小孩，佩香囊，系五色线，到河里洗手脸，在家里喝雄黄酒。正晕乎间，顷襄王二十一年（公元前278年），秦国大将白起攻破郢都，楚国败亡。

此时的我，已是第二次流放，身在江之南，悲愤绝望，抱石自沉于汨罗江中。就在洪波涌起、泪眼迷离之时，我似乎听到千年之后的唐代诗人周昙在歌吟：

不得商於又失齐，楚怀方寸一何迷。

明知秦是虎狼国，更忍车轮独向西。

哎呀，知我者谓我心忧，不知我者谓我何求！

呜呼，路漫漫其修远兮，吾将上下而求索……

附录1：李霞《屈原庙与屈夫子祠》摘要

细雨迷离，秋色醉人。到南阳市西峡县天地岭生态园参加一个诗人雅集，同行的有诗人吴元成、单占生、张爱萍、尹聿等，在县文广局局长、小说家韩向阳的带领下，我们造访了当地的屈原庙。

屈原是我国第一个有名有姓有记载的伟大诗人，说他是中国诗祖一点也不过分。屈原庙在回车镇屈原岗小学院内。因为是星期天，学校和庙内一个人都没见。庙门上写着三个大字"屈原庙"。庙内正殿门上写的是四个大字"屈夫子祠"。

......

附录2：熊人宽《屈原流放汉北考》摘要

1. 怀王流放屈原的依据。《屈原列传》："屈平既嫉之，虽放流，眷顾楚国，系心怀王，不忘欲反，冀幸君之一悟，俗之一改也。其存君兴国而欲反覆之，一篇之中三致志焉。"《卜居》："屈原既放，三年不得复见。"

2. 屈原可能在怀王二十五至二十八年流放汉北。

（2019年2月16日，记于郑东楚居堂）

仰望岵山的屈原

岵山，果真为多草木之山，难道不是淅川之岵山吗？

岵山西有淅川老县城，岵山东有马蹬古镇，岵山下还有更早的楚国始都丹阳。

国内叫岵山的不过两三处。河南荥阳市贾峪镇北部有岵山，海拔292.8米，我没去过。福建永春县南部有岵山镇，也不知镇内有无一座叫岵山的山。

荥阳时在郑韩地盘内，与魏国都城大梁（开封）很近，《诗经·魏风·陟岵》的"岵"未必指此地；至于永春，向为吴越之地，魏国征夫更不可能跑到那里。我还是坚信"陟彼岵兮，瞻望父兮。父曰：嗟！予子行役，夙夜无已。上慎旃哉！犹来无止"，是在淅川的岵山上唱出来的心声。

我从淅川的岵山下走过，不是一次两次。

少年时，常从分水岭去老城走亲戚，探望姨奶和三伯。后来，又去验兵、参加高考、考在册民师，都要乘船过丹江，经岵山铺村或狮子岗码头，沿着一条土路，颠簸到老城。其间，两个妹妹先后辍学，到老城织丝毯。一次，母亲去给大妹家照看小孩，我骑自行车带着母亲，过了狮子岗，下一道土坡时，一颠，竟然把母亲颠到地上。

我仰望过岵山，也不是一次两次。

人到中年，屡次返乡，每每看到岵山，就像看到一位沧桑老者，站在丹江和老鹳河交汇处，我抬头看着他，他俯首望着我，望着一个游子，默默无语。

他不高，海拔不足500米，却很逶迤，很苍茫，逶迤到发梢，苍茫到心头。他看着自己，也看着山下的人，山下的事儿。

他看到的东西太多了。他看到了高阳之苗裔如何来到他的脚下，看到了熊绎和他的子孙们如何把子男之地打造成可与秦抗衡的楚国，看到丹阳城如何一天天在丹江边长高，长大，看到了楚武王如何把臣民和钟鼎南迁……

他比《史记·楚世家》看到的还多："（楚怀王）十七年春，与秦战丹阳，秦大败我军，斩杀甲士八万……"他焦急万分，又无可奈何，眼见"战于蓝田，大败楚军。"

更多的战事还在次第上演：楚怀王二十六年，齐、韩、魏"三国共伐楚"。"二十八年，秦乃与齐、韩、魏共攻楚，杀楚将唐昧，取我重丘（巨野）而去。二十九年，秦复攻楚，大破楚，楚军死者二万，杀我将军景缺。""三十年，秦复伐楚，取八城。"

他看到怀王一败再败，直到被囚秦国不得归。

他看到新上任的顷襄王也没好日子过："顷襄王横元年，秦要怀王不可得地，楚立王以应秦，秦昭王怒，发兵出武关攻楚，斩首五万，取析十五城而去。"

他不得不感慨，我的楚国怎么了？当年问鼎中原的雄心呢？短短的十四年间，怎么就牺牲了十几万将士，还有至少二十三座城被占领，其中确指的在淅川及其周边的就有十五城。

直到那一年，那一天，他看到了屈原，才明白，一个敢说真话的诗人竟被流放到汉北，流放到自己的身边，还能指望楚国有什么作为吗？

从左徒变成三闾大夫的屈原衣衫褴褛，面如枯槁，眼里有悲愤，更有热切和赤诚。他看到屈原在丹阳废墟上徘徊复徘徊，他听到屈原在丹江边长吁短叹："心郁郁之忧思兮，独永叹乎增伤。"（《抽思》）

他看到屈原一步步向他走来，荆棘划破了屈原的衣衫。走近了，他看到屈原手心里攥着一枚闪着寒光的箭镞，带倒刺，有血槽，那是秦人的杰作。他问屈原今夜有何打算，屈原喃喃而语："超回志度，行隐进兮。低徊夷犹，宿北姑（岵）兮。"

那一夜，屈原就睡在了他的身旁，山风呼啸犹如过往的战鼓，江水滔滔犹如烈士的哭泣。

黎明时分，他看到屈原比他还早醒来，也许他一夜就没合眼。他看到屈原站在高高的悬崖上，红日正从云霞里一点点拱出，像血：

> 操吴戈兮被犀甲，车错毂兮短兵接。
> 旌蔽日兮敌若云，矢交坠兮士争先。
> 凌余阵兮躐余行，左骖殪兮右刃伤。
> 霾两轮兮絷四马，援玉枹兮击鸣鼓。
> 天时怼兮威灵怒，严杀尽兮弃原野。
> 出不入兮往不反，平原忽兮路超远。
> 带长剑兮挟秦弓，首身离兮心不惩。
> 诚既勇兮又以武，终刚强兮不可凌。

身既死兮神以灵，魂魄毅兮为鬼雄！（屈原《国殇》）

岵山东北麓有官福山村。村里的小伙子赵续鑫特别喜欢爬岵山，拍岵山，拍山顶上的祖师庙——我怀疑，它的前身应该是屈原庙，里边供奉的不应该是玄武大帝金顶祖师爷，而是我们的诗人屈原。

赵续鑫拍的照片很美，有山有水；他拍的视频，是航拍的，青山巍巍，红土连绵。

这是一片红色的土地，2300多年过去了，血染的丹阳川还是红色。那是《国殇》的颜色，那是《楚辞》的颜色。

（2020年6月17日，记于郑东楚居堂）

屈原是否见过三户城

1982年中国地图出版社出版的《中国历史地图集》之《春秋时期三户位置图》标注，楚三户城在淅川县丹江和淇河交汇处（今淅川县寺湾镇境内），予曾以为定论。

今得见康熙二十八年淅川知县郭治原辑、咸丰八年抚民同知王官亮重刊的《淅川县志》，其卷首所附《总图》，上面明确标明了三户城的位置，当在老县城（今淅川县老城镇南）之丹江东南岸。虽然是手工所绘，但图中所画的老县城、丹江、鹳河、四峰山、岵山、龙巢寺、香严寺等基本契合实际。

其《古迹》卷更记载："三户城（在）县南於村保，周围一里。《春秋》戎蛮子畀楚师于三户（《左传·哀公四年》记载，公元前491年，晋执戎蛮子以畀楚师于三户），即此。"

"於村保"即秦楚之"商於邑"，《水经注》之於中、商於，明代之商於城保,清代之於村保,在今淅川县盛湾镇马川村一带,位于三户城之东(可参见拙文《商於之地今何在》)。

屈原何时被流放汉北?

屈原始为楚怀王左徒,《史记·屈原贾生列传》说,他"入则与王图议国是,以出号令;出则接遇宾客,应对诸侯。王甚任之"。"上官大夫与之同列,争宠而心害其能……王怒而疏屈平。"结果是,屈原职责被消减了一半,就此由左徒变成了单一的应对诸侯的"外交部长"。

"屈原既绌",始有张仪诈楚归"商於之地六百里"事,引发丹阳、蓝田之战,楚惨败,"魏闻之,袭楚至邓"(这个"魏",即《诗经·魏风·陟岵》之魏,或可旁证,魏国征夫在《诗经》时代是到过淅川岵山一带的)。

但此时的屈原还没有被"首放汉北之地",因为丹阳之战的第二年,张仪二次入楚且通过贿赂靳尚、说动郑袖全身而退,"是时屈平既疏,不复在位,使于齐,顾反,谏怀王曰:'何不杀张仪?'怀王悔,追张仪不及"。

这些仍然是《史记·屈原贾生列传》的记载:"其后诸侯共击楚,大破之,杀其将唐眛",时在楚怀王二十八年(公元前301年)。

楚怀王三十年(公元前299年),"时秦昭王与楚婚,欲与怀王会。屈平曰:'秦虎狼之国,不可信,不如毋行。'怀王稚子子兰劝王行:'奈何绝秦欢!'怀王卒行"。

此时的屈原或因与怀王和子兰冲突而被流放汉北、丹淅地乎?故,屈原首放时间不会早于公元前299年。

从被疏、被绌,到被流放,屈原彻底转身为一个伟大的诗人。

楚怀王三十年,"(怀王)入武关,秦伏兵绝其后,因留怀王,以求割地。怀王怒,不听。亡走赵,赵不内。复之秦,竟死于秦而归葬"。

《史记·屈原贾生列传》继续写道:"(怀王)长子顷襄王立,以其弟子兰为令尹。楚人既咎子兰以劝怀王入秦而不反也。"

老百姓说令尹大人的过错也还罢了,屈原也不依不饶。"屈平既嫉之,虽放流,眷顾楚国,系心怀王,不忘欲反,冀幸君之一悟,俗之一改也。"这里写明,屈原已处"放流"之时。

新王已立,被流放的屈原还是诗人秉性,作《离骚》,"一篇之中三致志也"。

"令尹子兰闻之大怒,卒使上官大夫短屈原于顷襄王。顷襄王怒而迁之。"顷襄王想的是,汉北太近三户城,就把你屈原"迁"到江南去。

已降为三闾大夫的屈原开始了他的第二次流放历程:"屈原至于江畔,被发行吟泽畔,颜色憔悴,形容枯槁。""于是怀石自沉汨罗以死。"

屈原是否进过三户城?

诚既勇兮又以武,终刚强兮不可凌。
身既死兮神以灵,魂魄毅兮为鬼雄!

那天黎明,屈原刚在岵山顶吟唱完最后两句,身后有人喝彩。隐居岵山的邦先生气喘吁吁地爬了上来。能不大喘气吗?他已经快三百岁了。

两人肯定有一番推心置腹的对话。

一问,类似于渔夫见屈原时所言:"子非三闾大夫欤?何故而至此?"

一答:"举世混浊而我独清,众人皆醉而我独醒,是以见放!"

三闾大夫是个什么官职?《离骚序》曰:"三闾之职,掌王族三姓,曰昭、屈、景,序其族谱,率其贤良,以厉国士。"看样子,屈原不仅是诗人,还是修族谱的第一人,其职责又类似于后世的国子监祭酒。

岵山下,丹阳古都的丹江南岸就是三户城。屈原当然想去看看。

邦先生哪里知道屈原的心思，心想："举世混浊，何不随其流而扬其波？众人皆醉，何不铺其糟而啜其醨？"

屈原只是定定地遥望三户城。其城虽小，距丹阳尚近。正因为此，楚国先王们才在丹阳近畿筑三户城，以纳昭、屈、景三姓，教育子弟，襄护首都。现如今，早已为强秦所据，自己就是想进亦难矣。

屈原尚未答话，利箭破空之声骤至，山下的秦兵一边放箭，一边呐喊着向山上冲来。

屈原大叫一声，有我屈原，楚将不死！

邦先生闻言回首，屈原已纵身一跃，没入蒸腾翻卷的云海之中。

西汉司马迁也听到了这声大叫，故在《史记·项羽本纪》中记载："夫秦灭六国，楚最无罪。自怀王入秦不反，楚人怜之至今，故楚南公曰'楚虽三户，亡秦必楚'也。"

（2020年7月18日，记于郑东楚居堂）

屈原首放汉北时或于淅川写下《抽思》《思美人》

林家骊在其译注的《楚辞》（中华书局，2010年版）中说，屈原名篇《九章》作于何时何地，历来争议颇多。

书中，林家骊详细援引了前人的观点，如，宋代朱熹在其《楚辞集注》中说："屈原既放，思君念国，随事感触，辄形于声。后人辑之，得其九章，合为一卷，非必出于一时之言也。"还在转引了晚明黄文焕《楚辞听直》和清代林云铭《楚辞灯》、蒋骥《山带阁注楚辞》的分析之后，认为较为稳当的创作次序应当是：

《惜诵》最早，当为与《离骚》同时的作品；其次是《抽思》《思美人》，当时屈原谪居汉北，其中《抽思》相对早于《思美人》；其次是《涉江》《哀郢》，是顷襄王时屈原被放流于江南的作品；其次是《悲回风》《怀沙》《惜往日》，是屈原自沉汨罗前不久的作品，其中《惜往日》是屈原绝命辞；

另外,《橘颂》作于何时不易判断,或是屈原早年作品。

有人认为,屈原的《国殇》或作于淅川,尚需考证。但《抽思》《思美人》作于屈原放逐汉北之时是公论。我认为,《抽思》《思美人》很有可能就作于淅川。

屈原的一生大致经历了这样几个时期:任左徒,被疏远,任三闾大夫,首放汉北,再放江南,直至自沉汨罗。

屈原30岁以前出任楚怀王左徒,受楚怀王信任,担负着入则图议国是,出则应对诸侯的职责。《史记·屈原贾生列传》记载:"怀王使屈原造为宪令,屈平属草稿未定。上官大夫见而欲夺之,屈平不与。因谗之曰:'王使屈平为令,众莫不知,每一令出,平伐其功,曰以为非我莫能为也。'王怒而疏屈平。"

屈原自己也在其《惜往日》中写道:"君含怒而待臣兮,不清澈其然否。"

屈原从此被楚怀王疏远。

楚怀王十六年(公元前313年),楚国外交史上发生了最悲哀、最可笑的一幕。是年,秦相张仪使楚,让楚与齐断交,诈称可还原本属于楚国的商於之地六百里(宋裴骃《史记集解》注:"商於之地在今顺阳郡南乡、丹水二县,有商城在於中,故谓之商於。"而顺阳郡南乡、丹水即今之淅川)。

楚怀王竟然就相信了,并派一将军接受封地。张仪回到秦国,却推托不见。楚怀王再次刚愎自用,先绝齐,再用兵,《史记·楚世家》记载:"张仪至秦,佯醉坠车,称病不出三月,地不可得。楚王曰:'仪以吾绝齐为尚薄邪?'乃使勇士宋遗北辱齐王。齐王大怒,折楚符而合于秦。秦齐交合,张仪乃起朝,谓楚将军曰:'子何不受地?从某至某,广袤六里。'楚将军曰:'臣之所以见命者六百里,不闻六里。'即以归报怀王。怀王大怒,兴师将伐秦。"

公元前 312 年春，在楚国昔日的都城所在地丹阳，楚军与秦军大战，史称丹阳之战。结果是楚军大败，八万甲士被杀，秦军乘势夺取汉中。屈原的《国殇》写的就是这场战役。不甘心失败的楚怀王又发兵蓝田（今陕西蓝田县），与秦决战，楚军再次大败。韩、魏见楚国危困，也向南攻击至邓（今河南邓州）。楚国只好撤兵。楚国由此走上衰亡之路。

公元前 311 年，张仪二次使楚，与屈原擦肩而过。《史记·楚世家》记载："十八年，秦使使约复与楚亲，分汉中之半以和楚。楚王曰：'愿得张仪，不愿得地。'……仪遂使楚，至，怀王不见，因而囚张仪，欲杀之。"

但张仪是何许人也？胸有成竹的他，先是贿赂了上官大夫靳尚，又通过怀王夫人郑袖吹枕头风，竟平安脱险。《史记·楚世家》记载："张仪已去，屈原使从齐来，谏王曰：'何不诛张仪？'怀王悔，使人追仪，弗及。"

眼见国运如此，国君如此，身为左徒的屈原，自然有一番痛彻心扉、义正词严的说辞。他在《惜诵》中写道："惜诵以致愍兮，发愤以抒情。""所作忠而言之兮，指苍天以为正。""心郁邑余侘傺兮，又莫察余之中情。""故众口其铄金兮，初若是而逢殆。"诗人口无遮拦，但忠贞无私显露无遗。

历经两次大败、两次受辱的楚怀王焉能释怀，此时怎能接受屈原的讽谏？很有可能，就此将屈原由左徒降为三闾大夫，让屈原出任楚国贵族昭、屈、景"子弟学校校长"。

楚国君臣还在为和秦还是和齐争论不休，只是没有了三闾大夫的声音，他已不能参与国家大事。自怀王十八年之后至顷襄王元年的十余年间，《史记·楚世家》再无有关屈原的记载。

这期间，楚国的主要大事有：楚背齐亲秦；楚怀王与秦昭王会盟；因质于秦的楚国太子斗杀死秦国大夫，引发秦联合诸侯攻楚，三年三战，楚丧地杀将。

屈原无法作为，只能在《离骚》里写道："长太息以掩涕兮，哀民生之多艰。""亦余心之所善兮，虽九死其犹未悔。""民生各有所乐兮，余独好修以为常。""路漫漫其修远兮，吾将上下而求索。"诗人感叹人生，剖明心迹。

以楚怀王的"胸襟"，岂能容之？

屈原大约于此期间被放逐汉北之地。学者熊人宽在其《屈原流放汉北考》中指出，屈原可能在怀王二十五年至二十八年流放汉北。

关于汉北，屈原在《抽思》里明确写道："有鸟自南兮，来集汉北。"

屈原在诗中还写道："望北山而流涕兮，临流水而太息。"北山何山？相对于南方的郢都而言，北方之山皆是，或许就是淅川境内丹江、鹳河交界处的岵山。因为他在这首诗里接着写道："低徊夷犹，宿北姑兮。"

屈原被流放汉北经年，到过先楚大地淅川及其周边，是无疑的。在凭吊秦楚丹阳之战战场和三户城遗迹，追念国殇之士，感喟国运维艰之后，屈原累了，就歇息在岵山之下。

《史记·楚世家》记载，怀王三十年，楚怀王不听昭睢劝谏，听信公子子兰，入武关（今陕西商南武关）与秦王会，被秦昭王设计，拘于咸阳。《史记·屈原贾生列传》的记载与《楚世家》不同，说是屈原劝阻怀王："时秦昭王与楚婚，欲与怀王会。怀王欲行，屈平曰：'秦虎狼之国，不可信，不如毋行。'怀王稚子子兰劝王行：'奈何绝秦欢？'怀王卒行。入武关，秦伏兵绝其后，因留怀王，以求割地。怀王怒，不听。亡走赵，赵不内。复之秦，竟死于秦而归葬。"

这段记载和流传于淅川邻县西峡县回车镇屈原岗上的传说颇类。今屈原岗上屈原祠尚在，只是难以判定，屈原是在郢都还是在屈原岗上有劝谏、回车之举。以屈原流放汉北的时间点推测，此举发生在汉北也是极有可能的。况自屈原岗西去武关，正途也。

奈何怀王不听，诗人只能作《思美人》以遣怀，称怀王为美人："欲变节以从俗兮，愧易初而屈志。""开春发岁兮，白日出之悠悠。""登高吾不说兮，入下吾不能。"

这是一个诗人的赤诚，也是一个诗人的悲剧。

国不可一日无君。楚怀王被秦软禁之后，楚国太子横自齐国归国，被立为王，是为顷襄王。《史记·楚世家》记载："顷襄王元年（公元前298年），秦要怀王不可得地，楚立王以应秦，秦昭王怒，发兵出武关攻楚，大败楚军，斩首五万，取析（今淅川和西峡、内乡一带）十五城而去。"

此战不仅震动朝野，更使屈原无存身之处。怀王被拘，新君已立，屈原当于此时南下返郢都。

但新的灾难正在等着他。顷襄王三年，楚怀王病死于秦。《史记·屈原贾生列传》记载："长子顷襄王立，以其弟子兰为令尹。楚人既咎子兰以劝怀王入秦而不返也。"

屈原自然也参与了"咎子兰"之议，令尹子兰闻之大怒，"卒使上官大夫短屈原于顷襄王，顷襄王怒而迁之。"

《史记》多次写到怀王大怒，此处又写到子兰大怒、顷襄王怒，楚国的君王脾气大，令尹也脾气坏，动辄即怒，动辄即迁人，屈原的命运也只能是第二次踏上流放之路，直到自沉汨罗而死。

（2020年8月21日，记于郑东楚居堂）

屈原《离骚》中的赤水即丹江，昆仑即秦岭中某山，旧乡或即丹阳（夷屯）

举凡伟大的诗人往往命运多舛，如屈原，如李白、杜甫、苏东坡等。但也正因为如此，方有不朽之诗人和不朽之作品。正如宋欧阳修在《梅圣俞诗集序》中说："世谓诗人少达而多穷，夫岂然哉！盖世所传诗者，多出于古穷人之辞也……盖愈穷则愈工。然则非诗之能穷人，殆穷者而后工也。"（参见李逸安点校《欧阳修全集》，中华书局2001年版）。

屈原的《离骚》正是这样一篇伟大的作品。

《离骚》很有可能作于丹淅流域。今人知道屈原的《离骚》，多会背诵其中的名句："长太息以掩涕兮，哀民生之多艰"；"亦余心之所善兮，虽九死其犹未悔"；"路曼曼其修远兮，吾将上下而求索"。但欲深度解读屈原坎坷而悲壮的生命历程和《离骚》的深邃内涵，尚需时日。

多数楚辞学者认为，《离骚》是楚怀王时期，屈原首放汉北时描写"离别忧愁"的作品。如汉王逸在其《离骚经序》中说："离，别也。骚，愁也。

经,径也。言己放逐离别,中心愁思,犹依道径,以风谏君也。"明汪瑗《楚辞集解》、姜亮夫《重订屈原赋校注》亦持此说(参见林家骊译注《楚辞》,中华书局2010年6月版)。林家骊认为,"汉司马迁的离骚犹离忧说、班固的明己遭忧作辞说、王逸的离别忧愁说等比较合乎实际"。

关于《离骚》的创作时间,林家骊在译注时写道:"据《史记·屈原贾生列传》,本篇的写作时间应在被楚怀王疏远之后;而司马迁《报任安书》又说'屈原放逐,乃赋《离骚》',则当在楚顷襄王当朝,诗人再放江南时。至今尚无定论。"笔者以为,司马迁的两处记载并不矛盾。屈原首放汉北时,必定在汉水以北的丹淅流域。而《离骚》中写到了昆仑(秦岭),写到了赤水(丹江),就是很有力的佐证——则《离骚》当作于屈原首放汉北时,很有可能就作于首放途中,也有可能就作于丹淅流域。

研读《离骚》,尤其值得注意的是其卒章"乱曰:已矣哉!国无人莫我知兮,又何怀乎故都!既莫足与为美政兮,吾将从彭咸之所居"之前的这一章:

> 灵氛既告余以吉占兮,历吉日乎吾将行。
> 折琼枝以为羞兮,精琼爢以为粮。
> 为余驾飞龙兮,杂瑶象以为车。
> 何离心之可同兮?吾将远逝以自疏。
> 邅吾道夫昆仑兮,路修远以周流。
> 扬云霓之晻蔼兮,鸣玉鸾之啾啾。
> 朝发轫于天津兮,夕余至乎西极。
> 凤皇翼其承旂兮,高翱翔之翼翼。
> 忽吾行此流沙兮,遵赤水而容与。

麾蛟龙使梁津兮，诏西皇使涉予。

路修远以多艰兮，腾众车使径待。

路不周以左转兮，指西海以为期。

屯余车其千乘兮，齐玉轪而并驰。

驾八龙之婉婉兮，载云旗之委蛇。

抑志而弭节兮，神高驰之邈邈。

奏《九歌》而舞《韶》兮，聊假日以媮乐。

陟升皇之赫戏兮，忽临睨夫旧乡。

仆夫悲余马怀兮，蜷局顾而不行。

诗中写道："遭吾道夫昆仑兮，路修远以周流。"此处的昆仑，林家骊注为：古代神话传说中山名。"忽吾行此流沙兮，遵赤水而容与。"此处的赤水，林家骊注为：神话传说中水名。

根据屈原首放汉北，乃至于丹淅流域的轨迹，昆仑与赤水当系实指，很可能就是丹淅流域的山水。

当然，笔者并不否认《离骚》中所包含的上古神话传说。但即便是神话也一定有所依据，已经发布释读的记载先楚史的清华简《楚居》，就有很多神话的因子，也不能因此否定《楚居》的信史价值。况《离骚》的第九章还写到了白水："朝吾将济于白水兮，登阆风而緤马。"林家骊注为：神话传说中源出昆仑山的一条河流。笔者认为，白水即发源于秦岭东延的伏牛山，经南阳东南入汉水的白河。

结合《离骚》中的其他文字表述，可见屈原已经在《离骚》中设定了自己的"路线图"：离开"故都"郢都，沿汉水北上（其《抽思》诗中写道"有鸟自南兮，来集汉北"），渡过"白水"，折向西去，绕道"昆仑"，行至"流沙"，徘徊于"赤水"之滨。也有学者认为，屈原的行走路线是溯汉水北上，直接进入赤水。

那么，赤水为何水？昆仑又为何山？

中国社会科学院古代史研究所研究员吴锐先生研究认为，赤水即丹江，昆仑是秦岭中某山。吴锐先生在其论文《从四神泉看鸟夷、三苗、巴人、楚族等多种文明在淅川的交汇》（详见《2020中国·淅川丹淅流域早期文明学术高峰论坛论文集》）中，结合《淮南子》《抱朴子》《尚书·禹贡》《竹书纪年》《汉书》《山海经》等文献记载，对丹水、淅水和昆仑之丘作了很有见地的阐发：

《淮南子》一书是西汉淮南王刘安召集宾客编纂的，还保存了较早的材料。《淮南子·地形》提出天地间有九山六水，黄河、赤水、辽水、黑水、江水、淮水为六水。又说上帝有四条"神泉"，即河水、赤水、弱水、洋水，其中弱水在赤水之东，经流沙汇入南海。它是这样说的：

"天地之间，九州八极，土有九山，山有九塞，泽有九薮，风有八等，水有六品……何谓六水？曰河水、赤水、辽水、黑水、江水、淮水……河水出昆仑东北陬，贯渤海，入禹所导积石山。赤水出其东南陬，西南注南海丹泽之东。赤水之东，弱水出自穷石，至于合黎，余波入于流沙，绝流沙南至南海。洋水出其西北陬，入于南海羽民之南。凡四水者，帝之神泉，以和百药，以润万物。"

河水即黄河。洋水，即漾水，也就是汉水。赤水即丹江，字面意思都一致。丹江，古书叫粉青江。晋代葛洪（公元283年—363年）《抱朴子》里面讲，丹江里有一种丹鱼，割开丹鱼的血，涂在脚上，人就可以在水上步行。讲得神乎其神，和武侠小说差不多，原因就是生活在丹江流域的三苗、巴人以丹江为圣水。

由于记载古代地理最有名的古书是《尚书·禹贡》，其中也记载了弱水，一般认为在甘肃张掖，即发源于其南部的祁连山，往北流，现在叫黑水河。《淮南子》记载的这条弱水有丹江和汉水为坐标，那么弱水有可能是淅水。淅水即淅川，古书称为均水，又名鹳河、汤河、老鹳河，是丹江的支流。它发源于河南省西南部栾川县熊耳山南沟北麓，流经栾川县、卢氏县、西峡县，从淅川县汇入丹江口水库。淅川流域古文化发达，淅川县城南丹江河畔的下王岗村，是著名的仰韶文化遗址。

古人一看见流沙就联想到敦煌，其实河沙也会流动，还会形成沙洲。南海，似乎应该指丹江和汉水交汇处。《诗经》有"至于南海"之句。《左传·僖公四年》载本年（公元前656年）齐国攻打楚国，楚国反问齐军："君处北海，寡人处南海，唯是风马牛不相及也，不虞君之涉吾地也，何故？"这是著名的典故。齐国的首都是临淄（今山东淄博市），占据山东半岛大片土地，称得上"处北海"；楚国的首都是郢（传统上认为在今湖北荆州市），占据汉水大片土地，称得上"南海"。

丹江、淅水虽然不是特别大的河流，可是山不在高、水不在深，它们名列上帝的神泉，必然是发祥于丹江的民族夸耀他们的身世而形成的神话，生活在丹江流域的巴人理所当然尊丹江为圣水。康熙《淅川县志》和咸丰《淅川厅志》记载，在县城的东北方向有地名"神泉"，世代相传是十二龙神住的地方。

……

为什么说尧舜是属于鸟夷族系呢？因为尧的儿子叫"丹朱"，即丹水之朱，古本《竹书纪年》云："放帝丹朱于丹水。"《汉书·律历志》云："尧让天下于虞，使子朱处丹渊为诸侯。"虞就是舜。丹水、丹渊，我认为即巴人的发祥地丹江，在《山海经》里叫赤水。

笔者十分赞同吴锐先生的观点。河水（黄河。另，淅川境内尚有黄水河、小黄河），黑水，白水，青水，赤水（粉青江、丹水、丹江）等，古人盖以五色命名诸河，与五行说一脉相承。尚可补充的是，关于丹鱼，丹江库区内至今还有此鱼，不过淅川人俗称红鱼，或红尾巴腚。

吴锐先生接着在论文中写道：

> 丹水。《山海经·西山经》记载一座峚山，是丹水的发源地，丹水"西流注于稷泽"，其中多白玉，黄帝是食是飨。黄帝又取峚山之玉荣，投之钟山之阳。
>
> 昆仑之丘。《山海经·西山经》记载昆仑之丘"惟帝之下都"，郭璞注，认为"帝"就是黄帝。从昆仑之丘流出四条河：河水、赤水、洋水、黑水。河水是黄河，洋水是汉水（或作"漾水"），没有争议。赤水，我考证是丹水，现在习惯叫丹江，赤和丹的意思都一样。丹江发源于陕西省东南，流经河南省、湖北省。黑水，我考证是褒水，又叫紫金水、黑龙江，在秦岭以南，流经陕西省留坝县，注入汉水。
>
> 《山海经·大荒西经》："西海之南，流沙之滨，赤水之后，黑水之前，有大山，名曰昆仑之丘。有神——人面虎身，有文有尾，皆白——处之。其下有弱水之渊环之，其外有炎火之山，投物辄然。有人，戴胜，虎齿，有豹尾，穴处，名曰西王母。此山万物尽有。"从《海内北经》也可以看出，西王母靠近昆仑虚（"西王母……在昆仑虚北"）。《海内南经》记载，弱水之上有一种奇特的建木。对照《海内经》，这种建木也与黄帝有关：
>
> 南海之内，黑水青水之间，有九丘，以水络之，名曰陶唐之丘；有

叔得之丘，孟盈之丘，昆吾之丘，黑白之丘，赤望之丘，参卫之丘，武夫之丘，神民之丘。有木，……名曰建木。……太暤爰过，黄帝所为。

考证了赤水、黑水、弱水之后，进而可以推论昆仑的大体方位。昆仑之丘位于赤水之后，黑水之前，又有弱水之渊环绕，必然是秦岭中的某山。只是秦岭太大，无法具体指实是哪一座山。

《离骚》的最后一章还写道："陟升皇之赫戏兮，忽临睨夫旧乡。"此处的旧乡也当有所实指，即丹阳，或即夷屯。

《史记·楚世家》记载："熊绎当周成王之时，举文、武勤劳之后嗣，而封熊绎于楚蛮，封以子男之田，姓芈氏，居丹阳。"

清华简《楚居》记载："至酓绎与屈纣，使郚嗌卜，徙于夷屯，为楩室，室既成，无以内之，乃窃郚人之犝以祭。惧其主，夜而内尸，抵今日夕，夕必夜。至酓支、酓旦、酓樊及酓赐、酓渠，尽居夷屯。"

屈原曾任楚国左徒和三闾大夫，公元前339年？—前278年在世。受清华大学委托，北京大学加速器质谱实验室、第四纪年代测定实验室对清华简无字残片样品做了AMS碳-14年代测定，经树轮校正的数据是：公元前305±30年，即相当战国中期偏晚。屈原正生活在这个时期，应该看到过《楚居》，明晰自己的先祖屈纣所居之乡。

巧合的是，淅川历史上曾设中乡县、南乡郡和南乡县。清咸丰七年（公元1857年）纂修的《淅川厅志》记载："秦二十六年，始分天下为三十六郡，于穰县（今属邓州——作者注）西置中乡县，属南阳郡，即故淅地……北周改内乡县为中乡县，复秦旧名……隋炀帝大业初，仍置淅阳郡，复改中乡为内乡……"《诗经·商颂·殷武》有句："维女荆楚，居国南乡。"康熙二十九年（公元1690年）纂修的《淅川县志》记载："建安中，割南阳右壤,淅川为南乡郡。三国与魏因之。晋改南乡为顺阳县……后魏置丹川郡,又置淅川县,属南乡郡……隋文帝开皇初,废南乡郡为南乡县。"

综上所述,屈原《离骚》中写到的"旧乡"未必如林家骊所注为"楚国"那么笼统,应该就是指丹阳或夷屯。

(2021年1月4日,记于郑东楚居堂)

读《山海经》知屈原流放汉北丹淅流域不是偶然的

中国社会科学院古代史研究所研究员吴锐先生认为，赤水即丹江，笔者是认同的，详见上篇。

近日读《山海经》（方韬译注，中华书局2011年版），发现其中多处写到赤水，如《山海经·西山经》："又西百八十里，曰黄山，无草木，多竹箭。盼水出焉，西流注于赤水，其中多玉。""西南二百里，曰鸟危之山，其阳多磬石，其阴多檀楮，其中多女床。鸟危之水出焉，西流注于赤水，其中多丹粟。""又西五百里，曰皇人之山，其上多金玉，其下多青、雄黄。皇水出焉，西流注于赤水，其中多丹粟。""……赤水出焉，而东南流注于氾天之水。"

尤其引起笔者注意的是《山海经·南山经》的记载：

"南次二山之首，曰柜山，西临流黄，北望诸毗，东望长右。英水出焉，西南流注于赤水，其中多白玉，多丹粟。有兽焉，其状如豚，有距，其音如狗吠，其名曰狸力，见则其县多土功。有鸟焉，其状如鸱而人手，其音如痹，其名曰鴸，其鸣自号也，见则其县多放士。"

文中说，英水（按其流向，疑即在淅川县寺湾镇高湾村汇入丹江的淇河）、赤水（丹江）之滨有鸟名鴸，它在哪个郡县出现，哪里的才智之士多被流放。

鴸很可能就是被舜帝流放在丹江之滨的尧帝子丹朱的化身。在淅川，丹朱不因被放逐而消沉，反以治理洪水造福百姓为乐，一如衔石填海的精卫鸟一样，成为一种牺牲精神的象征。

因为丹朱和鴸一为二，二为一，父老口口相传念念不忘，并被《山海经》的作者收录，演绎为神话色彩的"见则其县多放士"。

虽然《山海经》的成书时间颇难认定，但学者们认为，是经过秦汉之际的文人不断搜集、加工而成的，故不能纯粹以玄幻神话而一概目之，其中的历史事实定是存在的。

那么，在淅川丹淅流域立国三百余年，后不断问鼎中原，特别是经过王子朝携周典奔楚事件的楚人，也是一定熟知丹朱被舜帝放逐的故事，也极有可能是读到过尚未成书的《山海经》的片段的。

不仅楚王们如此，想必曾任楚国左徒和三闾大夫的屈原也如此。《山海经·南山经》记载："西南三百六十里，曰崦嵫之山。"屈原在其《离骚》中就写到过崦嵫之山："吾令羲和弭节兮，望崦嵫而勿迫。"此或可为证。

这也因此引发我更多的推测。屈原首放汉北是史实，但楚怀王把屈原流放于此绝不是偶然的。人们熟知，屈原因劝谏怀王、得罪小人而被放逐，屈原自己在《离骚》中即有"世溷浊而不分兮，好蔽美而嫉妒"之类的陈述。但很少有人关注屈原的放逐地为什么一定是汉北之地，恐怕不是笔者先前文章臆测的那样,让屈原到淅川,到朝秦暮楚之地"巡边"那么简单。

可以说,在谙熟丹朱故事的楚怀王心目中,既然丹江之滨是"放士"的地方,那么放屈原于汉北是最适宜不过的。

楚怀王的心思,屈原当然也心知肚明。因为,他也知道丹朱的故事。

丹朱是一只叫鴅的鸟。屈原是中国诗歌的凤凰,凤凰也是一只鸟。屈原自己作于流放途中的《抽思》就写道:"有鸟自南兮,来集汉北。"

时也命也?屈原唯有《天问》,唯有赋《离骚》与《国殇》。

(2021年1月13日,记于郑东楚居堂)

曲解屈原《湘君》之"夷犹"

屈原《九歌·湘君》开头两句即:"君不行兮夷犹,蹇谁留兮中洲。"

湘君究系何人?林家骊在译注《楚辞》(中华书局,2010年版)解题时说:"湘君和湘夫人是湘水的配偶神……在《九歌》产生的时代,神话传说中帝舜及其妃子娥皇、女英分化成湘神中男神和女神,使湘神有了具体的化身。关于舜与二妃的传说由来已久。舜葬苍梧之说见于《山海经》中多处,如《山海经·海内南经》:'苍梧之山,帝舜葬于阳,帝丹朱葬于阴。'"

笔者查阅方韬译注的《山海经·海内南经》(中华书局,2011年版),确有"苍梧之山,帝舜葬于阳,帝丹朱葬于阴"的记载。

苍梧之山在何地?林家骊在译注《楚辞·九歌·湘君》时对苍梧之山的注释是:疑即九嶷山,在今湖南宁远南。笔者疑其"疑"有误,"苍梧"或为"商於"转读。

关于"商於"和淅川"商於城",中国社会科学院古代史研究所研究员吴锐先生在其论文《从四神泉看鸟夷、三苗、巴人、楚族等多种文明在淅川的交汇》中，也对"商於""商於城"有相同的分析。而且，吴锐在文中还指出："《史记·五帝本纪》记载舜'南巡狩，崩于苍梧之野，葬于江南九嶷'。传统说法是苍梧在今广西的梧州，九嶷、零陵在今湖南，钱穆先生则指出都在汉水流域，极为有见，钱先生认为《史记》之苍梧就是苍野……杜预注《左传》：'苍野在上洛县'……苍梧最初应该是今陕西东南丹江流域之地名，随着秦朝的扩张，地名搬家。"

还有楚文化研究者认为，古时湘水即汉江上游。则屈原首放汉北之时，必溯汉丹北上，至于"苍梧之山"（"商於之地"）。

"君不行兮夷犹，蹇谁留兮中洲"就是一个很有意思的佐证。

先看后半句的"中洲"，"中洲"应为於中之洲。

郦道元《水经注·丹水》写到商於城时对该城的地理形势有很形象的描述："丹水又东，径南乡县（今淅川县——作者注）北。兴宁末，太守王靡之改筑今城。城北半据在水中，左右夹涧深长。及春夏水涨，望若孤洲矣。"

这里的"孤洲"即於中之洲，屈原行吟江畔，应是能够看到的。

而且，还有一个很关键的证据就是丹江北岸淅川老城镇石门村有丹朱墓，斜对岸的淅川盛湾镇姚营村有舜帝庙，笔者2020年6月25日曾实地探访，并在第一辑《淅川盛湾竟有舜帝庙：一江之隔还有丹朱墓》文中有详细记载。

对照《山海经·海内南经》的记载："苍梧之山，帝舜葬于阳，帝丹朱葬于阴。"舜帝庙当系祭祀舜帝之宇（疑为舜帝墓附属建筑遗存），且与丹朱墓隔江南北相对，不是偶然的。

特别需要补充说明的是，《史记·五帝本纪》所载舜"让辟丹朱于南河之南"，其中的"南河"未必虚指，位于丹江南岸距盛湾镇姚营村一箭之地今仍有"南河"地名，丹江口水库10年前水位抬升之前，曾是沟通对岸老城镇的码头。

那么"苍梧之山"即"商於之地"也就合乎情理了。

再来看"君不行兮夷犹，蹇谁留兮中洲"的前半句。

如果确认"中洲"即"於中之洲"——於中附近、丹江之畔的沙洲，那么，前半句中的"夷犹"就未必如《楚辞》译注者所解"犹豫，迟疑不前"了。

笔者认为，"夷犹"也可解为"夷屯之犹"！

关于清华简《楚居》中所记先楚所居之"夷屯"，"至酓绎与屈紃，使鄀嗌卜，徙于夷屯，为楩室，室既成，无以内之，乃窃鄀人之犝以祭。惧其主，夜而内尸，抵今曰夕，夕必夜。至酓㽦、酓旦、酓樊及酓赐、酓渠，尽居夷屯"，笔者已有多文论及，认为夷屯与《史记·楚世家》记载的楚人自熊绎被周成王"封以子男之田"，所"居丹阳"异名而同地。

"夷"不仅有平坦、东方之人、蛮夷等意，作为动词使用时，其意为：使平，拉平，铲平。如《资治通鉴》有句："芟夷大乱。"此意更合先楚在淅川披荆斩棘、开创基业的历史事实，正如《左传·宣公十二年》记载，晋国栾武子转述楚王以楚国先君若敖、蚡冒为例，诫勉军民："……训之以若敖、蚡冒筚路蓝缕，以启山林。"若如此，则夷屯亦可解为"以启山林"、踏平坎坷、平定艰难之"屯"。

而"犹（猶）"不仅有犹如、犹然、迟疑、谋划等意，作为名词，从犬，酋声，本义是指一种猿类动物。《尔雅》云："犹如麂，善登木。"《水经注》云："山多犹猢，似猴而短足，好游崖树。"

先楚时，丹淅流域的森林植被必定十分丰茂，屈原会不会在"商於之地"和夷屯一带见到了"善登木"的猿猴呢？

我想，他是能够见到的。则屈原笔下的"夷犹"有可能就是："夷屯之犹。"

《楚辞》译注者翻译"君不行兮夷犹，蹇谁留兮中洲"为：

你犹犹豫豫啊终未赴约，
究竟为谁驻留在啊你居住的水洲？

笔者根据上述的推测，试改为：

你看到夷屯腾跃的猿猴裹足不前，
徘徊留驻在於中之地的沙洲之上。

（2021年1月14—16日，记于郑东楚居堂）

《重修宣宗皇帝殿碑记》出处考

唐宣宗李忱剃发潜隐淅川香严寺事,应属实。

南宋度宗咸淳五年(公元1269年),浙江四明福泉寺沙门志磐撰就的《佛祖统纪》第四十三卷明确记载:"初,帝(唐宣宗李忱——笔者注)为光王,武宗忌之,拘于后苑,将见杀,中官仇士良诈称光王坠马死,因脱身遁去。至香岩闲禅师会下,剃发作沙弥。同游庐山,闲禅师题瀑布云:'穿云透石不辞劳,远地方知此处高。'闲方停思,沙弥(光王——笔者注)续之云:'溪涧岂能留得住,终归大海作波涛。'闲始知非常人……未几,武宗崩,百官迎王即位。"

这段文字在《重修宣宗皇帝殿碑记》中找到了翻版,或者说,《重修宣宗皇帝殿碑记》中关于唐宣宗出家香严寺事迹的主要依据是《佛祖统纪》。

据《中州古刹香严寺》(陶善耕、明新胜主编,2001年,中国致公出版社)记载,《重修宣宗皇帝殿碑记》碑位于香严寺望月亭(指月处,亦即宣宗皇帝殿——笔者注）东约6米处，立于清雍正十三年（公元1735年）秋，碑文由住山沙门颛愚谧撰写，开篇即写到香严寺以唐宣宗为护法：自鹫岭分灯，而西天东土凡列为伽蓝护法者一十八家。洎后汉云长关公没后为玉泉山伽蓝，由是天下精蓝皆以关夫子为护法。惟香严则以唐宣宗代之。此何以称焉？

紧接着，碑文写道：缘宣宗为光王时，武宗忌之，拘于后苑，将见杀。中官仇士良料武宗之将绝其后嗣，知李氏之子孙舍光王则无可为后代之中兴主也。遂诈称光王坠马死，因脱身逃去，至香严闲禅师会下披剃作沙弥。

此段文字与《佛祖统纪》的原文作比较，主要事实可以说是基本一致。

以下碑文则记述光王诸事迹以及即位过程，只是比《佛祖统纪》要详尽，且作者颛愚谧还捎带论佛说法：其机缘语句，俱载行录。他如《庐山瀑布诗》《盐官书记》（《全唐诗》收李忱6首诗，疑此处的《庐山瀑布诗》即其中的《瀑布联句》，但不载《盐官书记》——笔者注）……以及《黄檗礼佛问答》……若是者，彰彰可考。未几，……武宗崩，后胤无人，唐室之天下摇摇而靡定矣。由是，太后令中外大臣至香严迎光王归，即帝位。以勿用之潜龙，忽而首出庶物，蔬食饮水，忽而珍食万芳，破衲穿云，忽而山龙火藻。当此之际而不为富贵所淫者夏夏乎难哉！然随万邦稽首，而常念野鹤孤云；两地参天，而恒思金汤佛国，非天下之精者孰能与于斯？经云：应以帝王身得度者，即现帝王身而为说法。又云：佛法付之国王大臣，惟宣宗有之。此天下精蓝皆以关夫子为护法，惟香严则以唐宣宗代之所由来也。自唐、宋以迄元、明，世世住持无相易也。

碑文最后一段则写重修宣宗皇帝殿缘由，更带神迹：上寺、下寺相隔15公里，在下寺禅定中的颛愚谧竟预知上寺的宣宗皇帝殿有灾，但自胜朝敕建以来，数百余载未曾修葺，堂殿不无栋折榱崩之患。谧上下两寺修造已讫，惟兹宣宗一殿……尝有志而未遑。顷在下寺廷中，忽睹宣宗殿无故崩倒，且被覆压在地，及出，见四壁依然，惟椽桷与瓦遗落空处。次早即往上寺视之。是夜，宣宗皇帝殿果被狂风所害，宛如定中所见无异，益知神灵之不爽若此矣。爰是，鸠工庀材，殿宇圣像焕然一新。因备述始终，劙诸石以昭不朽云。

住持颛愚谧的话难辨真假，也许那天夜里真有一场龙卷风也未可知，毕竟已经过去了280余年。

（2020年7月14日，记于郑东楚居堂）

《佛祖统纪》：唐宣宗李忱剃发潜隐香严寺

关于晚唐宣宗李忱剃发潜隐淅川香严寺事，《新唐书》《资治通鉴》皆不载。或以为妄。

而香严寺之望月亭向称宣宗殿，当非空穴来风。

作家二月河生前在《香严初话》一文中写道："我最初读到这个人（李忱），是在1948年版范文澜的《中国通史简编》上，说他少年装傻、扮痴，躲过了杀身之祸，但他为了韬光养晦，制造一个谎话，'堕马而亡'——这有点像今天说的'出了车祸'。李忱的藩号从此失踪，算是'死了'……光王李忱躲在香严寺。"作家冬夏在《"痴皇子"香严寺为僧》一文中写道："寺内清雍正十三年《重修宣宗皇帝殿碑记》记载，唐宪宗常赞儿子光王李忱敏而好学，宽厚仁慈，有王者风范；批评其孙颍王李炎（武宗）傲慢不逊，喜好杀生。颍王因此时刻想加害李忱，所以才有光王'坠马'事件。光王潜逃至香严寺，在寺里'蔬食饮水'，'穿破衲'，后复出为宣宗。'由是天下伽蓝，皆以关夫子为护法，唯香严寺则以唐宣宗代之护法。'"

近日陆续购得《唐帝列传·唐武宗 唐宣宗》（王德忠著，吉林文史出版社 1995 年版）、《古刹潜龙》（夏冠洲著，国际文化出版公司 1998 年版）和《佛祖统纪校注》（〔宋〕志磐撰，释道法校注，上海古籍出版社 2012 年版）等，竟在《佛祖统纪校注》中见到新佐证。

长篇历史小说《古刹潜龙》的作者夏冠洲，原籍淅川老城，系新疆大学教授，1997 年、1998 年两次考察香严寺，盘桓多日，对寺内（上寺）建筑和碑文颇有研究。他在《古刹潜龙》的《楔子》里引用了一块石碑的碑文，并称该碑系 20 世纪 80 年代初出土于香严寺望月亭下："天下精蓝皆以关夫子为护法，唯香严寺则以唐宣宗代之，此何以称焉？缘宣宗为光王时，武宗忌之，欲拘于后苑，将见杀。中官仇士良料武宗之将绝其后嗣，知李氏之子孙舍光王则无可为后代之中兴王也。遂诈称光王坠马死，因脱身逃至香严智月禅师会下，披剃作沙弥……"

不知道这段文字是否出自作家冬夏在《"痴皇子"香严寺为僧》一文中写到的清雍正十三年《重修宣宗皇帝殿碑记》，但给二月河和冬夏的文章作了注脚和互补。

笔者仍存疑虑，毕竟，夏冠洲没有说明碑文何名，笔者也没见到原拓片。

浙江四明福泉寺沙门志磐于南宋度宗咸淳五年（公元 1269 年）撰就《佛祖统纪》。该书第四十三卷则明确记载：

初，帝（唐宣宗李忱）为光王，武宗忌之，拘于后苑，将见杀，中官仇士诈称光王坠马死，因脱身遁去。至香岩闲禅师会下，剃发作沙弥。同游庐山，闲禅师题瀑布云："穿云透石不辞劳，远地方知此处高。"

闲方停思,沙弥(光王)续之云:"溪涧岂能留得住,终归大海作波涛。"闲始知非常人……未几,武宗崩,百官迎王即位。

这段文字很精简,但事略堪明。

香岩即香严。也许,《佛祖统纪》的这段记载才是后世关于唐宣宗出家香严寺诸多版本之源。

还有一点需要说明的是,东北师范大学教授王德忠所著的《唐帝列传·唐武宗 唐宣宗》一书,严格参照新旧《唐书》和《资治通鉴》,未言光王李忱出家事,且同样记载,得益于宦官、神策军左军中尉马元贽的拥戴,李忱被立为皇太叔,并嗣大统。这是唐政使然,隐也宦官,立也宦官。

(2020年7月10日,记于郑东楚居堂)

唐宣宗李忱与淅川香严寺考

唐宣宗李忱（公元810年—859年），公元846年—859年在位，唐宪宗李纯第十三子、穆宗李恒异母弟、武宗李炎叔父。初名李怡，封光王。唐武宗驾崩后，李忱以皇太叔的身份为宦官马元贽所立，在位十三年，年号"大中"。公元859年（大中十三年）八月，唐宣宗病逝，享年50岁，葬于贞陵（今陕西咸阳市泾阳县）。

唐宣宗喜读贞观政要，勤于政事，整顿吏治，限制皇亲和宦官弄权。还先后击败吐蕃，收复河湟，安定塞北，平定安南。尤其是收复河湟之举，是唐王朝安史之乱后对吐蕃的重大军事胜利。宣宗时期，社会相对安定繁荣，史称"大中之治"。

《新唐书·本纪第八》记录宣宗即位："会昌六年，武宗疾大渐，左神策军护军中尉马元贽立光王为皇太叔。三月甲子，即位于枢前。四月乙亥，始听政。"卷末，有《新唐书》主要编纂者、宋代文豪欧阳修对唐宣宗的评价：

"宣宗精于听断，而以察为明，无复仁恩之意。呜呼，自是而后，唐衰矣！"

要厘清宣宗与淅川香严寺的关系，不能不提武宗灭佛和宣宗兴佛。

中国历史上发生过几次大的灭佛事件。佛教东汉传入中土，在与皇权和与儒家、道教交融发展中也产生过多次矛盾和斗争，最严重的就是"三武一宗"灭佛事件（"三武"是北魏太武帝、北周武帝、唐武宗；"一宗"是后周世宗）。引起北朝"二武"灭佛的主要原因是佛教日益坐大，影响政府的兵源、财税收入和侵占土地等。

而公元840年—846年在位的唐武宗李炎灭佛，更多缘于他崇尚道术。唐武宗身在藩邸之时就喜好道术，即位后更加崇信，将道教师祖老子的生日（农历二月廿五）定为降圣节，在宫中设道场、建望仙观，痴迷长生不老之术和仙丹妙药。《新唐书·本纪第八》记载："（会昌三年）是夏，作望仙观于禁中。"

会昌二年，唐武宗下令凡违反佛教戒律的僧侣必须还俗，并没收其财产。唐会昌五年，唐武宗下令僧侣40岁（后改为50岁）以下者全部还俗，并裁并天下佛寺。各地上州留寺一所，若是寺院破落不堪，便一律废毁；下州寺院全部拆废。长安和洛阳各留两寺，每寺留僧30人。各地拆废寺院和铜像、钟磬，所得金、银、铜一律交付盐铁使铸钱，铁则交付本州铸为农器，还俗僧侣各自放归本籍。据统计，共拆除佛寺4600余所，僧尼26万余人还俗，没收寺院田产6000万顷。佛教典籍湮灭散失情况也极严重。《新唐书·本纪第八》记载："（会昌五年）八月壬午，大毁佛寺，复僧尼为民。"

灭佛事件对佛教发展的影响是巨大的。历史上的佛教总是在与封建统治者的博弈中生存和发展，并与儒家和道家文化交汇融合，成为传统文化的一分子。

和唐武宗不同，继任的唐宣宗则倚重佛教治国，并有兴佛之举。《新唐书·本纪第八》记载："（大中元年）闰（三）月，大复佛寺。"

对于此次兴佛，《资治通鉴·唐纪》所载较为详尽："闰（三）月，敕：'应会昌五年所废寺，有僧能营葺者，听自居之，有司毋得禁止。'是时，君、相务反会昌之政，故僧、尼之弊皆复其旧。"

但宣宗之举也并非一帆风顺。《资治通鉴·唐纪》记载："（大中四年六月）进士孙樵上言：'百姓男耕女织，不自温饱，而群僧安居华屋，美衣精馔，率以十户不能养一僧。'武宗愤其然，发十七万僧，是天下一百七十万户始得苏息也。陛下即位以来，修复废寺，天下斧斤之声至今不绝，度僧几复其旧矣。陛下纵不能如武宗除积弊，奈何兴之于已废乎！……愿早降明诏，僧未复者勿复，寺未修者勿修，庶几百姓犹得以息肩也。'秋，七月，中书门下奏：'陛下崇奉释氏，群下莫不奔走，恐财力有所不逮，因之生事扰人，望委所在长吏量加撙节。所度僧亦委选择有行业者，若容凶粗之人，则更非敬道也。乡村佛舍，请罢兵日修。'从之。"

经历过武宗灭佛的劫难，始建于唐开元二年（公元714年）的香严寺当然感同身受，自然会亲近宣宗一朝。

宋人陈岩肖在《庚溪诗话》中记载："唐宣宗微时，以武宗忌之[《新唐书》之《本纪第八》卷记载：'（李忱）性严重寡言，宫中或以为不惠。']，遁迹为僧。一日游方，遇黄檗禅师（据《佛祖统纪》，应为香严闲禅师。因宣宗上庐山时黄檗在海昌，不可能联句）同行，因观瀑布。黄檗曰：我咏此得一联，而下韵不接。宣宗曰：当为续成之。"遂有《瀑布联句》：

千岩万壑不辞劳，远看方知出处高。
溪涧岂能留得住，终归大海作波涛。

《庚溪诗话》载："其后宣宗竟践位，志先见于此诗矣。"

但未提李忱究竟"遁迹"何处为僧。而南阳丹江香严寺公众号确指李忱在香严寺避难潜隐7年。这一观点包括二月河在内的一些文化人都认同。

作家二月河生前在散文《香严初话》中写道:"我最初读到这个人(李忱),是在1948年版范文澜的《中国通史简编》上,说他少年装傻、扮痴,躲过了杀身之祸,但他为了韬光养晦,制造一个谎话,'堕马而亡'——这有点像今天说的'出了车祸'。李忱的藩号从此失踪,算是'死了'……光王李忱躲在香严寺。"

作家冬夏在2011年1月13日的《大河报》上刊文《"痴皇子"香严寺为僧》,写道:"寺内清雍正十三年《重修宣宗皇帝殿碑记》记载,唐宪宗常赞儿子光王李忱敏而好学,宽厚仁慈,有王者风范;批评其孙颖王李炎(武宗)傲慢不逊,喜好杀生。颖王因此时刻想加害李忱,所以才有光王"坠马"事件。光王潜逃至香严寺,在寺里'蔬食饮水','穿破衲',后复出为宣宗。'由是天下伽蓝,皆以关夫子为护法,唯香严寺则以唐宣宗代之护法。'(按:此碑余未亲见,待考。)

李忱还是一位诗人。《全唐诗》收李忱诗6首,上述《瀑布联句》在其中。其他5首是:

重阳锡宴群臣

款塞旋征骑,和戎委庙贤。

倾心方倚注,叶力共安边。

题泾县水西寺

大殿连云接爽溪,钟声还与鼓声齐。

长安若问江南事,说道风光在水西。

吊白居易

缀玉联珠六十年，谁教冥路作诗仙。

浮云不系名居易，造化无为字乐天。

童子解吟长恨曲，胡儿能唱琵琶篇。

文章已满行人耳，一度思卿一怆然。

幸华严寺

云散晴山几万重，烟收春色更冲融。

帐殿出空登碧汉，退川俯望色蓝笼。

林光入户低韶景，岭气通宵展霁风。

今日追游何所似，莫惭汉武赏汾中。

百丈山

大雄真迹枕危峦，梵宇层楼耸万般。

日月每从肩上过，山河长在掌中看。

仙峰不间三春秀，灵境何时六月寒。

更有上方人罕到，暮钟朝磬碧云端。

李忱的这些诗作未必是唐诗中的优秀作品，但其中的气象非帝王不能为也。《吊白居易》一诗，更代表了唐人对白居易一生及其作品的高度评价。而《题泾县水西寺》《幸华严寺》《百丈山》三首，皆写佛寺禅境，可见李忱与佛教的深厚渊源，也旁证了李忱与香严寺的关联——也许，他真的就曾出家香严寺。

（2020年5月29日，记于郑东楚居堂）

唐宣宗：了却七年隐　联句闲禅师

这就走了吗？

他回头望，山门无语，一片金黄的银杏叶缓缓飘落。

禅师站在银杏树下，双手合十，双目微闭，就像身边的银杏树，高大，枯瘦，一袭袈裟也是金黄的颜色。

他也只能合十，只能无语。

他是李忱，下了白崖山就是唐宣宗。

禅师是香严闲禅师。

该说的话，他已经说了。而且只说了一次，就两句。

上山七年了，他都不说话，只会在青灯下打坐，在心里默诵金刚。他已经忘了自己是谁，忘了自己曾经叫李忱，曾经是光王，曾经"坠于马下"而亡。甚至连哪一天翻越秦岭，沿丹江顺流而下，终于在李官桥舍舟登岸，走进山门，也忘了。忘了好，忘了那些钩心斗角，忘了那些刀光剑影，忘了那个还在一直追杀自己的侄子，那个毁佛灭佛的唐武宗。

闲禅师很闲，也很忙，忙着修行，忙着听世人忏悔，为亡魂超度。也忙着接待长安来的人，他们要他清点寺内的僧侣，还有挂单的和尚，挑水的几人，做饭的几人，也一一报来。每一次，他都如实上报，就这些，你们都看到了，没有生人，也没有才剃度出家的。

长安来人远去，山门外的竹林复归于寂静，只有一两声鸟鸣。闲禅师转身，进跨院，出后门，往坐禅谷里走。

石径蜿蜒，青山如故，溪谷如故，左手的瀑布喧哗如故。道道白练垂天而下，纷纷扬扬的珠玉落在他的戒疤上，再落到脚下，打湿了禅袍。

他在瀑布下走，瀑布洗去他的烦忧。每次长安来人，他都要从瀑布下走一回。七年了，他走了七趟。

出了瀑布，他照例朝千佛崖望去。石窟邃然，钟乳罗列，罗汉静坐，石头的罗汉已经坐了千万年，在有香严寺之前已经坐在这里，听飞瀑动静，碧溪涨消，看叶绿叶红，花开花落。

他知道，七年前，这里多了一尊罗汉。也只有他和他知道。

这一次，长安来人不再清点人头，只说要迎回一个人。闲禅师不语，拉过来人的手，以指代笔，在手心写了一个字：李。来人点点头，跟着闲禅师出方丈室。闲禅师回头摇摇手，止住了他。

他要单独去见他。

千佛崖下，闲禅师看见了他，他也看见了闲禅师。

下来吧。

阿弥陀佛。

你该走了。

阿弥陀佛。

他们走到瀑布下,站在那里,抬头看瀑布。

这次他先说话,湿了。

闲禅师说,出去就干了。片刻,又重复:出去就干了。

闲禅师把干读成了重音。他若有所悟,双手合十,眼里闪着光。

闲禅师抬手上指:千岩万壑不辞劳,远看方知出处高。我咏此得一联,而下韵不接。

他说,七年之隐,一朝了了,当为大师续成之:溪涧岂能留得住,终归大海作波涛。

出了山门,他没有走远,让銮舆候着,自己走回瀑布里。

瀑布飞声,没有人听见他在朗诵自己的诗句:终归大海作波涛。水花四溅,没有人看见他脸上的泪。

他不是为即将登基而哭,他在哭,终究还是把自己的心留在了这里。

(2020年6月18日,记于郑东楚居堂)

从唐宣宗潜隐香严寺看释道之变

唐宣宗（光王）剃发潜隐淅川香严寺，是有唐以来皇帝即位前为僧之例外，也是唐武宗李炎灭佛、唐宣宗李忱兴佛的一个缩影。

据陶善耕、明新胜主编的《中州古刹香严寺》（中国致公出版社2001年版）记载，李忱到香严寺出家发生在唐文宗开成五年（公元840年）。唐武宗会昌二年（公元842年），武宗即曾派人围攻香严寺。第二年，武宗再次派人围攻香严寺，其意不外乎是大肆搜捕李忱。

大概因为白崖山独特的地理位置和僧众的合力保护，武宗的两次围攻都无功而返。不然，李忱何以能在香严寺待到会昌六年（公元846年）武宗驾崩，而被迎回登基？其间，李忱与香严（智）闲禅师（或云黄檗禅师）合作了《瀑布联句》诗，此时李忱很可能也为了避祸而短暂外出。

当然，武宗与宣宗之"宫斗戏"以及二人对释道二教的态度，在封建帝制历史上也并非罕见。

以唐朝为例，从唐高祖李渊到唐末，鉴于释道二教对传统儒家礼仪规范的冲击，并日益威胁到国家人口和赋税经济发展，当政者对释道二教的政策一直左右摇摆，大臣们也莫衷一是，甚至在朝堂上争执不休，直接影响到释道二教的发展轨迹。对此，《旧唐书》《新唐书》《资治通鉴》都有记载。

对释道的争论，初唐就很激烈，宋人王溥撰写的《唐会要》（中华书局1960年版）《议释教》卷即有详尽的描述。如：武德七年（公元624年）七月十四日，太史令傅奕上疏，请去释教。高祖付群官详议。太仆卿张道源称，奕奏合理。尚书右仆射萧瑀与之争论曰："佛，圣人也。奕为此议，非圣人无法，请置严刑！"

萧瑀请唐高祖"大刑伺候"，傅奕当即和萧瑀吵了起来，骂萧瑀"非出空桑，乃遵无父之教"。此次争论还不算完，号称好道的唐太宗李世民随后在临朝时，还质问傅奕："佛道元妙，圣迹可师，卿独不悟，何也？"

遇到明主的傅奕回答说，佛家是"妖幻之术，于百姓无补，于国家有害"。

> 上然之。至太宗九年二月二十二日，以沙门、道士亏远教迹，留京师寺三所、观三所，选耆老高行以实之，余皆罢废。至六月四日敕文，僧尼、道士、女冠（唐女道士都戴黄帽——笔者注）宜依旧定。

这段话透露出李世民灭佛之狠辣，几乎为后世唐武宗灭佛开了先河。但很可能引起了极大的争议，时隔三个多月，朝廷又下旨，一切照旧。

李世民父子针对佛教的"斗法"以暂时失败告终。

《易·系辞下》："天地之道，贞观者也。"通过玄武门之变上位的李世民在开启"贞观之治"的同时，仍深陷释道论战之中。贞观八年（公元634

年），有大臣上密奏，请求"每日将十个大德共达官同入"，令唐太宗礼拜。唐太宗就此对参与过玄武门之变的左武侯大将军长孙无忌说："在外百姓，大似信佛。上封事欲令我每日将十个大德共达官同入，令我礼拜，观此乃是道人教上其事。"

曾当过道士的侍中魏徵则说："佛道法本贵清净，以遏浮竞。昔释道安（东晋名僧，精研佛学——笔者注）如此名德，符永（东晋僧人——笔者注）固与之同舆，权翼（曾任前秦给事黄门侍郎、司隶校尉、侍中、尚书左仆射，后投后秦——笔者注）以为不可……今陛下纵欲崇信佛教，亦不须道人日到参议。"

从中可见唐太宗对佛教的态度。初唐的佛教就这样在夹缝中生存，并渐有生机，乃至父母及尊者要礼拜僧尼，引起新的非议。

唐高宗显庆二年（公元657年），李治下诏制止："自今已后，僧尼不得受父母及尊者礼拜，所司明为法制，即宜禁断。"

到了唐玄宗开元二年（公元714年），李隆基更明确下旨："自今已后，道士、女冠、僧尼等，并令拜父母……用明典则。"不仅不让父母礼拜僧尼、道士，反过来，要求他们必须参拜父母，借以维护儒家纲常。

（2020年7月15日，记于郑东楚居堂）

僧一行竟结缘香严寺

《旧唐书·僧一行传》记载：

僧一行，姓张氏，先名遂，魏州昌乐（今河南南乐县）人，襄州都督、郯国公公谨之孙也。父擅，武功令。一行少聪敏，博览经史，尤精历象、阴阳、五行之学。时道士尹崇博学先达，素多坟籍。一行诣崇，借扬雄《太玄经》，将归读之。数日，复诣崇，还其书。崇曰："此书意指稍深，吾寻之积年，尚不能晓，吾子试更研求，何遽见还也？"一行曰："究其义矣。"因出所撰《大衍玄图》及《义决》一卷以示崇。崇大惊，因与一行谈其奥赜，甚嗟伏之。谓人曰："此后生颜子也。"一行由是大知名。

武三思慕其学行，就请与结交，一行逃匿以避之。寻出家为僧，隐于嵩山，师事沙门普寂。睿宗即位，敕东都留守韦安石以礼征，一行固辞以疾，不应命。后步往荆州当阳山（今湖北当阳市），依沙门悟真以习梵律。开元五年（公元717年），玄宗令其族叔礼部郎中洽赍敕书就荆州强起之。一行至京，置于光太殿，数就之，访以安国抚人之道，言皆切直，无有所隐。

一行尤明著述，撰《大衍论》三卷、《摄调伏藏》十卷、《天一太一经》及《太一局遁甲经》《释氏系录》各一卷。时《麟德历经》推步渐疏，敕一行考前代诸家历法，改撰新历，又令率府长史梁令瓒等与工人创造黄道游仪，以考七曜行度，互相证明。于是一行推《周易》大衍之数，立衍以应之，改撰《开元大衍历经》。至十五年卒，年四十五，赐谥曰"大慧禅师"。

唐时，河南登封嵩山会善寺高僧辈出，如元同、净藏及天文学家一行等皆出于该寺。一行曾在会善寺置五佛正思惟戒坛，主持传戒，使会善寺成为当时嵩洛地区的佛教中心。会善寺西山坡上原有一行创建的琉璃戒坛，毁于五代，尚存唐代残石柱两根，柱面雕天王像，柱础雕鬼怪神兽。

唐玄宗开元十五年（公元727年）九月，一行卧病不起。十月八日，圆寂于长安华严寺，行年四十五岁，僧寿二十四。葬于铜人原（位于陕西西安市灞桥区洪庆以东）。其过早谢世，玄宗痛悼："禅师舍朕！"追赐其谥号为"大慧禅师"，并亲为其撰写碑文《御制大慧禅师一行碑铭》："长无暇日，日诵万文。深道极阴阳之妙，属辞尽春秋之美。"

康熙二十八年（公元1689年）《淅川县志》、咸丰十年（公元1860年）《淅川厅志》记载，僧一行开创淅川白崖山香严寺，并归葬香严寺。

康熙二十八年《淅川县志》之《寺观》卷《香严长寿寺》条下注："在白崖山，有两禅院（即上寺、下寺——笔者注），乃唐宪宗时张一行与虎茵二师所开。宪宗闻之，迎至京师。后一行在长安归寂，肃宗遣使护棺归葬白崖山。邓守表闻，自葬后，山中香风一月不绝，乃名其寺曰香严。"

张一行即张遂、僧一行。窃以为香严寺当在唐玄宗时所建。此文中唐宪宗应为唐玄宗。

僧一行张遂（公元683年—727年），所处年代仅与唐玄宗（公元685年—762年）、唐肃宗（公元711年—762年）有交接，其归寂后51年，唐宪宗（公元778年—820年）才出生。所以康熙二十八年《淅川县志》这段文字有误。

再查咸丰十年（公元1860年）《淅川厅志》之《寺观》卷《香严长寿寺》条下注："城（淅川老城）东九十里，在白崖山，有两禅院，乃唐宪宗时，张一行与虎茵二师所开。宪宗闻之，迎至京师。后一行在长安归寂，肃宗遣使护棺归葬白崖山。邓守表闻，自葬后，山中香风一月不绝，乃名其寺曰香严……唐高僧慧忠国师居此。"

此段文字基本照搬康熙二十八年《淅川县志》，唯开头有"东九十里"，结尾多"唐高僧慧忠国师居此"一句。故其错讹同康熙二十八年《淅川县志》。

虎茵、慧忠本一人，虎茵为慧忠国师俗家名。因淅川曾并内乡，故康熙三十二年《内乡县志》如是记载："（慧忠）居南阳白崖山党子谷（原注：有香严寺，宋范仲淹诗曰：白崖山下古禅刹，即此。——可见范仲淹知邓州撰《岳阳楼记》前后，亦曾游历香严寺——笔者注），四十余年不出山，戒行精专。唐肃宗上元二年诏征赴京师，待以师礼……大历十年（唐代宗年号，公元775年——笔者注）在长安示寂，诏其徒奉灵骨建塔于党子谷香严寺。"

由此，可以厘清两个问题：其一，淅川香严寺为僧一行、虎茵于唐玄宗时创建。其二，僧一行并非葬在陕西铜人原，而是于公元727年归葬在香严寺。48年后，慧忠国师灵骨亦葬于香严寺塔林。

香严寺之下寺，20世纪已没于丹江口水库之中，为航行安全，下寺之塔林被炸毁；而上寺之塔林尚存，但规模甚小，只存石塔、砖塔二十余座。希望择日再访淅川香严寺及其塔林，查考相关碑记，寻觅僧一行和慧忠灵塔所在，或可解惑也。

（2020年6月22日，记于郑东楚居堂）

司空图隐居淅川考

有人说，唐宣宗李忱（公元810年—859年）营造的"大中之治"更像是大唐的一次回光返照。

李忱驾崩后，左神策军护军中尉王宗实等矫诏，拥立郓王李漼为唐懿宗。想当初，武宗病重，李忱也是被宦官从淅川香严寺接回长安即位的。

欧阳修、宋祁在《新唐书·本纪第九·懿宗僖宗》卷末评价说："唐自穆宗以来八世，而为宦官所立者七君。然则唐之衰亡，岂止方镇之患？盖朝廷天下之本也，人君者朝廷之本也，始即位者人君之本也。其本始不正，欲以正天下，其可得乎？懿、僖当唐政之始衰，而以昏庸相继；乾符之际，岁大旱蝗，民愁盗起，其乱遂不可复支，盖亦天人之会欤！"

咸通年间，唐懿宗李漼（公元833—873年）沉湎游宴、乐舞，任人不能，奉迎佛骨，致苏、浙、川并安南相继动乱，民不聊生。直到唐僖宗李儇（公元862—888年）乾符年间及其后，昏庸之君与藩镇割据、宦官当政两大毒瘤相互催发，终于使晚唐乱成一团，不可收拾，直至朱温（公元852年—912年，因镇压黄巢军有功，被唐僖宗赐名全忠，任河南中行营招讨副使。次年拜汴州刺史出宣武军节度使，又进封梁王，以河南为中心，渐成唐末最大的割据势力。唐昭宗李晔天复元年，率军入关把持朝政。天祐元年，逼迁唐昭宗于洛阳，不久杀昭宗，立李柷为唐哀帝。天祐四年，夺帝位，建国，国号梁，史称后梁。开平二年，弑哀帝。）篡唐自立。

就是在这样的乱世里，晚唐诗人、诗论家、《二十四诗品》作者司空图（公元837年—908年）辞官遁世，先隐居山西永济中条山王官谷，后来到河南淅川。

清康熙二十八年（公元1689年）淅川知县郭治原辑、咸丰八年（公元1858年）淅川抚民同知王官亮重刊的《淅川县志》人物卷和清咸丰十年（公元1860年）《淅川厅志》人物卷"流寓"条下均记载了司空图先隐居山西永济、后隐居淅川的史实："司空图，字表圣，河中虞乡（今山西永济市）人。唐咸通末进士，累官知制诰，迁中书舍人。值天下不靖，解官归隐，居王官谷。后诏拜谏议大夫，不赴，避地淅川。朱温僭号，召至欲用之。图故为野叟状，示不可用，温舍之。及哀帝遇弑，不食而死。"

唐亡我亡。公元908年，因朱温篡唐弑帝，司空图绝食而死，终年72岁。但他的诗歌尤其是他的《二十四诗品》却流传于世。有品之人方有上品之诗，无品之人焉可品评臧否诗歌。《全唐诗》收录有他写淅川隐居生活的诗4首：

寓寄淅上（二首）

一

华下支离已隔河，又来此地避干戈。

山田渐广猿频到，村舍新添燕亦多。

丹桂石楠宜并长,秦云楚雨暗相和。

儿童栗熟迷归径,归去仍随牧竖歌。

二

西北乡关近帝京,烟尘一片正伤情。

愁看地色连空色,静听歌声似哭声。

红蓼遮村人不见,青山绕槛路难平。

从他烟棹更南去,休向津头问去程。

浙上重阳

登高唯北望,菊助可□明。

离恨初逢节,贫居只喜晴。

好文时可见,学稼老无成。

莫叹关山阻,何当不阻兵。

重阳山居

此身逃难入乡关,八度重阳在旧山。

篱菊乱来成烂漫,家僮常得解登攀。

年随历日三分尽,醉伴浮生一片闲。

满目秋光还似镜,殷勤为我照衰颜。

身在乡野,心系朝廷,中国传统文人一以贯之。司空图承继的是杜少陵的家国情怀。诗中涉及的时代大事当是唐末动荡及其中的朱温反唐:如"华下支离""避干戈""烟尘一片""静听歌声似哭声"等,都是当时社会现实的写照;诗中涉及的隐居地——乡村也极为萧条:"山田渐广猿频到,村舍新添燕亦多""红蓼遮村人不见";诗中写到的植物有:丹桂、石楠、板栗、红蓼、菊花等;诗中写到的"秦云楚雨"类"朝秦暮楚",战国时期,秦楚于淅川一带反复争夺,归属频易。"西北乡关近帝京""登高唯北望"更点明了淅川与长安、洛阳的地望;故《寓寄淅上》第一首很可能作于朱温领兵进入长安之时的唐昭宗李晔天复元年(公元901年);《寓寄淅上》第二首很可能作于朱温于天祐元年(公元904年)逼迁唐昭宗于洛阳并杀之,立李柷为唐哀帝时。

《淅上重阳》《重阳山居》二首则当作于唐哀帝天祐四年(公元907年)重阳节期间。《重阳山居》中的"八度重阳在旧山",说明司空图至少在淅川隐居了八年之久。这一年,朱温建后梁,并召司空图回京出任礼部尚书,司空图"故为野耋状,示不可用"。司空图隐居淅川的时间下限,则为公元907年。

至于其诗中写到"又来此地避干戈",未必就是两次到淅川隐居,这个"又"当指他自山西王官谷隐居之后第二次隐居。

康熙《淅川县志》和咸丰《淅川厅志》均未指明司空图到底隐居于淅川何处。但从其作于淅川的诗作中可以找到一些线索:

首先,其隐居地必近丹江。前二首标题曰"淅上",当指淅川或淅水(丹江),且诗中写到"烟棹""津头"这些关键词。其次,其隐居地必植物茂盛,山花烂漫。最后,其隐居地当系"秦云楚雨""朝秦暮楚"之地。上文已有阐述,必然在淅川境内,且战国时战乱频仍、秦楚反复争夺之地,具体位置当在今淅川县大石桥、寺湾一带,依山傍水之处。

今年四五月间,笔者曾访淅川大石桥、寺湾,得见一线丹江奔流,两岸群山簇拥,更走访大石桥乡茅坪村,登村旁金菊岭,西北可遥望长安,东南可俯瞰丹江,岭上杂花生树,流泉飞瀑,石墙茅屋,颇类世外桃源。当年的司空图会不会就曾隐居于此呢?

(2020年8月8日,记于郑东楚居堂)

欧阳修淅川龙巢寺读书考

淅川人文鼎盛，盖有因也。岂止屈原、范晔，晚唐诗人、诗论家、《二十四诗品》作者司空图（公元837年—908年）曾隐居淅川，唐宋八大家之一、宋代大文豪欧阳修更与淅川颇有渊源。

清康熙二十八年（公元1689年）淅川知县郭治原辑、咸丰八年（公元1858年）淅川抚民同知王官亮重刊的《淅川县志》寺观卷和清咸丰十年《淅川厅志》寺观卷均记载："龙巢寺在县（今淅川县老城）南三十里。魏太和初（公元477年—499年，为北魏孝文帝拓跋宏的太和年号），僧德皎创建。因有龙巢于此，故名，今窟尚在。欧阳公有记。"

此段文字表明，龙巢寺为淅川境内最古老寺院，距今已逾1500年，可惜已被淹没在日益上涨的丹江口水库之下；宋代文豪欧阳修有龙巢寺记，尚未见到，还需检索。

欧阳公即欧阳修（公元1007年—1072年），字永叔，号醉翁，晚号六一居士，谥号文忠，累赠太师、楚国公。籍贯吉州庐陵永丰（今江西吉安永丰县），出生于绵州（今四川绵阳）。官至翰林学士、参知政事。主修《新唐书》，并独撰《新五代史》，有《欧阳文忠公集》传世。

大中祥符三年（公元1010年），欧阳修的父亲，时任绵州军事推官的欧阳观去世。年仅4岁的欧阳修，与母亲郑氏相依为命，只能从四川绵州前往湖北随州，投靠叔叔欧阳晔。

欧阳修自幼喜爱读书，母亲郑氏以芦苇秆为笔，教他在沙地上写字。欧阳修也常从随州城南李家借书抄读。10岁时，他从李家借到《昌黎先生文集》六卷，手不释卷，诵读不辍。直到22岁时离开随州到开封应试，在经历了两次落榜之后于天圣八年（公元1030年），二甲进士及第。

那么欧阳修自绵州随母至随州，必然出川北上，再东南行，沿丹江而下，至淅川岵山下的龙巢寺停留短住读书就合情合理了。其时当在公元1010年至1017年之间。

欧阳修在龙巢寺读书的情况，《淅川县志》《淅川厅志》都有直接和间接的证明。

康熙二十八年（公元1689年）《淅川县志》人物卷记载："欧阳修，字永叔，庐陵人。少孤，依郑氏。未第时，尝至淅川托迹龙巢寺，昼则登访，夜则诵读。旋登高第，为宋名儒。事见本寺《和师塔记》。有《兴化寺修工记》。已故，有祠祀之。彭太史（明代淅川人彭凌霄，生于公元1560年，卒于公元1628年，进士二甲，入翰林院为修撰，官至礼部侍郎，著有《苍雪轩诗稿》《青松诗集》等）以母命建表忠阁于寺后，有记并诗，见艺文志。"

与此相佐证，咸丰十年《淅川厅志》艺文卷收录有彭凌霄的诗《重建欧阳文忠公祠》："频来金地访精庐，尽说欧阳此读书。置酒一壶先卜颎颒，看山四野胜环滁。有碑依砌苔全厚，无庙栖神树仅余。为建新祠遵治命，因思画荻泪盈裾。"

康熙二十八年《淅川县志》艺文卷则收录了与彭凌霄同朝为官，晚年同样辞官告老还乡的岭南人黄儒炳的诗《题欧阳永叔读书处盖新建阁在龙巢寺后也》："一自先贤浪迹余，青山丹水递相与。折芦漫拨灰中画，废笈从钞壁下书。十里峰峦新杰阁，千秋文藻旧精庐。登台不用南州望，访古依然六一居。"

上述二诗都写到了欧阳修幼年折芦写字，抄书读书的情景，且把场景设在淅川龙巢寺，而非湖北随州。

因为少小在淅川读书，与淅川结缘，欧阳修对淅川情有独钟，登第为官后还为淅川兴化寺写过碑记。据于慧珍编著的《历代名人咏淅川》（中国民族摄影艺术出版社，2002年版）转引《欧阳修全集》内容为证，康熙二十八年《淅川县志》人物卷记载的欧阳修所撰的《兴化寺修工记》，实为《淅川县兴化寺廊记》。

景祐三年（公元1036年），时任馆阁校勘的欧阳修因支持范仲淹的改革新政受牵连，被贬为夷陵（今湖北宜昌）县令。于慧珍考证，《淅川县兴化寺廊记》当系欧阳修贬谪途中经淅川时所写。该文详细记载了兴化寺僧延遇新修行廊64间的前后过程，并说他是应延遇所求方作此文："寺始建于隋仁寿四年（公元604年），号法相寺。太平兴国（公元976年—984年，宋太宗赵匡义的一个年号）中，改曰兴化，屋垣甚壮广……凡几坏几易，未尝有志刻，虽其始造之因，亦莫详焉。至延遇为此役，始求志之。予因嘉延遇之能果其学也……夫世之学者知患不至，不知患不能果，此果于自信者也。"

笔者近日购得中华书局2001年版《欧阳修全集》，得见原文如上。

（2020年8月7日，记于郑东楚居堂）

梦公故里行

5月1日是诗人周梦蝶先生逝世6周年忌日。

这一天,我和同样写诗的妻从郑州出发,决意回去寻访周梦蝶故里。

走之前,微信联系了淅川诗人、周梦蝶的本家侄女周华瑞。5月2日下午,因故不能"导游"的她,向我介绍了周荣基,周梦蝶先生堂侄。

5月3日早饭后,开车离开分水岭,过了丹江小三峡大桥,还有10余公里,我拨通了周荣基的电话。他说,来吧,我就在陈店,在家里等你。我没有问清楚,他家到底在村子的什么地方。

上午9点,火辣辣的日头照在马蹬镇陈店村口的石头上。当地人称之为"窟窿石",是村民近些年从周边的山上挖出来的,大小不一,玲珑剔透,方寸之间见自然气象,完全可以和太湖石媲美,成了当地一大产业。

我望着窟窿石,窟窿石上的窟窿就像睁大的眼睛,也望着我这个迟到的来访者、朝拜者。

2014年5月1日下午2点48分,因为肺炎合并败血症,引发多重器官衰竭,淅川籍诗人周梦蝶病逝于台湾台北市新店慈济医院,享年94岁。

6年了!

诗人在世的时候,我无缘拜会。2015年6月和几位河南诗人访台,也没能到诗人灵前祭拜。座谈中,诗人、《创世纪》创办人张默说:"河南在台湾的两位诗人周梦蝶、痖弦都非常优秀。"大家还即席朗诵了周梦蝶、张默的诗歌,互赠诗集和书画作品。

现在才来周梦蝶的老家寻访,的确是迟到了。

一位忠厚长者从窟窿石下走过。他叫程来坤。得知我们要去拜访周荣基,他说,不远,他领我们去。

从村口到周荣基家,几分钟就到了。一座三间主房一间偏屋组成的小院,几乎被一整架绿叶长藤的葡萄遮蔽,院内还晾晒着新收的油菜籽。院门外草丛里躺着一个硕大的石臼,是个老物件。

妻有心,下车时带了两本她的诗集《花语》,一本送给程来坤,一本送给周荣基,算是见面礼。

周荣基接了,还问了一句:"送我的?"

得到了肯定的答复后,他说:"铁军给我说了,你们要来。"

"铁军是谁?"

"铁军是我大爹周梦蝶的亲孙子啊。他在杭州打工,回不来。"

这才知道,周华瑞正是通过周铁军,才给我要到了周荣基的手机号码。

一说起周梦蝶,周荣基满脸神采,语速也快了许多,不像是身患高血压、冠心病的76岁老人。他自己则说,快八十了。儿子在寺湾镇医院上班,女儿、孙子和外孙都很孝顺。

我说,我要去看周梦蝶出生的老宅子。

周荣基说，早就不在了，别人前些年在那里盖了房子。

我坚持要去看。出了小院往西，他在前面走，我一边录像，一边紧紧地跟着。

十字路口东北角，一座白墙平房就建在周梦蝶家的老宅基之上。

明初，周家先祖自山西洪洞县大槐树下迁到与陈店相邻的周营村。这处宅院原本是周家设在陈店的仓房，收存租子，后来才改造成了住宅。周荣基说，老屋分前后院，前院是他父亲周起华的老宅。后院原来是一座二层小楼，就是周梦蝶的家。

1921年2月6日，腊月二十九凌晨，一个小男孩——周起述呱呱坠地。

4个月前已经去世的父亲周怀青不会知道，把他抚养长大的母亲也不会知道，这个原本叫周起述的孩子会成为一个享誉海内外的大诗人。他就是周梦蝶。1952年，周梦蝶开始发表作品。1954年，加入蓝星诗社。1959年4月，自费出版诗集《孤独国》，自此开启了一代诗风。后又陆续出版了4部诗集，获得过多项台湾诗歌奖。

我对着已经不在的老宅子说：梦公，我们来看你了！

周荣基不知道"梦公"的缘由。我说，2010年10月27日，我曾陪同南阳籍台湾诗人痖弦参观河南文学院，赠送他一本我的诗集《行走》。2011年2月6日，痖弦先生在给我的来信中说："淅川是出诗人的地方。今年已经九十岁的老诗翁周梦蝶，就是你们那里的人。他于1949年去了台湾，诗好到令人叹为观止。你在《圆融寺》诗中说，'必须把自己删除'，那梦公（在台湾年轻一代诗人都称他梦公，称我痖公）便是真正有智慧、有决心'删除'自己的人。"

4年后的2014年5月1日，梦公真的从尘世"删除"了自己，但删不掉的是游子对故乡的无尽思念，是智者的"智慧"和诗心。

十字路口向南，一条百米长的小路直通村外，路两旁是高低错落的民居。

这条路有一个名字，叫：周家巷。

周荣基说，"土改"时，周梦蝶家被划成地主成分，只分到了一间主房和一间偏厦。但这条路仍然铭记着周家的历史，用周荣基的话说就是，曾经家大业大，曾经受苦受难。

周家巷尽头往东200米，一带低矮的土岗上，青色的麦田在风中起伏。走下田埂，将熟的蚕豆和齐刷刷的麦穗簇拥着周家的坟地。几座坟头坐北朝南，分别是周梦蝶的父亲、母亲、妻子和他的长子周荣西的坟茔，上面都覆盖着头年收割的玉米秆。每年清明，周荣基都要来烧纸。周荣基说，这是根儿，这是念想。他是在替周梦蝶守护着他们。

周梦蝶16岁结婚，育有两男一女。长子周荣西1987年生子周铁军，1997年病故；二子周荣涛，十五六岁病亡；女儿周喜凤，嫁于邻近的内乡县瓦亭镇，已故。

在家乡念完私塾和小学、初中后，周梦蝶还先后在开封师范学校、宛西乡村师范读书，因战乱和家贫肄业。1948年，周梦蝶去湖北武汉求学未成，生活无着投军，后随军到台湾。

"他们老兄弟俩，都不在老家，一个跟国民党干，一个跟共产党干。"周荣基说，他的父亲周起华是周梦蝶（周起述）的亲堂弟。父亲离开淅川时，他还被妈妈抱在怀里，直到1966年父亲荣归，他才第一次见到已是一名师级干部的父亲。周起华后转业到地方工作，先在南宁，后到昆明，晚年病逝昆明，周荣基与家人坐了几天火车赶到时，父亲已火化，安葬在当地。

"都没入老坟啊。"站在坟地，我和周荣基一起唏嘘良久。

回望村北，依稀能看到黄龙寨的雄姿。向南，麦田尽头是一大片杨树林，林下的响水河流水潺潺。再往南一两公里，牛头山绵延起伏，状如卧牛。周荣基指着"牛头"下的一带高坡，说那里叫南岭岗，过去通往淅川老县城的官道从岗下过。南岭岗背后的那座山，叫冯仁德寨，与内乡县乍岖镇接壤，民国前刀客冯仁德在那里占山为王，杀富济贫。

这样的山水，这样的土地，能不出诗人吗？

两个村妇在响水河边的漫水桥上洗衣。一群鸭子游过，清澈的河水荡起层层涟漪。几个顽童在水边玩耍。恍惚间，我似乎看到了少年的周梦蝶。

默默阅读《幼学琼林》的周梦蝶，大声背诵唐诗宋词的周梦蝶，应答着母亲呼唤起述回家吃饭的周梦蝶，诗歌的种子在幼小的心里萌芽的周梦蝶……

桥头一截青石，字迹漫漶，但依然能辨出"同治十年岁次辛未二月"的字眼。读书累了的时候，周梦蝶可曾坐下歇息？河岸北边的土坡上，一棵皂角树高大挺拔，树龄不会低于100年。母亲到河边为他洗衣时，周梦蝶可曾摘下弯弯的皂角飞跑着送去？

这一切是那么遥远，又恍若昨日。

响水河往西南流，经杨营、寇楼村，汇入丹江，再东南入汉江、长江，融入东海。

海峡那边的他要溯源回家。

1997年6月，割麦的时候，周梦蝶回来了。

77岁的古稀老人回来了。从1948年离开陈店到武汉求学，已经过去了50个春秋！

周荣基至今记得，他大爹走进陈店的时候，眼里是含着泪的。走东家，访西家，周梦蝶见人就抱拳打招呼，还给亲邻故旧一一送上微薄却滚烫的礼金。周荣基说，他从他大爹手里接过了500元人民币。

周梦蝶看了老宅看祖坟，没有更多的话，只是默默地看。往事如烟，唯有亲情难忘。作为遗腹子，他是没见过父亲的。母亲更不易，含辛茹苦把他带大。替他养儿育女的老伴早已故去，二子荣涛1958年得痢疾病故了，女儿喜凤远嫁瓦亭。老大荣西拖着病体前后跟着他，话也极少。

和他一起从台湾归来探亲的两个"老兵"，一个是河北人，一个是新野县人，跟在他的身后。不知道当年他们是不是一同去的台湾？

周梦蝶也去了周营村，给自己当年的老师的后人送上了一份礼金。尊师重教的诗人啊。

待了五六天，周梦蝶折返南阳市，在亲戚家小住。

过了几天，周梦蝶从南阳回到了陈店。当年10岁的周铁军也记得那一幕。听了亲戚的建议，他爷爷要在老家盖几间房子。应该是给荣西和铁军盖的，铁军的妈妈在铁军六七岁的时候就病故了。

不知道77岁的老人是否也想过，将来有一天能回来住上几晚。

从村西头沿着公路往前走百十米，紧靠路边的4间出檐平房就是周梦蝶折返的结果。掏出钥匙，打开门锁，周荣基说，县里很重视，协调乡里、村里，划出了这二分宅基地。钱是周梦蝶出的，房是一个亲戚承建的。屋里空荡荡的，只有东屋堆了几十袋化肥，是周荣基家存放的。

推开后门，后院东头还有一间厨房，门关着，铁锁锈迹斑斑。院子不大，有四五十平方米，种了两棵树，一棵棕榈，一棵樱桃，都是周荣基后来种的。樱桃树上只有绿叶，未见樱桃。周荣基说："平时也没人进来，樱桃都被虫翼儿（小鸟）叼吃了。唉。"

一声叹息之后，周荣基说，房子是在第二年才盖好的。但荣西没有住上这新房。周梦蝶尚未返台，荣西已病逝于县医院，可谓伤痛之至！孤苦一人的铁军被他的舅舅接走，在外乡念书，读到了初中，就辍学外出打工。到现在，他还在工地上干活，也是个可怜孩子。

我也一时语塞。想了想，还是拨通了周铁军的手机，显示是浙江的号码。周铁军直说自己那时候小，不懂事，学习也耽误了，对不住自己的爷爷。这些年在外打工才知道知识的重要，现在经常看书，最近正在读简本《史记》。

他记得，陪着他爷爷一起回来的那两个"老兵"当时问过他："你知道你爷爷是干什么的吗？大诗人！"10岁的铁军哪里知道诗人是什么。直到他爷爷给他汇来300元钱，买了第一部手机，他才从网上搜索到了爷爷的照片、爷爷的诗、爷爷的生平。他打电话过去，问爷爷："网上的你是你吗？"周梦蝶在电话里说了四个字："对，对，是，是。"

铁军说，他和爷爷通过几次电话，但如果说话间隔30秒，爷爷就把电话挂了。

他前前后后还给爷爷写了10多封信，邮寄到台湾。铁军说："你知道的，我爷爷话少，每次回信就几句话，都是鼓励我要上进。"可惜，铁军多年漂泊在外，很多书信都找不到了。他手头唯一保存的一件，也被律师要走去"作证"。周梦蝶去世后，家乡很想迎回他的骨灰，但要经过很复杂的法律程序。迄今未果，信的原件也不知道现在哪里。

幸亏，铁军的手机上保存了这封信的翻拍图片：

草　说

给我一寸土

我便能生根

二〇〇四年。

勉铁军。

粪朽人

这是周梦蝶2004年写给周铁军书信的内容。落款"粪朽人"，很有意味，大概是说他自己年老体衰，已近无用，更有借宰予昼寝事勉励周铁军之意。《论语·公冶长》载："宰予昼寝，子曰：朽木不可雕也，粪土之墙不可圬也！于予与何诛。子曰：始吾于人也，听其言而信其行；今吾于人也，听其言而观其行。于予与改是。"

　　这是周铁军收到的最后一封信，也是一首只有两行的短诗。

　　故乡如土，人生如草。根脉所系，诗魂永恒。

　　这个根扎在故乡淅川，扎在所有爱诗的人心里。

（2020年5月4—7日，记于郑东楚居堂）

第四辑

楚记楚言

淅川记

淅川者，亦即六百里商於之地也，《史记》《水经注》皆有载。其历史悠久，肇自尧舜，自秦汉设县，赓续至今。其境也，北依伏牛，西接川陕，东望宛邓，南控荆襄，人文鼎盛，诚钟灵毓秀也。怀其古，亿万年沧海桑田，象牙成化石；下王岗稻菽飘香，农耕植文明；丹阳城披荆斩棘，楚都三百岁，奠淅川根基也。

淅川之水长矣。丹水源出秦岭，涌流湍急，夹岸美景，郦道元、徐霞客为之惊叹，颇多笔墨。即出商洛，过荆关，跨石桥，润秧田，沿老人仓、单岗、狮子岗东南而去，经白渡、太白二滩，越云岭、太白、雁口三峡，出四道沟、九道梁、八里沟，掩埠口、李官桥、龙城名镇，兴马蹬、红庙、张营、宋岗、太子山诸码头，汇万顷碧波，如海似洋，海鸥与飞舟迎日，汽笛与渔歌唱晚。止丹江口，高坝雄峙，锁汉揽鄂，银浪叠翠中，电机轰鸣，武当为之颔首，沧浪为之歌吟。而鹳河源自伏牛，经卢氏，穿西峡，过上集，环岨山，于马蹬入大江，合二为一。更有淇河、滔河、金河、黄水、刁河诸水，黄龙、大泉诸渊，皆滔滔不息，化琼浆玉液，育百姓万户也。

淅川之胜多矣。三户虽没库底，楚风依然浩荡。楚本小邦而不馁，终开疆拓土，问鼎中原，凤凰涅槃。20世纪后叶，水消地裂，国器时现，铜禁铸失蜡之法，编钟奏八音之和。名山藏经典，儒释道教化深远。下有双寺并峙，虽下寺沉于江内，上寺仍享香严之祭，唐帝因之庇佑，禅宗因之广大，茂林修竹，浮屠俨然，壁画清晰，息壤日长，飞瀑谷中可坐禅。中有龙巢古刹，欧阳修少时于此读书，文定北宋；李自成中兴赖此进兵，得成大顺。上有法海禅寺，危岩邃窟，香烟缭绕，僧俗能持三宝。寺下关河险阻，明清长街古朴，平浪禹王庄严，一脚可踏三省。其间兴华寺、泰山庙并九重阁等，再起楼宇，隐隐然又见洞天福地。江峡间有八仙洞，钟乳纷垂，鬼斧神工，疑为寒澈龙殿。其近邻曰大观苑，立观音玉像，树移民丰碑，纳万千风光，成休闲胜地。更有南水北调中线渠首，陶岔分流，北上千百公里，京津不再干渴，北国从此氤氲，实天河龙头也。

淅川之人俊矣。尧有丹朱，治蛟除害，围棋分黑白；楚有熊绎，跋涉山林，发愤启宏图；商有范蠡，入相出圣，经贸尊陶朱；辞有屈原，放逐汉北，登岨哭国殇；史有范晔，比肩班固，后汉书纪实；医有仲彝，专攻骨科，桃李满天下；诗有梦蝶，恬淡自然，寰宇称典范。而半个多世纪，移民逾四十万，西至青藏高原，风餐露宿，死难万五；南抵江汉平畴，改种水田，渐变风俗；北达黄淮两岸，新村二百，再建家园。人之于世，求安居，厌迁徙。淅人一再抛故土，舍祖茔，能无苦痛乎？淅川之企，多关停并，谋新路，开新局，能无牺牲哉？则护湿地，保水源，永北送，岂可歌可泣而已乎？淅川之爱，大爱也。

吾本小民，生于斯长于斯，幼曾移居荆门，而青春耗费郑汴之间。今过天命,碌碌书生,偶回宛淅,见故乡容貌,以创新谋发展,唯绿色求共享,又感交通便捷,而乡情亲情日盛。今逢中秋,望长空圆月,草成此文,或致冰心于万一。

是为记。

(2016年秋记,改于2020年仲夏)

寺湾记

寺湾，我是经过的，但仅仅是"经过"。自淅川县城过鹳河去荆紫关数次，均路过寺湾，却不曾驻足。

庚子清明后，终得便访寺湾镇。出高湾村部两公里许，长岭如龙，因无名，且以苍龙岭名之。岭之中，缓坡如砥，方圆十余亩，下有新石器至仰韶、龙山文化层并楚国贵族墓，上有明珠寺。寺早破败，果贤法师近年驻锡于此，草建佛堂、僧房。残砖碎瓦之外，唯存明嘉靖三十二年（公元1553年）《重建明珠寺》碑，言该寺始建于唐武周年间。而碑文中竟附公元纪年，顿生疑窦。

与果贤法师并振辉、成敏先生出寺南行百余米，自岭头下望，沟谷如椅，左拥右抱，黄土尽处白杨成林。远眺丹江、淇河交汇处，二水合流，蔚蓝如海。古稀老者温兴平与老伴正于坡地播种花生，亦颇健谈。众皆曰，坡下沟谷并林莽处系楚三户城遗址，"商圣"范蠡亦生于此。吾唯唯而已。

《史记》载："范蠡，字少伯，楚宛三户人。"又载："楚虽三户，亡秦必楚。"辅佐越王勾践灭吴，终泛舟五湖，又经商致富、散财留名的范蠡到底是哪里人？南阳市宛城区及淅川、内乡、邓州皆争之。金元明之际，内乡曾辖淅川，邓州又曾辖内乡，故有争。淅人颇不让，更于新县城牛尾巴山建范蠡公园、范蠡祠以祀之。

欲辨之，必欲厘清"楚三户"与"楚宛三户"。吾曾访寺湾邻乡之大石桥，知楚三户城遗址在鄀国故都商密，今大石桥之柳泉村，且《淅川县志》有确指。但同行者寺湾文旅办主任冯斌出《中国历史地图集》之"春秋时期三户位置图"，却标明三户在寺湾，在丹、淇交汇处。冯斌说，此地当为真正的"楚三户"，古城与墓地往往相近，苍龙岭上的楚墓亦可为证。高湾村支书黄宗昌亦言，山东大学某教授多年前来此考察三户城遗迹。

而"楚宛三户"何在？《南阳日报》1995年4月29日刊文《范蠡故里新考证》，则以新发现之乾隆年间"古范蠡乡"石匾和范蠡坟等为证，认定范蠡故里为宛城区瓦店镇界中村。2011年郑大丁宏健硕士论文《范蠡故里问题研究》则做考证，详论大石桥之三户城与《史记》所载"楚宛三户"并无干系，范蠡故里实为南阳宛城区黄台岗乡三十里屯一带。

一路下岭寻访老君洞，一路"论战"，一时莫衷一是。苍龙岭下即见丹江西来，淇河北至，于此并流。千百年间，河床频繁摆动，留下荡荡河滩，丛丛草木，绵延至现丹江河道南岸飞虎崖下。

自新修栈道北行数百米至苍龙岭西麓，数丈高崖下一洞宛然，即老君洞也。洞内太上老君法相鲜明，似重塑不久。因疫情，几无游人。仰望崖壁，有数个方形梁洞，并见几道白灰痕迹，似曾有古木楼阁式建筑。冯斌推测，老君洞前身当系楚墓祭祀建筑遗迹，或为守墓人所居。

说起古墓，冯斌更见神采，遥指西北方向一孤立高坡，与苍龙岭、飞虎崖三足鼎立，丹江曾行其下，迄今可见纤道痕迹。隋朝时其上建圣寿寺，故曰寺坡，亦寺湾所得名。坡上更发现中原地区唯一崖墓群，可与川渝悬棺相媲美。

闻言大喜，驱车至寺坡北西营村。村名西营，与古战场有关，村旁还有东营、前营，皆往昔驻军营盘。冯斌热情为导，约见老中医王光宇。王光宇熟稔乡土文化，与新疆大学淅川籍教授夏冠洲有交，且以其书稿为证，确信三户城和范蠡故里在寺湾。更言秦楚多于此争锋，金元亦于此大战，红四方面军中原突围时，李先念、王树声率军亦经此入鄂境。数年前村人于河滩淘金，捡拾铜质箭镞多枚，交其存放。吾欲观，王光宇以正修房，不好找婉拒，只从手机里翻出老照片传我，一绿色塑料盘内盛放9枚各式箭镞。且云圣寿寺乃宋哲宗时所建，与冯斌所言有异。

吾急于访崖墓群，作别王光宇。路过前营村，冯斌说，还有宝贝。进一农家，得见两件原始石斧、一件石凿和一段象牙化石，主人称皆系耕地时所得。冯斌说，1977年修筑寺（湾）荆（紫关）公路时，民工就曾挖出一件2米长象牙化石，现存淅川县博物馆。而崖墓群亦为20世纪80年代修路所发现。

终至寺坡南麓，未见古墓，先见汉砖散落田间地头，或花纹砖，或五铢钱纹砖。地头立"寺坡崖墓碑"一方。越碑下干沟，攀援杂木上行，多座墓穴上下错落，或大或小，或方或圆，因暴露甚久，已无一物。进其室内，砂岩之中，多杂黄土与鹅卵石，想必寺坡为远古河床抬升所致。也有未发掘者，灌木丛里仍可见墓口痕迹。

至于到底有多少座崖墓，冯斌也说不清楚，寺坡除北坡外，东、南、西三个断面均有发现。目前出露的只有几十座，据他推测，崖上还有数千墓穴。开车从寺坡返寺湾镇政府，坡上仍时见出露的墓穴。2018年5月，此崖墓群获批河南省文保单位，目前正做文保规划。

三山对峙，二水交流，寺湾山水绝佳，自是上古以来人文繁衍之地。岂止楚三户城、苍龙岭楚墓、寺坡崖墓，寺湾尚有郭湾新石器遗址、上下古城遗址、夏湾古墓岭汉墓群、党岗汉代遗址、前营唐代掘山寺遗址、西营宋代屈炳臣墓等陆续发现，更有马古洞、鳖古洞、擂鼓台、天池坑一众自然胜景。时已过午，未能尽观为憾。

因有丹、淇之利，寺湾于唐朝中期即是南方至长安的主要通道。丹江在寺湾境内又名小黄河，明清时，小黄河码头帆樯林立，绵延十余里。如今，淅十（淅川—十堰）高速穿境而过，寺湾所产黄金、大理石和湖桑、黄姜正造福一方百姓。期待有志之士走进此山此水，保护开发寺湾文旅资源。则无论三户城究竟何地，范蠡究竟何乡人，也当幸甚至哉！

（2020年4月29日，追记于商城郑东）

土地岭"石"话

寻访一处风景,可以有很多的路径;走进一个村落,却需要穿越千百年的时光。能够沉淀和呈现的,一定是内心深处的乡愁和传统之上的嬗变。

在黄土地上耕作,在石板路上走动,在石板屋下生息。他们就是土地岭人,用石头书写了一段不朽的传奇。

如果从岵山下的狮子岗码头乘坐汽车轮渡过丹江,舍舟登岸之后,再往豫鄂界方向南行10余公里,就能走进河南省淅川县盛湾镇土地岭村。村口的3间石板屋,石板为墙,石板作瓦,古朴别致。这是土地岭村的标志性民居建筑。盛湾镇副镇长、驻土地岭村第一书记万丛说,像这样的房舍,在土地岭村超过1500间。

石板屋前的文化广场中心,一棵国槐虬枝新叶,有合抱粗,就像站在广场上娓娓言笑的老者,虽然龙钟,却很精神。树腰上系着的古树名木牌标明,这棵国槐的树龄超过230年。230年前,当在清朝乾隆年间。比这棵国槐还年长的，是国槐东边30米的通岳观。高大的山门飞檐翘角，青石制作的匾额上镌刻着三个遒劲有力的大字"通岳观"。上款写"岁次丁卯季秋月立"，无下款。石匾上方还悬挂着一块"玉虚紫馆"木匾，未见年款。

通岳观的"岳"不是五岳的哪一岳，是指有"太岳"之称的武当山。明成祖朱棣经过"靖难之役"上位，发愿大修武当，命隆平侯张信、驸马都尉沐昕等率20万军民、工匠，从永乐十年（公元1412年）到永乐二十一年（公元1423年），历时12载，建了大大小小33处宫观，让武当成了道教名山。到嘉靖三十一年（公元1552年），晚年的明世宗朱厚熜也信奉道教，封武当山为"治世玄岳"，命工部侍郎陆杰率人重修武当山宫观。

当地人说，通岳观最早建于明世宗嘉靖年间。明世宗，公元1522年—1566年在位。查石匾上的"丁卯"，与其接近的两个丁卯年分别是公元1507年和公元1567年。公元1507年是明武宗正德二年，公元1567年是明穆宗隆庆元年，较为接近。但到底何时所建，还需考证。

盛湾镇境内多青石古道、黄泥土路，都是豫西人朝武当、拜祖师的必经之路。今盛湾镇中心学校旁边，还有朱棣朝武当驻跸的行宫遗址，乡人俗称行宫角。而在距豫鄂界一步之遥，距武当山不足百公里的土地岭村建一道观，可供淅川老县城及其附近百姓在朝武当之前，先期给武当祖师玄天真武大帝上香叩拜，以期能顺顺当当登上武当金顶，应该是有可能的。

这是我的揣测。原盛湾镇副镇长柴国华说，通岳观的前身是建自北宋末年的土地庙，这也是土地岭村得名之因。朝代更替之际，生灵涂炭之时，黎民百姓有了土地才可存活，把美好的愿景都寄托在他们供奉的土地爷身上。今天的土地岭人明白，从土地爷到真武大帝，都不能护佑一方安康富足。辛勤劳作，才是致富之本。

走进通岳观，前后三座大殿似是近年修缮，尚有画匠正在收拾颜料，要为主殿供奉的玄天真武大帝和琼霄、玉霄、碧霄娘娘重塑金身。当然也包括曾经的主神土地爷，只是它已不能占据主位，只待在右边的山墙之下。

通岳观后院现为土地岭小学的校园。一棵古银杏树华盖亭亭，遮蔽着大半校园，也有二三百年的树龄。虽因疫情未开学，尚可想见昔日的琅琅书声。

前后转了一圈，观内古物多不可见，只有几块石碑可记。

前院靠墙所立一碑，是清道光二十一年（公元1841年）的《重修戏楼碑记》，像是从别处挪移过来的。果然，67岁的村民胡俊奇说，戏楼遗址在观外的国槐对面四五十米处。

颇具文物价值的是第二进院落的大殿墙上镶嵌的两块石碑：

一是《奉官断入通岳观香火地亩碑记》碑，清嘉庆十年（公元1805年）所立。碑文记载，因河势北移，出现无主河滩地40.4亩，村民卢、郭两家引发纷争，并"屡控不休"，经淅川县太爷裁判，划为通岳观香火地。县官虽然是和事佬，但无形中让道士们衣食无忧。

二是《土地岭通岳观清规序》碑，罗列道士应当遵循的12条清规戒律，我在他处从未得见。碑文按条分行镌刻，文俗而意通，如家常语："出家学道须却去凡心不可半途而废、神前降香须心一神凝不可视为故事、每逢朔望须早晚课诵不可紊乱拜谒、黎明黄昏须开静止静不可任意出入、出家道众须按其法派不可以少凌长、道众执事须各尽其职不可推诿懒惰、道众出门或办理事故不可延迟晚归、座有乡（香）客须安静伺候不可任意喧哗、有志学道须静以养心不可贪杯纵欲、出家之人当自顾体统不可掷骨（骰）赌博……"唯落款漫漶难辨。

出了道观，广场左手是农村合作社"活化石"——土地岭村合作社（据悉，在淅川，也就盛湾镇还存续这样的机构）。转到合作社后院，水池旁边一块青石刚被洗菜水淋过，上面现出清晰的文字："淅川县平等镇兴化寺保路界碑。"碑文记载了路界四至："东至宋湾（今盛湾镇宋湾码头）十五里，西至滔河（今滔河乡）十五里，北至淅川县（原淅川老县城，今老城镇）二十五里，南至土地岭二十五里。"可见此碑原先应在兴华寺村一带，不知何故流落此地。碑文还写明："（道路）雨后铺沙，雪后扫雪，保护树木，维持秩序。"落款是："淅川县平等镇公所制，中华民国三十三年二月十五日。"

盛湾镇曾名平等镇，《淅川县志》和镇志从无记载。柴国华说，今天的盛湾镇辖区就包括民国时期的兴化寺保和田川保。

隔日二访土地岭，在通岳观附近的村民房屋附近，我们又发现了多块用来铺设台阶的石条，上刻"神通净域经千卷""笈遗荒山土一丘""紫诰承恩宠赓一命""没后深藏石室中"等文字，当是通岳观门柱楹联。

柴国华当即叫来土地岭村支书景淅伟，几个村民将这些珍贵的石刻抬到通岳观院内暂存。

如果从盛湾镇出发，经秀子沟、干沟，再攀登两个小时后，就可以登临高眉寨，一览土地岭村的山河形胜。

土地岭村周围，多崇山峻岭。秀子沟村的跑马岭，海拔1086米，为淅川最高峰。四峰山主峰海拔1084米，为淅川第二高峰。何为四峰山？清咸丰十年（公元1860年），淅川直隶厅厅长徐光第修编的《淅川厅志》记载："城（指淅川老县城）南四十里，峰头四出，屹然如削。"丹江对岸有岵山，屈原曾登临凭吊秦楚丹阳之战八万死难将士，乃作《国殇》。附近还有泰山（为与盛湾镇泰山村境内的泰山相别，当地人称其为西泰山）、歪脖山等。

随行的盛湾镇中心学校校长姚鹏程转述了当地的一首民谣："刮岵山，淹泰山，四峰山上挂青绵，歪脖山上行渡船。"老百姓夸张地想象，如发大洪水，四峰山之外的其他三座山都将被淹没。

这首民谣没提到位于土地岭村境内，与歪脖山对峙的高眉寨。

高眉寨海拔高度虽然只有 864 米，却大有故事。

高是高彪，眉是眉虎。只不过，高彪先上山，眉虎后落草，二人情同兄弟，啸聚一处，杀富济贫。久而久之，人们已经忘记了高眉寨最初的名字——刀切山。

山下仰望，果然是山如刀削，峰如剑劈。密林蔽日，山花烂漫，上山的路难寻踪迹。幸得柴国华、姚鹏程做向导，也只能披荆斩棘，攀爬向前。他们二人近年醉心于探秘盛湾山水，曾登临高眉寨访古。

山高石头多，且多是片石，才成就古寨传奇。

一路走，柴国华一路介绍。传说宋朝时期，湖北京山县百姓高彪，平生爱打抱不平，一次路遇一家员外的公子强抢民女，便出手相救，失手将公子打死。官府收了员外的重金，四处抓捕高彪。无奈之下，高彪率手下百余人到此筑寨自保。时隔一年，高彪故交眉虎因和地方官员结怨，也带亲朋好友 50 余人上山入伙。为抵抗官府围剿，他们就地取材，在山顶用石板筑起高 5～10 米、宽 2 米、周长 2000 米的石寨墙，在寨内建起 100 多座大大小小的石板房，从此安营扎寨，占山为王。

古寨设有东西南北四座寨门，基本完好如初。我们从东寨门进入寨内，穿行于林莽和石屋之间，经南寨门到西寨门，再由北寨门折返，只见寨墙上箭垛林立，枪眼密布；寨下多是万丈深渊，山风吹来，令人顿感摇摇欲坠。

时移世易，这座古寨不知见证了多少历史烟云。抗战后期，这里曾是国军某部的驻扎地。在寨内行走，不时见到石磨、石臼诸物，当系军民磨面碎粮之用。寨中心更有一座高大的戏台，石墙齐整，石桌、石凳俱在，想必当初在上面搬演过抗日剧目。柴国华说："高眉寨上的国军放了一炮，对面歪脖山上的小日本就投降了。"

听起来很夸张，却是事实。1945 年初，侵华日军作困兽之斗，欲通过豫西，打通陕南、川北，威逼重庆。我军民奋起抵抗，至8月，日军投降。

看山跑死马。上山下山，用了4个多小时。下山途中，随处可见方形大石，或几吨，或几十吨，上面都有被膨胀剂爆裂的白痕。细看，全是墨玉原石。几处矿坑早已荒废。早年曾有南召县人在此开采墨玉。淅川是南水北调中线工程重要水源地，被叫停。选得拳头大的碎块，以为宝贝，携之下山。谁知山脚路旁地边，多处堆放墨玉原石，且都是一指厚的墨玉石板。

至于高眉寨北麓的天池和天池附近的溶洞，也都在保护之中，未及开发，只能留待来日再游了。

如果想寻访最古老的石板屋，就从高眉寨下行。

山下的村民小组叫胡家台，但老百姓都习惯称胡家台子，只是土地岭村24个村民小组之一，却是石板村落的典型代表。

村口，胡金亮的农家乐独占好山水。门前青山逶迤苍茫，院外黄水河奔流欢唱。沿着石板小路往上走，家家户户的石板屋鳞次栉比，错落有致。随意走进任一院落，白发垂髫皆怡然自乐。

胡丰先家的石板屋刚刚修葺过，镇里要求修旧如旧，还是石板墙、石板瓦。胡丰先的爱人杨西玲从后坡的菜地下来，拦着一篮青菜。58岁的她快人快语，见人来一点也不生分，热情地邀我们到家喝茶。问及她家"掌柜"的，她笑答："早跟人跑了。"一旁的村民胡俊奇说，她就爱开玩笑。

攀谈起来，杨西玲说，胡家台子的人大多姓胡，凡是姓胡的都是满族人，好像是乾隆十四年（公元1749年）从湖北大冶县迁来的，老祖先叫胡华启，有家谱为证。她进东屋找，却空手出来，朝西屋喊了一声闺女。在大连民族大学读大二，因疫情在家的女儿在屋里应了一声："家谱被胡XX带到南阳了。"

没听清她说的人名，我隔门问："那家谱你见到过？"她答："我参考家谱还写过一篇论文哩。"她说,手机里原来保存过文档,前段不小心删了。

杨西玲见我们有点儿失落,马上说:"不打紧,我屋里还有宝贝,是这次修房子从墙洞里扒出来的。"转眼间,她抱出一卷东西,一层层打开,竟然是自乾隆十四年至新中国土改时的七八件文书原件,有的已很残破,也被裱糊了,内容多是胡家祖上的土地、宅基地买卖契约,也有兄弟分家见证文书,除了乾隆十四年的,还有道光、咸丰、光绪年间的,多是固定格式,都盖有官府的印信,见证人、当事人也有画押。年代最近的就是土改时淅川县政府颁给他家的土地证、房产证。

追问这些"宝贝"到底藏在何处,杨西玲说:"扒墙时扒出个粗瓷罐,泥巴封口,打开看,才知道俺家还有这些古物。"怕我们不信,她从偏屋里抱出一个还粘有泥巴的粗瓷罐,里边还有几张纸片,却是当代条据。

看样子,胡家台自古出秀才,当代多出大学生并非偶然。粗瓷罐里传承的不仅是胡家的家史,还有一种守信用、讲规矩的契约精神。

柴国华深以为然。据他走访了解,明末清初,战乱频仍,这里荒无人烟,胡姓人家自湖北大冶县逃水荒路过此地,见这里山清水秀,适宜居住,便在此开山凿石,取石头、石板建房起屋,繁衍生息。后又有一户李姓人家自山西迁居到此,也用石板砌墙、石板缮房、石板铺路、石板垒垱,还建起了石板楼门、石板院墙。三百余年来,石板屋、石板院落仍然保存完好,成为远近闻名的"石板村"。不仅如此,附近的几个组也有许多石板屋存留。

这些建房起屋的石板到底从何而来?不会是从对面的高眉寨搬运下来的吧?村民胡俊奇说:"不急,我带你上后山看,这山坡上全是起层的石板。连山上的英雄渠也是石板修的。"

这里还有英雄渠?

如果要追寻英雄渠之"源",就要从胡家台的石板路向上攀登。

沿途所见，一层层、一块块的薄石板，就像是无言的书卷，记录着人世沧桑。就连地边的挡子，也是石板所砌。

村民李清豪正在坡地种花生，74岁的他腰板硬朗，说话嗡嗡的，很有中气。听说我们要看英雄渠，掂着锄头过来，领着我们往上走了几分钟，一条大渠出现在眼前。渠水清澈见底，缓缓流淌。李清豪指着上游远处的山峦说："再往前走两三公里，就是湖北界。"

胡俊奇说："那地方属丹江口市习家店镇稻田坪村。当年就是从那里的邓家河山泉闸河筑坝引水过来的。"

1957年9月，为解决当地饮水难、浇地难，包括胡家台在内的土地岭村人开始筹划修建英雄渠（1990年河南人民出版社出版的《淅川县志》记载，开工时间是1958年1月初）。淅川县委、县政府十分重视，调动盛湾镇、老城镇、滔河乡的数万群众参战。

李清豪说，1958年秋，林县（今林州市）四大班子领导带着各个公社、大队的干部和群众代表来土地岭取经，几百人站满了胡家台的打麦场，高呼口号："向淅川人民学习！向土地岭人民学习！"回去后，才开始修建红旗渠（红旗渠工程于1960年2月动工，至1969年7月支渠配套工程全面建成）。所以人们说，英雄渠是红旗渠的前辈，是"红旗渠之父"（《淅川县志》并未收录林县取经之事，但受访的胡俊奇等人也说确有其事）。

走进李清豪家，抬头望，石板直接苫在椽子上，阳光从石板缝透进屋内。说起修建英雄渠的事儿，李清豪"门儿清"。他当时还在上小学，但他父亲、叔叔和村里人一样都参加过闸坝、修渠，他还往工地上送过饭。一开始，靠简易水平仪测量，靠镢头、木撬杠施工。靠自制土炸药爆破取石，拿纸媒儿做导火索，效果很差。1958年7月，还是带队参加过丹江口大坝建设的副县长赵善元骑着马来看了后，从县里调拨了炸药和导火索、雷管，还调拨了锤子、钢钎。

李清豪家的石板屋盖在半山腰,门外就是干渠。大渠宽、深都在2米左右,渠岸都是石板砌的,水泥勾缝。但最早的渠岸,可不是这个样子。

李清豪说,到1959年3月英雄渠建成通水,全长26.5公里(其中主干渠长16公里),惠及土地岭村、瓦屋场村、衡营村4000余人饮水和灌溉,还建了3个发电站。但很快,石板砌、泥巴糊的渠岸就开始漏水。1966年前后,村里组织人整修,烧石灰勾缝。1983年,石灰老化,购买了水泥整浇。2007年,局部又做了维修,一直使用到现在。

修建英雄渠,也经历了千难万险,逢山开路,遇崖爆破。李清豪随口吟出一段顺口溜:"经过了三崖九沟十八坡(即韭菜崖、橡籽崖、白鹅崖、长沟、石板沟、牛圈沟、大挡沟、小挡沟、李火沟、直望沟、后沟等),前面还有个大尖坡,全长二十八里多!"

(2020年4月10日—26日,淅川—郑州)

淅川英雄渠碑记

宛西淅川盛湾者，人文鼎盛之地也。远古文明，皆肇自江河交汇处。仰韶—龙山文化之下王岗、楚始都之夷屯，即在此镇附近也。其西有村曰土地岭，有渠曰英雄渠，诚奇观也。若沿丹江支流黄水上溯，可见高眉、歪脖二寨对峙，黄土长岭逶迤，石板老屋俨然，杂花生树繁茂，惊为世外桃源也。而水于山下潺湲，人于坡上耕作，旱则无收，涝则赤贫，亦千百年也。乃发愿修渠引水，以解干渴之困。

时在20世纪50年代末，瓦屋场、樊坪、马蹄沟三社皆参战，于均州邓家河建渠首。红旗招展处，荆篮翩翩与鸟雀共舞，锤凿叮当与山溪和鸣，开韭菜、橡籽、白鹅三崖，穿长沟、石板沟、牛圈沟、大垱沟、小垱沟、李火沟、直望沟、后沟、大尖坡九沟十八坡，风餐露宿不为苦，披星戴月以为乐。工近半，为政者梁公、赵公骑马至，划拨炸药雷管，渠道方得赓续；安阳林州人闻之，亲来观摩，红旗渠乃有滥觞。而血汗频洒，牺牲多有，历时两年有余,十七公里干渠方通。后扩建,支渠斗渠分水四散,蜿蜒东南,胡家台、土地岭、衡营、周湾诸村均得灌溉,而电站轰鸣,嘉禾丰盈,泽被一方也。

或曰,英雄者,百姓也。有无私奉献之人,方有惠及后世之清流。当今之际,乡村振兴正炽,堪需英雄精神也。吾寡闻,幸于庚子夏疫情稳控之际访之,知此地非唯通岳观之道德,更有一渠涌碧之甘美。今悉故乡欲传艰苦奋斗之风,启文旅富民之业,命予作文以记之,不能辞,何也?石之不朽,水之长流,精神不灭哉!

(2021年仲春,记于郑东楚居堂)

九重堰小议

近日，淅川上下热议九重堰与九重阁，甚慰。看了李玉拴、唐新先生2月18日在"淅有山川"微信群所贴史志截图，引发一点联想和猜想。一并整理出来，供方家斧正。

20世纪70年代初，因丹江口水库蓄水，为安置淅川移民，邓县（今邓州市——作者注）的厚坡、九重公社划归淅川县，即今厚坡镇、九重镇。所以，追寻九重堰来历，必查邓州方志和有关地理图书。

李玉拴先生提供的《中国古代地理总志丛刊》之《读史方舆纪要》记载："楚堰，州（今邓州市——作者注）西北六十里。"何谓楚堰？淅川、内乡及邓州之西在周初至秦以前皆为楚地，窃以为总括名之"楚堰"合情合理。唐新先生提供的乾隆版《邓州志》记载："九重堰在州（今邓州市——作者注）西六十里。"其地当在今淅川县九重境内。

但唐新先生提供的民国版《重修邓县志》记载："九重堰，在县（邓县，今邓州市——作者注）西六十里。按：在今厚坡乡。"此处写为厚坡乡当系刊误。该志还记载："马达陂，在县（邓县，今邓州市——作者注）西南六十里，地名九重堰。共地四顷六十六亩七分。按：在今禹山乡。"禹山在今九重镇陶岔南水北调中线工程渠首附近，则禹山乡即今九重镇。

楚堰、九重堰二者虽道里相同，但方位有异，一在西北六十里，一在西六十里或西南六十里，当非一堰。

而马达陂即九重堰附近之"陂"。陂者，池塘也。

查《南阳地区水利志》（南阳地区水利局编，1990年5月印刷），南阳诸县多有堰、陂。如镇平有堰3座、陂6处，新野有堰18座、陂27处，淅川有堰32座，内乡有堰16座。该志还明确记载：邓县有九重堰等32座、马家陂等38处。此"马家陂"或即《重修邓县志》所载之"马达陂"。

乾隆版《邓州志》又载："海云寺，州（今邓州市——作者注）西九重院。"

民国版《重修邓县志》还载："马达陂，在县（邓县，今邓州市——作者注）西南六十里，地名九重院。共地四顷六十六亩七分。"

此二处"九重院"与上文所云"九重堰"并无太大矛盾：此地先有引水灌溉工程九重堰，后有蒙古族王氏所建九重院落。作为地名，曰九重院或九重堰；作为水利设施，曰九重堰或马达陂。世易时移，院、堰音近，民间互转，也许是有道理的。

《读史方舆纪要》还记载楚堰共八重："楚堰，州（今邓州市——作者注）西北六十里。或曰晋杜预所作，引湍水溉田千余顷，《水经注》所云楚堨也。高下相承凡八重，周十里，方塘引水，蓄泄不穷。"

因此，是否可以推测，九重之堰因有"九重"池塘，而得名九重堰呢？重（chóng）者，层也。九重即九层。九重堰即指由高到低，有九重之堰塘。

笔者日前查阅《南阳府志·舆地·邓州》，其中有淅川县九重镇境内、南水北调中线工程渠首附近禹山泉池的记载："禹山，州城（今邓州市——作者注）西南六十里，上有大禹庙，下有龙潭。又西十里，为上禹山，亦有禹庙。其南为泉池，平地涌泉，溉田数十顷。"此泉池或许就属于九重堰之"一重"！

但从方志看，与禹山相对的汤山之汤泉似乎不在溉田之列。《南阳府志·舆地·邓州》记载："汤山，州西七十里，东西两峰对峙。东峰有成汤庙，下有温泉，故名。其东南有荷池，接汤泉水。"此卷另附"汤泉"条目："汤泉，出汤山下，有数坎水，四时常温，能令浴者怡神志、祛痼疾。"

从所灌溉田地计算，"八重"之楚堰溉田千余顷。

同属于九重堰的马达陂溉田四顷六十六亩七分，禹山泉池溉田数十顷……则比楚堰多"一重"的九重堰能灌溉的田地也不会低于千顷。

而发端于淅川九重陶岔的南水北调中线工程长达1432公里，润泽北国之地又不知其几也！

今淅川于汤山重修九重阁，与史志合，与现实合，与南水北调中线工程移民精神合，与"两山"理论合，不谬也。

（2021年2月18日，记于郑东楚居堂）

重修九重阁记

庚子春夏之交，时疫渐退，百业方兴，淅川于九重镇汤山重修九重阁，图画治水先贤于其上，铭刻移民精神于其内。登之可瞰山河形胜，并南水北调中线渠首雄姿，诚蔚然大观也。淅之为政者向务民生，重道德，护生态，以永续北送为己任，移民乃安，境内得治。知余生于淅，约为记。

九重之名，亦可考之。天有九霄，斗转星移，祥云流泻；地有九州，万物生长，百姓繁衍。逐水而居，自古皆然。丹江源出秦岭，纵贯淅境，入汉汇海，润泽此地久矣。而水有利害之分，人怀井土之恩。镇内禹山、汤山、朱连山对峙，尝建九层祠宇，以纪大禹治水、商汤牧民、丹朱锁蛟之举。嗣后，复开堰塘九座，以灌嘉禾。而今人之功，又胜古人多哉！20世纪50年代，伟人毛公擘画，丹江口大坝高耸于前，陶岔老渠首竣工于后，终接刁连湍，淅、邓、新、襄皆得其利。新时代有新作为，干渠千又四百公里，过湍、白、沙、汝诸水，穿黄北上，京津因之解渴，数十万移民及建设者为之欣慰也。

而汤山者，处顺阳之中，临丹水之滨，曾有温泉，湿地连绵。奈建筑日兴，采伐过度，致草木损毁，山秃泉涸。今逢盛世，为修复生态，造福乡梓，烛照千秋，正宜再造斯阁也。越数月，主体始成。虽钢混包木，却一如旧制，飞檐翘角，九层五室，契合阴阳之数，包藏春秋之秘，赓续水利之脉，而气象之大，目接神驰，令人顿生景仰之情。移步上行，望江天一色，鸥鹭振翅于碧波之上；听渠闸欢歌，清流奔涌于堤岸之内。适晴日，游客如织，舟来船往，乐而忘返，不知钟鼎和鸣于汪洋，龙城蜿蜒于水宫，屈子慷慨赋《国殇》，范晔披肝著《后汉书》，唐宣宗潜隐香严寺，徐霞客游历丹汉间，皆与此结缘也。而乡村振兴方炽，生态文明正劲，绿水青山就是金山银山，更当思之践之乎？曰：必然也。

余数往之，知先楚精粹，丹淅胜状，尽在此山此水。登斯阁也，则心念治水之艰，工程之巨，移民之献，人文之厚，感喟不已者矣。何也？如历代先贤并后人者，功成不必在我，功成必定有我，为天下之利而舍小我者，大我也！

是为记。

（2020年6月16日，记于楚居堂）

淅川一高记

有淅川诸贤者,心系文教,雅好树人,孜孜以求,终成淅川一高之盛。乃言于小子,为政之要在兴教,为学之旨在教化,嘱吾作文以记之。

淅川者,东望宛邓,西襟秦巴,北接河洛,南控荆襄,两水带三川,一渠连京津,诚沃土也。其人文之古,肇始于洪荒。如下王岗、沟湾者,皆仰韶、龙山文化遗存,重器时现丹淅之滨。尧之世,丹朱遭舜放逐,降蛟龙以利稼穑,制围棋以分黑白,百姓祀之,四时不绝。迨成王新立,熊绎封于丹阳,率先民筚路蓝缕,披荆斩棘,奠八百年之基。星月流转,而文脉赓续,商有范蠡,辞有屈原,史有范晔,哲有范缜,禅有宣宗,诗有梦公,皆人杰也。入新世纪,南水北调,四十万移民迁他乡,丹心昭日月;三千里长渠涌碧波,北国得润泽。而其源淅川,幽谷潜鳌龙,青山巢新凤,山乡巨变,寰宇为之惊叹也。

更有万千学子,发愤图强,景行惟贤。究其因,可上溯光绪三十一年,淅川厅中学堂乃其本，迄今已逾百载也。初建时，在丹之阳，实为先楚夷屯、郚郢之所都，西有丹淇之飞舟，东有岵山之险峰，城有魁星之楼阁，岂不壮哉！逢新中国，为县立中学，后七迁其址。值改革潮涌，春风鼓荡，遂名淅川县高级中学，此为淅川一高之往昔也。今有仁人志士，擘画蓝图于城北新区，楼宇见匠心，馆舍藏卷帙，师以传道为乐，生以齐贤为任，书声琅琅，一如鹳河咏唱；道德高标，又如霄山耸峙，实为淅川教育第一高度也。

周易曰，天行健，君子以自强不息。校训云，明德博学，追求卓越。倘如是，未来可期也。吾等子弟，幸得结缘，或就读于此，或应考于斯，师恩岂敢忘之？前人有言，教学相长，当秉烛而披览，乃奋翅而腾骧，则一高永恒哉！

（2020年11月，记于郑东楚居堂）

金菊岭记

淅川大石桥西北十五公里许，有茅坪村焉。百千农家于群山之中、苞茅之上，世代耕读，温饱难求也。欣逢盛世，百又十户贫苦人家幸脱贫。何至于此，李生福元并诸公为百姓谋福利也。李生者，曾行伍，有军人之血性、宛人之刚性，以书记之责擘画振兴之蓝图，忽忽数载，不懈怠。

村之南有金菊岭，本蛮荒之地，得风雨眷顾，春槐粉，夏荷紫，秋叶红，冬雪白，四季更替，唯山菊不败不凋，芳香透于九霄。究其因，岭西咸丰十年土地神祀之，西南青龙岭护之，中有葫芦峰，传为张果老之遗迹也。峰之上石屋俨然，磨碾历历，桃杏桑枣累累，石斛月季二花灿灿，偶至者皆以为世外。峰北有月亮地，恰似弯月，或麦或菽，皆饱满也。值五月，即黄将熟，抚之忘忧。更行数百步，穿杂花生树，行林荫小径，酷暑为之汗消。忽闻水声如雷，数亩巨石上银瀑飞溅，至九龙潭也。其潭也，深可丈许，方圆半亩，清澈甘甜，鱼虾可数。缘石上行，有二泉，皆自木香黄荆中出，汩汩而下。时近黄昏，入神仙洞访果老，钟乳纷垂；进夫妻洞思恩爱，永结同心，皆可流连。

不思归，入茅舍木屋，推窗而望，星河灿烂，见北斗北极光耀，织女牛郎依偎。方欲眠，蛐蛐叫，雉鸡鸣，山水应和，音韵流泻，不知今夕何夕也。

（2019年初夏，记于郑东楚居堂）

横山的高度

横山看见我,看见我们,向上走。的确不是攀登,是走,气喘吁吁地走。

横山看见我们越过瞭望哨,踩过羊肠道,穿过杂木林,接近影壁石。

横山看见山下的白龙沟、吴家庄,看见镌刻在吴家庄祖坟青石碑上的人也在往上走,看见姓吴的、姓方的人也往上走。

横山看见远处的裴营水库,碧波荡漾。估计也看到过少年时的我,和伙伴们,和大人们一起从分水岭来挖土挑土,砌土石坝。

横山看见更远处的丹江,更远处的丹江云岭峡、太白峡、雁口峡,那160米高程的丹淅水做了她的绿裙裾。

横山左看,看到昔日的狐狸扒,今日的坐禅谷,和晨钟暮鼓的香严寺(上寺)。那是唐代慧忠国师的道场,那是光王、唐宣宗李忱的七年之隐。1300年过去了,如果把1300年的岁月竖起来,不知道是不是1300米的高度?

横山右看，看到淅川第一高峰跑马岭，看到第二高峰四峰山。

横山看看自己，不足1000米，大概是第三高峰。

横山看见，80年前，淅川地下党在香严寺、四峰山和自己的影壁石下办了三次培训班，开了几次会。她看见山下的农民揭竿而起，呼啸着冲向宋湾区公所。他们去攻打祸害自己同胞的宋星白民团，现在的说法叫"起义"。

横山看到了80年前上山下山的周尚杰、黄正夏、马水平，看到了牺牲在大干街村，被铡掉了头颅的胡郅藩，看到了被毒死在老河口病床上的黄从书（他们都是英雄，除了那个出卖胡郅藩的屑小卢胜光）。

横山记住了英雄，用粉白的荆花，用苍翠的松柏，用柔韧的野葡萄藤。

横山还是喜欢自己的小名：横山凹。她的峰顶下就有一块凹地，巉岩四合，林茂泉飞，天然的避风港，天然的会议室。凹地不凹，自带海拔。

横山不自满，她把自己缩微成凹地旁堡垒户的三间石头房。石头房高不过两三米，却为周尚杰、马水平们遮蔽过风雨，也聆听过秘密的低语；她把自己缩微成凹地中心耸立的影壁石。影壁石高不过30米，却伟岸，挺拔，宽阔，厚实，上面张挂过猎猎的红旗，也抵挡过嗖嗖的子弹。

横山说，这就是我的高度，和你们站起来的高度一致，和你们呼吸时的气息一致。你们来登山，你们就是横山。

横山说，我只是丹淅大地，只是淅川盛湾镇的一"横"。亿万年前，我就横卧在这里，等着你们来画一"竖"。一横一竖是个加号，你们做加法，把春华秋实加进去，把青山绿水加进去，把紫红的大樱桃和金黄的麦浪加进去，你们才会比我高一些。

横山絮絮叨叨地说着，看着我们上山，也不知道我们听懂了没有。

横山看到更多的人在山脚集合，准备上山。

横山明白了,没有翻不过去的山,没有走不通的路,只是那山上有鲜血的红,那路上有荆棘的刺。

(辛丑年三月十七,淅川横山红色革命教育基地揭牌。2021年5月7日,补记于郑东楚居堂)

参考文献

《2020中国淅川丹淅流域早期文明学术高峰论坛论文集》，主办方汇编。

《初识清华简》，中西书局2013年版，李学勤著。

《楚辞》，中华书局2010年版，林家骊译注。

《丹江口水库区域历史地理研究》，科学出版社2007年版，晏昌贵著。

《"二十四史"（简体字本）·史记》，中华书局2000年版，中华书局编辑部编。

《汉书》，中华书局2016年版，张永雷、刘丛译注。

《合校水经注》，中华书局2009年版，（北魏）郦道元著，（清）王先谦校。

《清华大学藏战国竹简（壹）》，中西书局2010年版，李学勤主编。

《清华简〈系年〉初探》，中西书局2015年版，孙飞燕著。

《三峡考古之发现》，湖北科学技术出版社1998年版，国家文物局三峡工程文物保护领导小组湖北工作站编。

《山海经》，中华书局2011年版，方韬译注。

《尚书正义》，上海古籍出版社2007年版，黄怀信整理。

《诗经》，中华书局2011年版，王秀梅译注。

《说文解字》，中华书局1963年版，（汉）许慎撰。

《淅川楚国青铜器精粹》，中州古籍出版社2013年版，淅川县博物馆编著。

《淅川东沟长岭楚汉墓》，科学出版社2011年版，河南省文物局编著。

《淅川和尚岭与徐家岭楚墓》，大象出版社2004年版，河南省文物考古研究所、南阳市文物考古研究所、淅川县博物馆编著。

《淅川刘家沟口墓地》，科学出版社2011年版，河南省文物局编著。

《淅川马川墓地战国秦汉墓》，科学出版社2020年版，河南省文物局编著。

《淅川蛮子营墓地》，科学出版社2016年版，河南省文物局编著。

《淅川厅志》，清咸丰十年刊。

《淅川下王岗：2008—2010年考古发掘报告》，科学出版社2020年版，中国社科院考古所编著。

《淅川县志》，清康熙二十九年刊。

《淅川县志》，中州古籍出版社1990年版。

《淅川直隶厅乡土志》，清光绪末年刊（手抄本）；

《先楚史》，武汉出版社2019年版，程涛平著。

《中国历史地图集》第1册，中国地图出版社1982年版，谭其骧主编。

后记

我为什么要回淅川、看淅川、写淅川
—— 兼答个别质疑者

很奇怪的,至少有少数人,在朋友圈里的少数人会直接留言:

你弄这个有什么意义?

我几乎无语。

是不想解释吗?也不是。我想,这样发问的人,虽然是"朋友",但是,因为他们没去过淅川,也就原谅他们的无知。

我也很无知。

步入中年偏晚期(想到学术界的西周中晚期、春秋中晚期,这些概念了),故乡好像更加浸入了骨髓深处,这是比骨髓癌还严重的乡梓癌,乡梓爱。

原来，爱，就是癌，不可治，又可爱，看你的心态吧。

疫情，洪灾，接着疫情。

这两三年，大家都不好过，多数都挺过来了。多数挺过来的人中的少数人，还在琢磨，刷屏，吐槽。

但我依然要感谢大自然对人类的提醒，警醒——不是报复，的确不是。

物质已经足够丰盈。

无知已经足够羸弱。

我没办法，我只是一个淅川人，一个童年在湖北荆门待过的楚人的后裔。荆门，出过包山楚简的，出过郭店楚简的，距纪南城一箭之遥的荆门啊，李白写过的"渡远荆门外，来从楚国游"的荆门啊。十里铺，麻城，沈集，革集，拾回桥，后港，大柴湖……我蹚过稻田，钻过草垛，摸过黄鳝，挖过荸荠和茅草根的荆门；我的六爷、六奶奶、大伯、大妈、姑父、姨父、大姨埋骨的荆门。

但我还是只能回家，一次次回去，到淅川，到丹淅流域，走走，看看，想想，写写。

其实，走的地方并不多，坑南、下王岗、龙山岗、沟湾、下寨、蛮子营、下寺、上寺、舜帝庙、丹淅交汇处，还有岵山之巅，横山之凹。

其实，看的也不多，无非锋利的石器，碳化的稻粟，残破的彩陶，繁复奇幻的青铜。

其实，想的也不多，不外乎是"我是谁，我从哪里来，我到哪里去"。

明明知道，我是我，是淅川草民，从淅川来，到淅川去，还是犹疑，彷徨。

因为，我与淅川坑南人隔了五十万年，与古荆紫关人隔了四五万年，与下王岗人、龙山岗人、下寨人、沟湾人隔了六七千年，与季连、郢伯、远仲隔了四千年,与熊绎、屈纻隔了三千年,与楚武王、楚文王隔了两千六七百年,与范蠡、王子庚、遵子㓚隔了两千四五百年,与屈原隔了两千三百年……

隔离,就是疏远。我已无法楚楚动人。

只好,继续看,看所能看到的楚文化文献、典章、专著,还有航拍的、特写的图片,还有河南博物院、淅川博物馆里的楚器珍藏。看了,更晕了。楚,就是如此如此地动人、魅惑人吗?

于是,打开电脑,敲击键盘,作楚居堂之小文杂记。

于是,浮躁之心稍安。

仅此而已,而已。

并以此为质疑者,质疑楚始都,楚文化发源发生地,以及南水北调中线工程核心水源地的朋友,作答。

(2022年9月22日,记于郑东楚居堂)